KB273371

공연예술신서 · 57

인간의 시간

배봉기 희곡집 · 3

공연예술신서 · 57

인간의 시간

배봉기 희곡집 · 3

평민사

이 아득한 황사의 시대에

객석의 불이 꺼진다.

침묵의 시간. 긴장의 시간.

드디어 무대에 하나의 세계가 펼쳐진다.

그 세계 속에서 극 중 인물들은 오욕칠정으로 울고 웃는다.

관객은 어둠 속에서 그 세계, 인간의 갈망과 욕망이 뒤엉키는 삶의 드라마를 엿본다.

그런데 어느 순간, 이런 구도가 바뀐다. 무대가 관객을 보기 시작하는 것이다.

무대는 우리의 희망과 절망, 사랑과 배신, 기쁨과 슬픔, 그 삶과 세상을 들여다본다.

단순히 표면의 삶과 세상을 보고 있는 것이 아니다.

좋은 연극은 그 표면의 저 안쪽, 이면과 심연까지 응시하며 끊임없이 묻는다. 인간과 사회에 대한 질문들을.

마주 보는 무대와 우리들. 그렇게 형성되는 영역이 희곡과 연극이 살아 숨 쉬는 공간이다.

이제 시도 때도 없이 황사가 몰려와서 하늘을 뿌옇게 뒤덮곤 한다.

그리고 또, 우리의 마음과 정신을 뒤덮는 짙은 황사가 있다. 단단한 것을 모두 흐물흐물하게 만들어버린 자본과 그 자본이 피워 올리는 검붉은 황사.

하늘을 뒤덮은 황사는 시간이 지나면 걷히지만, 이 자본의 황사는 날이 갈수록 더 기승을 부린다.

이 야수의 시간, 아득한 황사 속에서 자신과 세계를 들여다보는 시선이 어떻게 가능할 것인가.

답답하다.

더욱 더 속악해지는 세계에서 인간들은 이제 최소한의 빛까지 상실하는 중이다. 인간과 세상을 보면서 자신을 성찰하는 시선, 사유의 빛.

이 답답하고 아득한 황사의 세계.

외롭고 괴로워도 다른 길은 없다. 희망에 대한 약속 없이도, 그럼에도 불구하고, 견디고 또 견뎌야 한다.

세상과의 불화(不和)를 결코 포기하지 않아야 한다.

그리고, 쓸 것이다.

세 번째 희곡집을 낸다.

네 번째, 다섯 번째 희곡집을 스스로 기약해 본다.

희곡집 출간의 어려운 길을 꾸준히 걷고 있는 평민사에 감사드린다.

2010년 가을
배봉기

인간의 시간

초연 2008년 12월 19일~27일
장소 아르코 예술극장 대극장

한국연극협회 · 아르코 예술극장/연출 김광보

〈출연〉

이호재, 박웅, 장미자, 이남희, 길해연, 김내하, 추귀정, 강신구, 신덕호, 강일, 정승길, 곽성은, 곽명화; 김예리, 이헌재, 안준형, 국희, 고은혜, 김민정, 류광환, 민성국, 박병길, 박영민, 방민선, 서범규, 양지현, 염보열, 이은영, 장은총, 전승렬, 정보연, 차병호, 황동환

〈스태프〉

무대미술 · 박동우/ 의상 · 조문수/ 조명 · 조인곤/ 음악 · 최정우/ 영상 · 김혜지/ 분장 · 김종숙/ 소품 소도구 · 김상희/ 사진 · 이도희/ 기술감독 · 고용한/ 무대감독 · 이재신/ 조연출 · 이민형/ 기획 · 이진의,이희정, 손형민

─ 한국연극 100주년 기념 장막희곡 공모 당선작
─ 서울문화재단 2009년 문학창작활성화지원 선정작

〈인물〉

이원형(60대 후반), 원형(장년의 이원형), 미현, 작가(女)(32세(과거)와 39세(현재)), 광석(34세와 41세), 형사(일제의 형사), 부인(이원형의 처), 아버지(60대 중반, 작가의 부친), 고모(50대 후반, 작가의 고모), 종혁(19세, 이원형의 조카), 태경/대표(女)(32세와 39세, 출판사 대표), 명희(16세, 이원형의 장녀), 숙희(7세, 이원형의 차녀), 아양녀(20대 초반), 선비1·2·3·4, 기타 고문자1·2, 납치자1·2, 동지1·2, 정신병동 간호사1·2, 청년1·2, 광석의 삼촌과 형(이 인물들은 선비1·2·3·4가 일인 다역으로 소화할 수 있다)

＊ 이 희곡의 역사적 시공간 속 주인공 이원형은 허구적 인물이다. 일제 강점기에 간도와 만주로 망명하여 항일 독립 투쟁에 헌신한 선열들의 어떤 전형이라 할 수 있다. 실존 인물을 설정하지 않은 이유는, 전기적 사실의 제한을 피해 보편적 차원에서 인간 행동을 규명하고 싶었기 때문이다.

〈무대〉

기본적인 무대 장치는 일제의 유치장과 현대의 정신 병동이다.

무대 왼쪽 뒤편에 일제의 지하 유치장이 자리한다. 유치장은 고문 도구 등과 물질성이 거칠게 드러난 의자와 탁자 등으로 리얼리티를 살릴 필요가 있다.

오른쪽 뒤편은 정신병동의 병사(病舍)다.(정식 정신병원이 아니라, 어디 외진 곳의 수상스러운 수용 시설이다) 이 병사는 사실적인 형태가 아니다. 높게 뻗은 기하학적인 창살 등으로 상징적으로 표현되면 좋겠다. 이 구조는, 무대 상황에 따라서 막다른 골목길의 담장이나 가파른 산길 등이 될 수 있다는 점을 염두에 두고, 기능적으로 설치될 필요가 있다. 창살이자 담이고 산길이 될 수 있는 이 구조물은, 오른쪽에서 꺾어져 바깥쪽으로 사선을 그리며 무대 앞쪽으로 반쯤 밀고 들어와 있다.

작가의 원룸 공간은 고정된 방식으로 설정될 필요가 없다. 작가가 노트북이 놓여 있는 책상을 밀고 나와서 멈추는 곳이 작업 공간인 원룸이다. 이 공간의 위치는 극 진행에 따라 유동적일 수 있다.

무대 앞쪽에 공원의 벤치나 커피숍의 의자, 원룸 공간의 소파와 침대 등으로 활용할 수 있는 사각의 구조물이 있다.(이 구조물은 극 장면에 따라 이동해서 활용해도 되겠다)

‎

Ⅰ

하얗게 빈 무대.

사이.

무대 왼쪽의 뒤에서 마치 벽에서 쥐가 슬며시 기어 나오듯이, 일제 고등계

형사와 고문자 1·2, 앉은걸음으로 나온다.

사이.

어둠 속에 웅크린 그들은 누군가를 끈질기게 기다린다.

뱃고동소리 길게-.

사이.

이원형 무대 왼쪽 뒤에서 천천히 걸어 나온다.

두루마기처럼 온 몸을 감싸는 중국 옷차림이다.

형사, 이원형 앞으로 걸어간다.

두 고문자 재빨리 뒤로 돌아서 퇴로를 막는다.

형사	환영합니다, 이원형 선생님!
이원형	(흠칫 놀란다. 순간 상황을 파악한다) 으흠…!
형사	오래 기다렸습니다.
이원형	역시, 그랬구만. 그놈들이….
형사	뭐요?
이원형	나도 너희들을 기다렸다.
형사	도대체 무슨 소리요?
이원형	허허허… 차차 알게 되겠지.
형사	무슨 수작을 벌이는지 모르겠구만. 체포해!

형사와 두 고문자 이원형을 체포하여 뒤로 사라진다.

사이.

무대 오른쪽 앞에서 광석 빠른 걸음으로 나온다. 광석, 무대를 가로질러 왼쪽으로 가는데, 납치자1·2 앞에서 나와 광석을 가로막는다.

납치자1 정광석 씨?

광석 예?

납치자2 잠깐 이야기 좀 하실까.

광석 예? 누구세요?

납치자1 우리가 누군가는 중요하지 않고.

납치자2 당신에게 좀 볼일이 있는 사람들 정도로 해 두지.

광석 (살피며) 뭔가 잘못 알고 계신 것 같군요. 제가 전혀 모르는 분들인 것 같은데요. 저 지금 바쁩니다.

납치자1 우리도 바쁜 사람들이지.

광석 하여간 무슨 볼일이 있는지 모르지만, 다음에요. 아버지가 갑자기 응급실에 가셔서…

납치자2 다음은 곤란하지.

납치자1 우리도 지금 일을 봐야 하니까.

광석 이거, 왜 이러세요?

납치자1·2 재빠른 동작으로 광석에게 덮친다. 마취제 수건으로 광석을 마취시킨다. 이 과정은 술 취한 친구를 양쪽에서 부축하는 것처럼 보이기도 한다. 버둥거리는 광석. 하지만, 강한 사내들의 완력에 벗어날 수 없다.

사이.

늘어지는 광석. 끌고 나가는 납치자1·2.

비는 무대.

어두워진다.

2

무대 왼쪽 유치장의 이원형, 의자에 묶여 두 고문자에게 물 고문(수건을 덮어씌우고 주전자의 물을 붓는)을 받고 있다. 사이사이 고통스럽게 새어나오는 신음.

무대 왼쪽 병실에서 환자복을 입고 쓰러져 있는 광석. 가위눌린 잠. 긴 비명과 함께 깨어난다. 미칠 듯한 심리 상태로 탈출을 기도한다. (이 기도는 사실적인 상태로 표현되지 않는다. 높은 철창을 힘겹게 기어오르는 양식화된 동작으로 탈출의 시도를 표현할 수 있다)

무대 왼쪽과 오른쪽, 일종의 이중주처럼 극 활동이 진행된다.

형사 계단으로 등장한다.

형사　　자, 그만.

고문자들　(부동자세로) 옛!

형사　　뭐 좀 소득이 있나?

고문자1　죄송합니다.

고문자2　지독한 자입니다.

형사　　쉽지 않겠지. 천하의 이원형이 쉽게 입을 열 리가 없지. 자네들도 단단한 각오를 해야 할 거야.

고문자들　(부동자세를 취하며) 열심히 하겠습니다! (다시 고문을 하려는 준비)

형사　　아, 잠깐. 급할 건 없지. 자네들은 가서 좀 쉬어.

고문자들　알겠습니다. (퇴장)

형사　　(이원형의 얼굴을 덮은 수건을 벗겨낸다) 이 선생, 정말 오랜만입니다.

이원형　(가까스로 눈을 떠서 형사를 본다)

형사   벌써 10년이 넘었나. 상해 프랑스 조계에서 선생을 뵌 적이
       있습니다.

이원형   (물끄러미 볼 뿐)

형사   아, 못 알아보시겠지요. 난 선생을 두 눈 똑바로 뜨고 이 머
       릿속에다 담았지만, 선생이야 어디 나 같은 것에 신경을 쓸
       틈이 있었겠어요.

이원형   (가라앉은 목소리다) 그때도 이 짓 했나?

형사   (웃는다) 이 짓이요? 이 짓이라… 한 가지, 잘 새겨들으셔야
       할 것이 있습니다. 이 선생님. 여기서 질문할 수 있는 사람
       은 하나뿐입니다. 나요. 납니다. 이선생은 대답만 할 수 있
       을 뿐입니다, 아시겠습니까?

이원형   그런가. 그런데 난 대답할 것이 없으니, 더 이상 말이 필요
       없겠구만.

형사   아니, 아니지요! 대답해야 할 겁니다. 대답하지 않고서는 이
       지하실에서 살아 나가지 못할 테니 말입니다. (혼잣말하듯) 이
       렇게 오래 버틸 줄 몰랐는데. 이 양반 참 끈질기게 살아남았
       군.

이원형   (눈을 감는다)

형사   자, 시작해 보실까요. 다시 한 번 여기가 어디란 것을 확인
       할 필요가 있을까요.

이원형   잘 알고 있네. 내 발로 걸어들어 왔으니까.

형사   선생 발로 걸어들어 왔다고요?

이원형   (고개를 끄덕인다)

형사   이보세요! 선생은 체포당한 겁니다. 우리가 정확한 정보로
       체포했다 이 말입니다.

이원형   (조소) 허허허 그런가….

형사   (이상하다는 생각을 한다) 도대체 무슨 꿍꿍이가 있습니까? 부두

에서 그 말, 무슨 뜻입니까? 우리를 기다렸다고요?

이원형　그런 것 알아내는 것이 자네들 특기 아닌가. 기다려 보게. 머지않아 알게 될 거야.

형사　뭐 좋습니다. 선생이 스스로 걸어왔건, 우리가 체포했건 지금 그걸 따질 필요는 없지요. 하여튼 선생은 이 지하 유치장, 우리의 손아귀에 있으니 말입니다. 여기가 어딘지 잘 아시니까 굳이 설명할 것은 없지만, 한 마디 강조할 필요는 있을 것 같군요. 우리가 원하는 대답이 나오기 전에는 쥐새끼 한 마리도 살아 나갈 수 없는 곳입니다. 바람도 빠져나갈 수 없지요. 대 일본 제국 경찰의 손아귀에 들어온 이상, 아예 그런 희망은 버리는 것이 피차 수고를 덜어 줄 겁니다. 그럼 말을 해 보시겠습니까? 잠입 목적과 접선 대상은?

이원형　할 말이 없네.

형사　(채찍을 든다) 말 대신 다른 것이 필요할 것 같군요. 자, 이제 본격적으로 시작해 보실까요!

형사의 채찍이 바람을 가르며 이원형에게 날아든다.

그 사이. 집요하게 탈출을 시도하던 광석, 마침내 성공하여 담장을 넘는다.

그러나 곧 간호사1·2에게 잡혀서 끌려온다.

내동댕이쳐져 심하게 구타당한다.

유치장과 병실 부분 조명 어두워지며 이들의 동작 음화처럼 굳는다.

무대 중앙 뒤에서 미현, 핸드폰으로 통화하면서 무대 앞쪽으로 뛰어나온다.

광석의 갑작스런 실종으로 인해 혼비백산이다.

미현　예, 선배. 정말 소식 못 들었어요? 아무 소식도요? 예, 그래요. 혹 무슨 소식 들으면 이 번호로 연락 주세요. 제 꺼 아니에요. 이모한테 빌린 거예요. (끊는다. 황급히 다른 번호를 누른다.

통화가 되지 않는다. 시계를 보고 뛰어나간다)

무대 왼쪽 앞에서 태경 등장해서 벤치에 앉는다.

무대 오른쪽으로 뛰어 들어온 미현, 태경을 발견하고 급히 다가간다.

태경   (황급하게 일어서며) 미현 씨!

미현   (무너지듯 주저앉는다) 태경 씨!

태경   도대체 어떻게 된 거야?

미현   몰라!

태경   정말 아무 소식도 없어?

미현   없어!

태경   사흘째나 소식이 없을 리가 없잖아. 광석 선배 그럴 사람 아
        닌데.

미현   병원 앞에서 만나기로 했어. 광석 씨 아버지 갑자기 쓰러지
        셨다 해서 병원 갈 약속을 했거든.

태경   그럼 도무지 말이 안 되네. 아버지 병실에도 안 나타났다 말
        이야?

미현   그래.

태경   가족들은?

미현   모르겠대. 자기들도 어디 있는지 모르겠다는 거야. 짐작도
        못 하겠대. 광석 씨 삼촌과 형 만났거든. 정신이 없어 그런
        지 잘 상대도 안 해줘. 광석 씨 아버지 위독하다니 그렇긴
        하겠지만.

태경   짐작 가는 것도 없어?

미현   어제 종일 서울 시내 응급실 뒤지고 다녔어. 아무 흔적도
        없어.

태경   이게 무슨 날벼락이야. 난 두 사람이 국수 먹여준다는 소식

만 기다리고 있었는데….

미현　미치겠어. 정말 미치겠어.

태경　힘을 내. 무슨 사정이 있겠지. 우리가 정말 상상할 수 없는 사정이 생겨서 안 나타날 수도 있잖아. 듣고 보면 웃고 말 일일 수도 있어. 인간 세상이 오직 복잡하고 묘해? 광석 선배 아무 일도 없이 짠- 하고 나타날 거야. 미현 씨가 힘을 내야지.

미현　(고통에 가슴이 쥐어짜지는 듯하다) 광석 씨, 어떻게 해….

3

유치장 장면의 이원형, 고문을 당한 육신으로 벽에 기대 잠에 빠져 있다.
작가(미현), 무대 오른쪽에서 컴퓨터 책상을 밀고 들어온다. (7년의 세월이
흘렀다)
바케트 빵이 삐죽 나와 있는 시장 봉지를 들고 있다. 신호음이 울리는 핸드
폰을 받는다.

작가 어, 태경 씨. 사거리쯤 왔다고. 응, 지난번 거기 커피숍. 지
금 시장 갔다가 막 들어오는 길이거든. 알았어, 시간 맞춰
나갈게.

작가, 몇 가지 시장 봐 온 것을 꺼낸다.
무대 중앙 뒤에서 배낭을 멘 광석 등장한다.
무대를 앞쪽으로 걸어와 원룸 공간에 이른다.
현관문(물론 사실적인 문이 아니다) 벨을 누른다.

작가 누구세요? (봉지를 정리하며) 잠깐만요.

작가, 문으로 가려는데 광석 호주머니에서 열쇠를 꺼내 문을 연다.
광석 들어온다. 지치고 피곤한 모습이다.
작가, 깜짝 놀란다.

광석 미현아….
작가 광석 씨….

광석   사람들 많은 것, 역시 잘 적응이 안 되네.

작가   지금 서울 온 거야?

광석   그래.

작가   전화 좀 하지. 전화 안 한 지가 열흘이 넘었잖아.

광석   밧데리가 나갔어. 거기는 어디 충전하는 데를 찾기도 어렵
       고.

작가   꼭 한 달 만이네. 한 달 전이야. 광석 씨가 여기서 떠난 것.

광석   그 정도 됐다고 생각하고 있었어.

작가   어디를 그렇게 다녔어? (배낭을 벗겨준다) 앉아, 서 있지 말고.

광석   (소파에 앉으며) 강원도 쪽 암자들.

작가   (따라 앉으며) 좋았겠네.

광석   응, 날씨가 아주 좋았지. 산벚꽃이 죽이더라.

작가   산벚꽃….

광석   응, 산이 온통 둥둥 떠오르는 것 같더라고.

작가   그 정도였어?

광석   응… 공중을 둥둥 떠가는 듯… 고갯길에 혼자 주저앉아 시
       간 가는 줄 모르고 쳐다보고 있었지. 꼭 구름 위에 앉아 있
       는 것 같더라고… 인적이 전혀 없으니까 아무 생각도 없이
       흘러갈 것 같더군.

작가   그렇게 편해, 사람이 없으면?

광석   편해.

작가   편해도 사람들과 떨어져서 살 수는 없잖아.

광석   알아.

작가   그냥 사람 없이 살려고 해도 먼저, 컴컴하게 가슴을 누르는
       마음속 사람들을 지워야 하고. 이런 이야기 안 하려 해도 광
       석 씨 보면 또 나오게 되네.

광석   그러니까, 돌아오려고 떠나는 것 너드 알잖니. 사람들과 섞

여서 살아갈 힘을 어떻게 좀 얻어보려고 떠나니까.

작가　그렇게 훌쩍 떠나고 나면? 전화 통화도 안 되고… 광석 씨 어느 산골짜기에서 헤매는 줄도 모르고 나는?

광석　미안하다.

작가　그냥 여기서 그 힘을 얻으면 안돼? 나랑 함께 싸워나가면 안 되는 거야?

광석　말했잖니, 몇 번씩.

작가　납득이 안돼.

광석　네가 이해하지 않으려 하니까 그래. 여기 편해, 아늑한 동굴처럼. 하지만 동굴은 햇빛이 없잖아. 밖에서 시작해야지. 그곳이 어디든지. 세상과 싸우려면 말이야.

작가　벌써 7년이야. 세상과 싸우는 것이 아니라 자꾸 도망가는 것처럼 보이니까 그렇지. 광석 씨 쫓는 사람 이제 아무도 없어. 광석 씨 빈털터리야. 빼앗고 뺏길 땅 한 평도 없어. 뭐가 무서워 자꾸 도망가냐고!

광석　잘 알잖니. 내 문제가 합리나 이성 같은 것으로 설명되지 않는다는 것.

작가　알아. 그러니까 심리적인 문제일 뿐이야. 그 정신과 의사도 그랬잖아.

광석　누구보다 내가 벗어나고 싶어. 누가 날 쫓는 것이 아니란 것 잘 알아. 머리로 말이야. 하지만 사람들 사이에 가면, 등 뒤에 있는 사람들은 그가 누구든지 나를 납치하려는 자들로 느껴져. 아니다, 아니야! 아무리 날 설득하지만 마음이 그렇게 안돼. 숨이 가빠지고 머릿속이 열로 타올라. 견딜 수가 없어. 등 뒤에 아무도 없는 땅에서, 그런 조용한 곳에서, 조금씩 앞으로, 앞으로 버티면서 나오고 싶을 뿐이야.

작가　미안해, 광석 씨. 머리로는 이해를 하면서도 자꾸 내 마음이… 나도 잘 안 되네.

광석　정말 잊어버리고, 다시 시작하고 싶어. 사람들 앞에도 서서 내 일을 해 나갈 수 있게 말이야.

작가　논문? 강의? 그런 부담 예전에 털어 버리기로 했잖아. 사실 의미 없는 거야. 요즘 박사 받아도 갈짱 헛 거라고. 누가 대학에서 철학 전임을 뽑아? 있는 사람도 몰아내려는 판 아니야. 뭐, 실용적인 전공으로 바꿔야지 살아남는다고 아우성이더라고.

광석　누가 대학 강의하겠대. 학원에서 논술이라도 가르쳐보려는 거지.

작가　학원 강의를 왜 해? 그것 광석 씨 적성 아니야.

광석　적성? 누가 적성으로 그 짓 하겠어. 밥벌이지. 나도 그들이 다달이 던져주는 그 돈 받고 싶지 않아서 그러는 거야. 그걸로 밥 먹고 사는 것, 내 몸까지 더러워지는 것 같아서 견딜 수 없어.

작가　그 사람들이 그렇지, 왜 광석 씨가 더러워. 광석 씨 것을 모두 훔쳐가고 기껏 부스러기 몇 푼 던져주는 것 아니야. (자기도 모르게 흥분해서) 그들이 빼앗은 게 든뿐이야!

광석　미현아! 그만! (괴로운 눈빛)

작가　미안, 미안해. 내가 흥분해서, 그만. 광석 씨 마음 생각 못 했어.

광석　그냥 들어 넘길 수도 있는데, 어떤 때는 목에 팍 걸려. 가슴이 막혀서 숨이 차고, 몸이 뜰려 와.

작가　알아, 미안해. (분위기를 바꾸려는 듯 씩씩하게) 걱정하지 마. 내가 돈 왕창 벌게. 왕창 벌어서 우리 같이 쓰면 되잖아. 한 오십만 권 나가는 장편 하나 쓰는 거야. 나라고 못 쓸 것도 없잖아. 오십만 권이면 인세가 얼마야? 대강 오 억쯤 될 걸. 와, 3

년에 한 권씩만 쓰면 우리 둘 팍팍 쓰면서 살겠다.

광석   (웃으며) 우리가 삽 메고 산삼이나 찾으려 가는 것이 더 나을
       것 같은데.

작가   아니, 광석 씨도 나 무시하는 거야?

광석   설마.

작가   지금 그러고 있잖아.

광석   천만에. 좋은 소설을 쓰는 소설가로는 인정하고 있지.

작가   겨우 2천 부 찍은 소설집 한 권 내고 몇 년이나 헤매는 판
       에, 작가랍시고 무슨 명함을 내밀겠어.

광석   아니라니까. 너 정말 좋은 작가야. 많이 팔렸다 안 팔렸다가
       무슨 잣대가 될 수 있어? 넌 탄탄한 소설을 쓰는 진짜 작가
       야. 난 소설가 윤미현 인정해. 포장만 하려한 에세이 따위
       써서 팔아먹는, 소위 인기 작가. 그런 작가들이 쓰는 글들.
       삶에 대한 진지한 질문은 없이 값싼 희망을 세일하는, 그 따
       위 허접쓰레기 글은 쓰지 않는 진짜 작가로 인정한다고.

작가   하여튼, 땡큐. (웃으며) 누가 철학 전공 안 했다고 할까 봐서.
       그렇게 진지해서 굶어죽기 딱 좋은 세상이다. 그런데 역시
       나, 정말, 우리는 부자가 되기는 틀린 건가?

광석   미현이는 지금 잘 살고 있는 거야. 내가 힘들게만 안 해도
       더 잘 살 거고.

작가   또 그 소리. 광석 씨가 힘들게 하는 것 없대두.

광석   밖에서 사람들 사이에서 어떻게든 버텨보려 해도, 오래 못
       견디고 돌아오고 마네. 지금은 한 달이 한계인가 보다. 내가
       윤미현 없이 살 수 있는 기간.

작가   그 기간, 나는 그보다 더 짧아. 참고하기 바래.

광석   내가 제대로 버텨내야지 진짜 함께 할 수 있다고 했잖아.

작가   알았어, 알고 있다고. (퍼뜩 대표와의 약속이 생각난다) 아, 참. (시

계를 본다) 이런, 늦었네.

광석　　약속 있어?

작가　　응, 광석 씨도 알지. 박태경 씨. 지금 출판사 하고 있다고 했
　　　　잖아.

광석　　응, 들었지.

작가　　(서두른다) 요 아래 버스 정류장 옆 커피숍인데, 깜빡했네. 좀
　　　　늦었어. 이야기 할 일이 있어서.

광석　　빨리 나가봐.

작가　　푹 좀 자고 있어.

광석　　안 그래도 그럴 거야, 편안한 동굴에 들어왔으니까.

작가　　그래, 한 달 떠나 있었으니까. 두 달은 겨울잠 자야 돼.

작가 원룸 공간에서 나간다.

광석 침대에 누워 잠이 든다.

대표(태경), 무대 왼쪽으로 등장한다. 카페다.

사이.

작가 등장한다.

작가　　미안. 오래 기다렸어?

대표　　아니, 조금 전에 도착했어. 그런데, 그렇게 푹 빠진 거야?

작가　　응?

대표　　이원형 선생님. 어제 통화할 때 말이야. 작업에 대한 열기가
　　　　팍팍 전해지던데.

작가　　으응.

대표　　매력 있지? 의미 있는 작업이 되겠지?

작가　　(크게 고개를 끄덕인다) 쓰고 싶어. 아니, 일단 시작했어.

대표　　그래. 진도 빠른데. (서류 봉투를 내민다) 논문이랑 이것저것, 저

번 것 이후로 찾은 자료 복사한 거야.

작가　고마워.

대표　계약금도 못 준 주제에 내가 미안하지.

작가　돈 때문에 내는 책 아니라는 것 나도 잘 알아. 미안해 할 것 없어.

대표　그래, 그런 인물들 평전 요즘 영 인기 없으니까. 하여간 기초적인 자료는 출판사에서 제공해야지.

작가　내가 뭐 찾고 뒤지고 하는 쪽으로는 젬병이라서. 게으르기도 하고.

대표　자료는 제공한다니까. 더 필요한 것 있으면 전화해.

작가　(서류 봉투를 챙기면서 무의식으로 일어서려 한다)

대표　아무리 작업 급해도 그렇지. 자기 지금 커피도 다 안 마셨어.

작가　그게 아니고, 사실 광석 씨가 와서.

대표　광석 선배가….

작가　오랜만이야.

대표　당신들 정말 지독하다. 벌써 몇 년이야, 그 일 있은 지. 5년이 지났나?

작가　7년….

대표　벌써? 참 그렇겠다. 그때 난 그 전 해에 출판사 간판 걸고 똥오줌 못 가리고 헤매고 다닐 때였지. 미현 씨 신춘문예 당선했던 해잖아. 그해 2월이었나, 그 사건이 터진 것이?

작가　1월 29일.

대표　세월이 빠르긴 하네. 엊그제 일 같은데. 요즘도 그래? 사람들 무서워하고, 불안해서 도망 다니고. 그걸 정신의학에서는 공황장애라고 하던가. 강박증의 일종이겠지. 여전해?

작가　노력하고 있어. 열심히 싸우고 있어. 그래서 배낭 메고 떠나

걷고 또 걷는 거고. 광석 씨 나름대로 그렇게 해서 힘을 얻으려는 거야. 사람들 사이에서 견뎌내려면 자연의 힘이랄까, 침묵의 힘이랄까, 그런 것이 필요한가봐.

대표 정신병원 집어넣고 땅 뺏은 사람들 이제 코빼기도 안 비칠 것 아냐. 더 이상 빼앗을 것이 없을 테니까. 그래도 양심은 있다고 해야 하나. 교통비와 밥값 정도는 빼 쓰는 카드 줬다면서.

작가 태경 씨, 미안해, 먼저 일어설게.

대표 (따라 일어서며) 미안. 내가 쓸 데 없는 말 했지?

작가 아니야. 광석 씨 실종됐을 대, 태경 씨 헤매는 나랑 이틀이나 같이 있어 줬잖아. 인천과 수원어 있는 병원까지 함께 뒤지고 다니고. 출판사 일 때둔에 정신없이 바쁠 때인데도. 나중에야 알았지, 난 그때 태경 씨 사정은 생각도 안 했네. 태경 씨, 이런 말 할 자격 충분해. 태경 씨 말 때문이 아니고, 그냥, 광석 씨가 집에 있을 때 밖에 나오면 불안해지네. 나도 강박증인가.

대표 애정이겠지. 7년이 무색한 그 지독한 애정.

작가 참⋯. (웃는다)

위의 작가와 대표의 장면 중간쯤에 원룸 공간의 광석 일어난다.

일종의 몽유병의 동작처럼 보이는데, 광석의 정신적 상처와 장애(트라우마)의 원인인 납치와 감금의 심리적 상황을 표현한 것이다.

서서히 일어선 광석, 오른쪽 무대 뒤쪽의 병동의 구조물로 보이지 않는 손에 납치되듯이 마치 끌려가는 것처럼 다가간다. 감금된 광석 허우적거리듯 구조물을 오른다. 오르고 미끄러지는 탈출의 시도다.

이 시도가 여의치 않자, 철책 아래으 땅을 파기 시작한다. 답답하지만 집요하게 계속되는 이런 행위, 이 장면이 끝날 때까지 지속된다.

대표 퇴장하고, 작가는 무대 중앙의 앞쪽으로 걸어와 선다.

유치장의 계단으로 형사 내려온다.

형사, 잠이 든 이원형 앞으로 가서 선다. 한참 동안 물끄러미 바라본다.

작가 유치장의 장면을 바라본다.

형사 지금 잠이 오십니까? 허어, 여기가 동네 머슴방이나 주막 봉놋방인 줄 아십니까. 아니, 양반님네들 사랑방이라고 해야 하지. 그 번지르르하게 기름 먹인 장판방을 보지 않아서 알 수가 없지만 말입니다.

이원형 (눈을 뜬다) 이제 분명히 알겠어. 자네 조선인이군. 말투로 짐작은 하고 있었지.

형사 (당황한 기색을 억누른다) 이선생은 중국어야 능통하시겠지만, 내지어에 서투르시군요. 내 말은 내지의 교토 표준 발음인데 말씀입니다.

이원형 (힘들여 몸을 일으켜 의자에 앉는다) 그래서 알아본다는 거네. 너무 표준이라서 말이야. 그냥 왜놈은 자연스러워. 자네처럼 악착 같이 표준에 맞추려 하지 않거든. 그게 가짜 왜인이 된 조선인의 특징이지.

형사 (한 방 얻어맞아 얼굴이 벌겋게 된다) 다시 한 번 여기가 어디인지를 확인해 드릴까요 이 선생님. 저승사자도 오줌을 질질 싸지 않고 못 배긴다는, 제국 경찰 고등계 지하 취조실이라 이 말씀입니다. 충분히 아실 만한 양반이 아직 상황 파악이 안 되신 건가요? 내가 조선인이건 왜인이건 그건 아무 의미도 없다 이 말씀입니다. 난 대일본 제국의 형사고, 이 선생은 체포된 우리의 적일뿐입니다.

이원형 (물끄러미 보며) 알고 있네. 너무 애쓰지 말게. 그럴 필요가 없을 거야.

형사　(더 벌겋게 달아오른다. 그러나 직업의식을 발휘하여 흥분을 가라앉힌다) 좋습니다. 애 쓸 필요가 있는지 없는지는 써 봐야 하는 것 아니겠습니까. 이제 다시 처음부터 시작해야겠군요. 선생이 입을 열지 않으니 어쩔 수 없지 않습니까. 우리도 피곤하기는 하지만, 뭐 이게 우리 일이니까요. (웃옷을 벗고 채찍을 든다) 자, 묻겠습니다. 상해에서 만주로 잠입해 온 이유가 뭐지요? 이곳 대련 부두로 행차하신 이우가 뭐냔 말입니다?

이원형　(눈을 감고 입을 다문다)

형사　눈을 뜨시오.

이원형　(눈을 뜨지 않는다)

형사　눈을 뜨라고 했습니다! (채찍으로 후려친다)

이원형　(이를 악물고 신음한다)

형사　다시 묻겠습니다. 이곳에 온 이유는 무엇입니까?

이원형　대답할 것이 없어.

형사　대답할 것이 있지요, 대답할 것이 있습니다. (채찍으로 후려친다)

이원형　(신음)

형사　그럼 질문을 좀 바꿔 볼까요. 여기서 접선하기로 한 인물을 말해 보실까요? 뭐 한 인물이 아니라, 그놈을 잡아당기면 조직이 되겠지만.

이원형　그런 인물 같은 것 없어.

형사　그럼 목숨을 걸고 유람이나 왔단 말씀입니까? 이 선생과 같은 거물이 일본경찰과 헌병이 득실대는 만주로 놀러 나오셨다 그 말입니까? 이 비상시국에 말씀입니다. 그런 말도 되지 않는 대답은 서로를 피곤하게 할 뿐이란 것을 정말 모르시겠습니까? (채찍으로 후려친다)

이원형　(신음. 눈을 뜬다) 정말 대답을 듣고 싶은가?

형사　물론이지요. 어차피 말을 하게 되어 있습니다. 그래야 끝나니까요. 서로 시간을 낭비할 필요 없잖습니까.

이원형 자네가 원하는 대답은 아닌 것 같네만.

형사 말씀해 보시지요. 판단은 우리가 하니까요.

이원형 정 원한다면 말을 하지. 사흘 전 새벽이었어. 황포 부두에서 이곳으로 오는 배를 타기 전이지. 내가 한 가지 큰일을 치렀네.

형사 큰일이요?

이원형 한 인간을 죽이고 왔네.

형사 죽여요?

이원형 그래, 그랬지.

형사 이 선생이 직접 살인을 했다 그 말씀입니까? 그 몸으로 말입니까?

이원형 나 자신을 죽이는 일이니 팔 다리 힘이 들거나 그렇지는 않았네.

형사 뭐라고요! 지금 날 우롱하는 겁니까?

이원형 내가 왜 자넬 우롱하겠나. 가짜 왜인의 탈을 쓴 자네야말로 이미 스스로를 충분히 우롱하고 있지 않은가. 그 꼴로 자신을 우롱하고 있는데, 누가 어떻게 더 우롱한단 말인가.

형사 (모멸감으로 얼굴이 달아오른다) 이 선생!

이원형 자네가 알고자 하는 것을 알고 있는 이원형, 그런 것을 머릿속에 담고 있는 이원형, 자네들의 고문에 그 머릿속의 것들을 입으로 불어낼 이원형, 그 이원형은 죽었어. 내 손으로 죽이고 왔단 말이네. 아직 죽지 못한 몸뚱이는 남았지만.

형사 스스로 자신을 죽였다….

이원형 그래, 죽였지. 죽이고 이곳에 왔어. 내가 아무런 방비도 없이 자네들의 손아귀에 들어오겠는가. 그러니, 아무리 채찍질해야 내 입에서 나올 것은 없어. 이미 죽은 자에게 무엇을

　　　　　　들겠다는 건가.

형사　　　(노려보며) 지금 말장난하시는 겁니까?

이원형　　어찌 사람 목숨이 장난이 되겠나. 자신의 목숨을 갖고 장난
　　　　　　치는 사람이 있겠느냔 말일세.

형사　　　좋소. 언제까지 그런 여유를 보일 수 있을지 한번 두고 봅시
　　　　　　다. (밖을 향해 소리친다) 이봐! 이봐!

두 고문자　(뛰어 들어오며) 옛!

형사　　　이 양반이 아직 여기가 어딘지 모르시는 모양이야. 좀 알게
　　　　　　해 줘야 입을 열 모양이야.

두 고문자　알겠습니다!

형사　　　(나가려다) 아, 이것은 명심하도록. 입을 열게 해야 하지만, 아
　　　　　　예 입을 못 열게 만들어서는 안돼. 이 노인에게는 힘보다는
　　　　　　기술이 필요하다는 말일세, 특별히 들어야 할 말이 많으니
　　　　　　까. 알겠나?

두 고문자　명심하겠습니다!

　　　　　　형사 나간다.
　　　　　　두 고문자, 손가락 등을 기구로 고문하는 등 기술적인 고문을 가한다.
　　　　　　이원형, 이빨로 고통을 끊어낸다.
　　　　　　작가, 이 장면을 지긋이 바라보고 있다.

4

유치장, 이원형 쓰러져 있다.

무대 왼쪽에서 나온 아버지와 고모, 바퀴가 달린 가방을 끌고 빠른 걸음으로 무대를 가로지른다. (공항의 소음)

아버지는 핸드폰으로 통화를 시도한다. 통화가 안 되는지 신경질적으로 폴더를 닫는다.

고모　　안 받아요?

아버지　아, 안 되니까 안 하지.

고모　　저런 버럭증.

아버지　이 자식은 뭐 하는 거야?

무대 오른쪽으로 나간 아버지와 고모, 다시 등장한다. (도심의 소음)

무대를 가로질러 왼쪽으로 나가며 아버지 "택시!" "택시!" 소리쳐 부른다.

사이.

다시 무대 왼쪽에서 가방을 끌고 나오는 아버지와 고모.

아버지 통화를 시도한다. 이번에는 통화가 되었다.

작가, 무대 오른쪽에서 컴퓨터 책상을 밀고 들어온다.

핸드폰으로 통화중이다.

아버지　너 어떻게 된 애가 전화를 안 받고 그러냐. 뭐? 어제는 아예 꺼 놨더라. 아까는 신호가 가도 영 먹통이고.

작가　　어제요? 아, 일 좀 하느라 껐어요. 무슨 놈의 광고 전화가 그렇게 오는지. 오전에는 진동으로 해 놨는데 몰랐네요.

고모		미현이가 받아요?

아버지		아, 받으니까 전화하지. 쓸데없는 스리는. 아, 아니다.

고모		(씨근댄다)

아버지		너 집이냐? 집 전화는 어떻게 된 거야?

작가		집 맞아요. 집 전화는 해약했어요. 불필요한 요금 나가니까
		요. 그런데, 어디에요?

아버지		어디긴? 네 집 앞까지 다 왔다.

작가		예? 집 앞이라고요?

아버지		공항버스 타고 시청 와서, 시청서 택시 탔다. 금방이네.

작가		집 앞이란 말씀이세요?

아버지		그렇다니까 얘가. 금방 올라간다. (전화 끊는다)

원룸 공간의 작가 당황해 한다.

작가 어딘가로 전화를 한다.

소파 구석에서 울리는 벨소리.

어쩔 수 없다는 듯 주저앉는 작가.

아버지와 고모, 작가의 원룸 공간으로 간다.

현관 벨소리.

작가, 문을 열어준다.

고모		미현아!

작가		고모.

아버지		몸은 성하냐?

작가		예, 아버지.

아버지		얼굴이 영 아니잖냐.

작가		별 탈 없어요.

고모		아직 한창 나이다. 몸도 좀 가꾸고 그래. 기왕 싱글로 라이

프를 연주하려면 화려한 솔로가 돼야지.

아버지 (고모에게) 또 익은 밥 먹고 식은 소리. 화려한 솔로는 그 무슨 빌어먹을 솔로. 해볼 만큼 했으면 이제 끝내야지.

고모 그래, 아이고 무릎이야, 열 몇 시간씩 비행기 타는 것 이거 할 짓 아니다. 이제 들어가면 다시는 나올 엄두가 안 날 것 같네.

아버지와 고모, 소파에 앉는다.

작가 (자기 의자에 앉으며) 그런데 갑자기 무슨 일이에요?

아버지 (버럭) 무슨 일은 무슨 일! 너 때문이지!

고모 오빠 소리 좀 지르지 말아요. 비행기에서도 창피해서 혼났수.

아버지 창피는 무슨.

고모 스튜어디스가 못 알아들을 수도 있지. 조용히 불러서 다시 말하면 될 일을. 아, 커피 한 잔! 버럭 소리를 왜 질러요. 노 친네들 보리차만 축내면서 노닥거리는 시골 다방도 아닌데. 어이구, 잠자던 사람들이 다 깨서 넘어다보지를 않나.

작가 (웃는다) 아빠도 참… LA 한인타운이 다 요란하다면서요.

아버지 아, 시끄럽다. 내 밥 먹고 내 입으로 말 좀 하는 것이 잘못이냐. 사람이 할 말은 하고 살아야지.

작가 고모까지 오실 줄은 몰랐어요.

고모 내가 예전부터 무릎이 안 좋았지 않니. 연골판인가 뭔가가 다 닳았단다. 이제 우리 애들은 거기 다 들어와 있고, 이번에 마지막으로 나오지 싶어서 오빠가 오는 길에 함께 오자고 했다. 아, 고등학교 동창, 화곡동 사는 용숙이 이모라고 너도 알지? 처녀 때도 뚱뚱해서 별명이 처녀돼지였는데. 그때 처녀뱃사공 노래가 유행했잖니.

작가   (웃는다) 알지요. 우리 답십리 살 때 자주 놀러왔잖아요.

고모   그랬을 거야. 애가 워낙 돌아다니기를 좋아하니까. 그래도
         몸은 잽쌌지. 물 찬 돼지라니까. 올 초에 남편이 간암으로
         떴단다. 자식들은 다 분가해 살지. 휑하니 넓은 집에 오죽
         썰렁하겠니. 하루 걸러 전화질이더라. 제발 나와서 좀 푹 쉬
         었다 가라고 말이야.

아버지   그만 읊어. 넌 어찌 그 나이 먹어서드 생각이 자기한테서만
         맴돌아. 무릎 연골판 다 닳고, 남편 죽은 친구 외롭다고 해
         서 같이 동무해 주러 따라나온 거야? 그러라고 내가 그 비
         싼 비행기 표 끊었어?

고모   알아요, 안다고요. 일 절 하고 이 절 합시다. 아버지 어머니
         모셔 가려고 우리 남매 나왔다고요.

아버지   그것이 왜 이 절이야, 일 절이 돼야지. 어디 작은 일이야?

고모   더 중요한 것은 나중에 나오는 법이랍니다. 이미자나 조용
         필이 먼저 나오는 것 봤수.

작가   할아버지 할머니 모신다고요?

아버지   그래, 화장해서 유골을 모실 거다. 그쪽도 깨끗하게 모실 데
         가 있어. 그대로 둬 봐야 쑥대밭이 될 거다. 고향이라고 해
         도 사람이 있어야지.

고모   그건 나도 네 아버지랑 같은 생각이다. 영수도 이번에 영주
         권 나왔잖니. 네 오빠에다, 이제 동생까지 다 여기 뜬 판에
         묘 돌볼 사람이 누가 있어. 개발이다 뭐다 해서 요즘은 시골
         도 회까닥 파헤쳐지는 판이니 언제 어떻게 될지 모르고. 장
         마에 쓸려 내려갈 수도 있고.

아버지   이제 나도 나오기가 쉽겠냐.

작가   (고개를 끄덕인다)

아버지   그리고… 이참에 네 어미도 그리로 옮길 거다.

작가　　(놀란다) 엄마를요?

아버지　하는 김에 같이 해야지.

작가　　엄마는 그대로 두세요. 엄마가 항상 다니던 절이잖아요. 돌아가시기 전에도 그 절에만 가면 마음이 편하다고 하셨고요. 거기에 모셔질 줄 알고 돌아가셨잖아요.

아버지　죽은 사람이 무슨 뜻을 갖고 있냐, 다 산 사람 위주가 되는 거지.

작가　　(단호하게) 엄마는 제가 살펴 드려요. 그냥 두세요. 건드리지 마시라고요.

아버지　그래, 말 잘 했다. 네가 보살펴라. 그러니까 그리 옮기자는 거야.

작가　　예?

아버지　나 이것 판다. 보름 뒤 우리 들어갈 때 같이 가자.

작가　　아버지!

아버지　(실내를 휘둘러본다) 이게 뭐냐? 네가 적은 나이야? 사십이 바로 코 앞이야. 이 꼴이 뭐냔 말이다.

작가　　저 잘 살고 있어요.

아버지　잘 사는 것이 이 모냥이야?

작가　　저, 제 힘으로 돈 벌어 먹고, 제가 하고 싶은 일 하며 살고 있다고요.

아버지　큰 놈이 가끔 송금하는 것은 뭐냐?

작가　　(수치로 얼굴이 붉어진다) 두어 번이에요. 아플 때도 있었고, 일이 어긋나는 바람에… 장염으로 2주일 입원했었고, 출판사가 문을 닫아서 번역료를 떼였고요. 나, 오빠 도움 없어도 살 수 있어요. 살아 왔다고요.

아버지　듣기 싫다. 이 집은 내 소유로 돼 있다. 처분할 거다. 시일이 급하니 헐하게라도 내 놓아야지. 같이 들어가!

작가   아버지!

고모   오빠, 미현이도 숨 좀 쉬게 합시다. 3년만에 갑자기 나타나
      서 지 사는 집부터 팔겠다니 애가 안 놀라게 생겼수.

아버지 국제 통화할 때마다 1년에 몇 차례씩은 한 이야기야. 전화비
      가 아까워.

작가   할아버지 할머니 모셔 가세요. 엄마는 안 돼요. 때마다 제가
      찾아 뵐 거예요. 그리고 이 집값 내가 벌어서 갚을게요. 장
      기로 빌려주었다고 생각하세요. 각서 써 드려요? 아니, 차
      용 증명서나 뭐 그런 것 써 드려요?

아버지 이, 듣기 싫다니까. 딴 소리 갈고 여기 정리해.

작가   (높아지는 목소리) 안 가요. 난 작가예요. 거기 가서 뭘 하라고
      요? 못 가요. 여기서 버티고 살면서 글 쓸 거라고요!

아버지 거기도 우리말 신문 있고, 방송도 있다.

작가   여기가 내 자리예요. 도망칠 수 없어요.

아버지 왜 도망치는 거야. 가족들이 있는 곳으로 가는데. 가서 좀
      쉬면서 여유 갖고 일하면 되잖냐. 정 뭐하면 오빠 가게도 도
      와주고 하면 되고 말이다.

작가   (고개를 세차게 젓는다) 안 가요, 못 가요, 여기 있겠다고요!

아버지 (불쑥) 그놈 때문이냐?

작가   예?

고모   누구 말이요?

아버지 (일어나서 집안 구석구석을 쏘는 듯한 시선으로 훑는다) 그놈 때문이
      아니냔 말이다?

작가   아버지.

고모   아, 정서방.

아버지 (버럭) 정서방은 무슨 정서방! 애가 결혼을 했나, 같이 살기를
      했나, 그게 무슨 돼먹지 않은 소리야!

고모　　귀창 떨어지겠수다. 전에는 그렇게 불렀잖소. 그래 그냥 그런 거지, 뭘 그걸 가지고 쥐새끼 잡듯이 그래요.

아버지　(소파 구석에서 광석이 쓰고 다니던 모자를 발견하고 주워 든다) 요새도 드나드냐?

작가　　(물끄러미 모자를 바라본다)

고모　　아, 애들이 어린애요. 한때 약혼까지 했던 사인데 오며 가며 만날 수 있는 거지.

아버지　(고모에게 버럭) 아, 시끄러! (미현에게) 그래서 내가 가자는 거다. 너 그놈 눈앞에 두고서는 사람으로 못 살아.

작가　　사람으로 못 산다고요?

아버지　진작 인연이 아닌 줄 알았으면 끊어야 하는 거야. (모자를 던지며) 여전히 그 모냥 그 꼴인 모양이구만. 하는 일도 없이.

작가　　광석 씨 열심히 살고 있어요.

아버지　돈은 버냐?

작가　　자신을 다잡으려 최선을 다 하고 있어요. 죽을 힘으로 살고 있다고요.

아버지　여전히 다달이 푼돈이나 타서 오늘 내일도 없이 떠도는 모냥이구나. 그것이 잘 사는 거야?

작가　　제발 그냥 두세요. 그 사람 남한테 피해 안 주고, 열심히 살려고 한다고요!

아버지　도대체 그놈의 집구석은 어떻게 생겨먹은 것이 그 모양이냐. 하기야 멀쩡한 인간을 정신병원에 처넣고, 금치산자로 만들어버린 집구석이니 무얼 더 말하겠냐만.

작가　　아버지, 그만, 그만하세요!

고모　　아, 정서방도 안 된 사람이지. 참, 그 증세는 아직도 여전한가?

작가　　차츰 좋아지고 있어요.

아버지　그러니까 그놈 때문인 게야. 그놈 떠문에 여기를 못 떠나고 이런 꼴로 사는 것 아니냔 말이다.

작가　(폭발한다) 그게 왜 안 돼요? 사람이 사람 만나고 사는 거라고요! 그리고, 난 여기서 살 거라고 했잖아요! 버티고 살아낼 거라고요! 쓰고 싶은 글 쓰고 살아남을 거란 말이에요!

무대 중앙 뒤에서 광석 등장한다.

허름한 추리닝 바지를 입었다. 한 손에 아이스크림을 들고 아이스크림과 과자가 든 봉지를 들고 있다.

현관문 앞까지 온 광석 주머니에서 열쇠를 꺼내 문을 연다. 실내의 사람들은 감지하지 못한다.

거의 동시에 왼쪽 무대의 계단을 내려오는 두 고문자.

다음 작가의 공간에서 극 행동이 진행되는 동안, 유치장에서는 고문이 자행된다.

형사, 소리 없이 계단 중간에 나타나서 고문 장면을 보고 있다.

고문 장면은 마치 소리가 제거된 슬로우 비디오의 화면처럼 양식화된다.

광석　(들어서다가 아버지와 고모를 발견하고 놀라서 비닐 봉지를 떨어뜨린다. 아이스크림과 과자 봉지가 쏟아진다)

작가　광석 씨, 아빠와 고모 오셨어.

광석　(황급히 일어서며) 아, 예. 안녕하세요?

아버지　(한심하다는 표정이다)

고모　(웃으며) 우리 전에 두어 번 봤지요?

광석　아, 예. 그런 것 같습니다.

아버지　자네 여기서 생활하나?

작가　아버지!

광석　아, 아닙니다.

아버지　이 애는 엄연하게 미혼이네. 그런 꼴로 처녀가 사는 집에 드
　　　　나드는 것이 상식에 합당한 것 같나?

광석　그, 그게 아니라….

작가　아버지, 제발….

고모　오빠, 그만해요.

아버지　(고모에게 날카롭게) 넌 가만있어. 나설 때 안 나설 때는 구분하
　　　　지 못 하고서. (광석을 보고) 한때 인연을 맺으려는 사이였으면
　　　　누구보다 이 애 입장을 살펴줘야지 않나.

작가　(울부짖듯이) 그만 하세요! 그만 하라고요!

아버지　(작심을 했다) 이 애는 여길 떠날 거야. 이제 깔끔하게 다 정리
　　　　하게. 보름 후에 우릴 따라 여길 뜰 거야.

작가　아니에요, 가기는 누가 가요, 난 안 가요. 못 간다고 했잖아
　　　　요!

아버지　서로 인연이 아닌 것 알았으면 더 이상 얽어매지 말란 말이
　　　　네. 알겠는가?

광석　(심하게 당황한 상태다) 예?

아버지　내 말 알아듣겠는가?

광석　예, 예. 알겠습니다. 죄, 죄송합니다. (나가려고 잠바를 걸치는 등
　　　　허둥댄다)

작가　(놀라서) 광석 씨, 어디를 갈려고 그래.

광석　응? (생각하고) 응, 그 선배, 성일이 형 말이야, 언제 한번, 찾
　　　　아오라고 했어.

작가　언제?

광석　얼마 전에, 대학로에서 만났거든. 삼송리에 산대.

작가　곧 어두워지기 시작하잖아.

광석　여기서 택시 타면 금방이야. 어두워지기 전에 갈 수 있어.

작가　지금 집에 있는 줄도 모르잖아. 그냥 여기 있어.

광석   아, 아니야. 내가, 죄송해서… 갈게.
작가   광석 씨, 제발.
광석   (마치 빌듯이) 미현아, 나 좀 그냥 둬.
작가   (이 상황이 광석에게 괴롭다는 것과 못 말린다는 것을 느끼고) 전화해
         봐.
광석   어? 응, 그러면 되겠네.
작가   (핸드폰을 찾아주며) 자, 여기. 잘 좀 챙겨.

         광석, 한쪽 구석으로 가서 호주머니의 핸드폰을 꺼낸다.
         아버지, 그 꼴을 한심하다는 표정으로 보고 있다.
         광석, 경황 중에도 뭔가를 생각하다가 통화를 시도한다.
         통화가 된 것처럼, 조그맣게, "응, 형. 나. 정광석. 응, 여기 불광동. 형 한 번
         보려고. 지금 가도 돼? 알았어. 그래."

광석   (미현에게) 오래.
작가   알았어. 조심해. 가서 전화하고.

         광석, 바지를 들고 화장실문(역시 사실적인 문이 아니다)을 열고 나가 입는
         다.

아버지   (혀를 차며 머리를 젖는다) 정신 좀 차리고 살란 말이다, 이것아!
작가   아버지!
광석   (바지를 입고 들어와 아버지와 고모에게 꾸벅 인사한다) 다음에 뵙겠
         습니다.
아버지   그럴 일이 없을 것 같네. 아니 없어야 하지. 알겠나!
광석   예? 아, 예, 예.
고모   조심해요.

작가   가서 전화해. 꼭. 알았지!

광석   어? 응, 응.

광석 나간다.

이원형 바닥에 쓰러진다.

형사 고문을 중단시킨 뒤 계단을 올라가 사라진다.

고문자들 나간다.

작가   (울음이 차오른다) 아빠, 어떻게 그러실 수 있어요? 어떻게….

아버지   부모란 것이 원래 독한 족속이다. 제 혈육이란 것들이 저지
       른 짐을 왜 네가 떠맡는단 말이냐.

작가   왜 내 말을 못 알아들으셔요? 난 이렇게 살고, 그 사람은 그
       렇게 살아요. 그리고, 서로가 필요해요. 저 사람 내게 짐 아
       니에요! 힘들지만, 우리 정말 열심히 살고 있어요. 뭐가 잘
       못됐어요? 뭐가 잘못됐냐고요? (울음이 터져 나온다)

고모   오빠도 참말 못 말리겠소. 몇 년만에 만난 부녀상봉에 이게
       뭐요? 갑시다. 더 있다가는 제 설움에 애가 쓰러지든지, 혈
       압으로 오빠가 쓰러지든지 양단간에 결단이 나겠수다.

아버지   그렇지 않아도 나가려던 참이야. 간다.

고모   아버지도 가실 데가 있으니 걱정 말아라.

아버지   그래, 나도 암으로 마누라 죽은 친구놈이 외롭다고 전화질
       로 성화다.

고모   다시 오마.

아버지   아까 한 말 빈말이 아니다. 보름이다. 떠날 준비해! (광석의 모
       자를 소파에서 발견하고) 제 물건도 못 챙기나, 쯧쯧….

작가   (고통 속에서 멍하니 쳐다본다. 모자를 주워든다)

아버지와 고모 가방을 끌고 나간다.

작가 침대에 주저앉아 고통 속에 잠겨 있다.

사이.

천천히 일어난 작가, 유치장의 이원형을 향하여 무대 중앙으로 이동한다.

멈춰서 쓰러진 이원형을 물끄러미 바라본다.

작가　　왜 그러셨어요?

이원형　(서서히 고개를 든다)

작가　　어떻게 그런 무서운 선택을 하실 수 있었어요?

이원형　(이제 고개를 똑바로 들고 정면의 관객을 바라본다)

작가　　그냥 사실 수 있었잖아요. 조선을 말아먹고 팔아먹은 노론
　　　　　양반네들, 그냥 잘 살았잖아요. 공작이다, 후작이다 백작이
　　　　　다 작위 받고, 천황 하사금까지 두둑이 챙겨서 한평생 호사
　　　　　를 누리며, 친일파로 잘 살았잖아요. 그런데, 무엇 때문에,
　　　　　무엇이 저 허허벌판인 서간도로 북간도로 만주로 선생님을
　　　　　내몰았어요? 저 일제 경찰의 악독한 고문. 살갗이 터지고,
　　　　　손톱이 빠지고, 뼈가 부러지고… 일흔을 바라보는 선생님
　　　　　을… 글로 읽어도 가슴이 부들부들 떨려서 견디기 어려운
　　　　　데… 선생님 왜? 선생님, 왜 그러셨어요?

이원형, 힘들게, 그러나 침착한 형동거지로 몸을 일으켜 의자에 앉는다.

의자에 앉은 이원형, 무대 중앙 후면으로 시선을 돌린다.

그것이 신호이기라도 되듯이 의관을 정제한 선비들 쏟아져 나온다. 이들은
방사형으로 선을 그리며 무대 앞으로 뛰어나와 무대 정면을 보고 선다.

장년(壯年)의 이원형(원형)과 의기투합한 선비 넷이다.

이들의 동작은 단호해서 힘과 활기가 넘친다.

쏟아져 나온 선비들 객석을 향하 엎드려 통곡을 한다.

그 중앙에 원형이 있다.

사이.

모두 일어선다.

원형   오호라!

선비1   사직이 무너지고!

선비2   강토를 빼앗기니!

선비3   온 나라 백성이여!

선비4   살았으되 죽었고나!

원형   어찌 개돼지처럼 왜적의 종으로 살겠는가!

선비1   목매거나 심장 찔러 이 치욕을 씻어야 마땅하거늘!

선비2   일시의 울분을 이기고 후일을 도모해야 할 때도 있는 법!

선비3   힘을 길러 강도 왜적을 몰아내야 하리!

선비4   이 한 목숨 기꺼이 던져 삼천리 강토를 수복해야 하리!

그들, 반원형으로 모인다.

원형   결단을 했으니, 행동은 신속해야 할 것이네.

선비1   이를 말이겠는가. 올해가 가기 전에 압록을 건너야지.

선비2   암, 그러자면 동짓달 안에 일단 준비가 끝나야지.

선비3   섣달 삭망에 다시 만나 의논을 하기로 하세.

선비4   전답을 처분하자면 시일이 빠듯하이. (원형에게) 우보 자네는
        더 힘이 들겠네.

원형   형세가 화급하니 값을 낮게 매겨서라도 시일 안에 처분할
        거네. 명색이 선비란 자가 선대로부터 분에 넘치는 재물을
        물려받아 마음이 무거웠었네. 이제 보니 이렇게 요긴하게
        쓰라는 조상님네 뜻이었던가 보네. 형님이랑 아우 모두 나

서 돕기로 했으니 시일을 당길 수 있을 걸세.

선비1 대단들 하이. 형제가 다 가산을 처분하고 솔가하여 강을 건
너기로 하다니.

원형 다행히 우리 형제가 모두 마음을 모을 수 있었네. 자금이 넉
넉하게 마련될 것이 무엇보다 잘 될 일이네. 재물이 제대로
갈 길을 찾은 것 같네.

선비1 암, 칼이란 잘 쓰면 사람을 살리고 곳 쓰면 사람을 죽이니,

선비2 재물 또한 그러하지 않겠는가.

선비3 두말해 무얼 하겠는가.

선비4 저 서간도에 세울 우리 앞날에 우보의 재물이 든든한 받침
이 되리.

원형 동재, 서하, 남고, 명석, 자네들 모두 정말 고마우이.

선비들 고마우이.

다섯 사람 둥글게 둘러서서 손을 맞잡고 결의를 다진 뒤 무대 중앙 뒤로 퇴
장.
사이.
반짇고리를 갖고 원형의 아내 서 씨 등장하여 무대 중앙에 앉아 바느질을
한다.
사이.
원형 무대 뒤에서 등장하여 부인을 마주 보고 앉는다.

원형 안 잤소?

부인 먼저 자다니요.

원형 그렇지. 내가 실없는 소리를 했소.

부인 명희와 숙희 재웠어요. 명희가 아버지 뵙고 잔다고 졸음과
싸움, 싸움, 하다가 못 이겼지요.

원형   자야지. 자시가 되었는데.

부인   (묻고 싶지만 묻지 않고 바느질을 한다)

원형   부인.

부인   (본다)

원형   미안하오.

부인   떠나는군요?

원형   (고개를 끄덕인다)

부인   짐작하고 있었지요.

원형   명색이 선비로 글을 읽은 자가 왜적의 노예로 살 수는 없소.
        아니, 혼을 가진 인간이라면 이런 굴욕을 참아서는 안 될 것
        이요. 그건 몸뚱이만 살아 있지 이미 죽은 거나 다름이 없
        소. 산 사람의 정신을 가졌으니, 산 사람으로 살기 위해, 산
        사람의 길을 찾아보자는 거요.

부인   언제인가요?

원형   전답과 가옥을 모두 처분하여 올 안으로 저 압록강을 건널
        것이오. 짐들이 많을 테니 얼음이 단단할 때 수레로 건너야
        하오.

부인   시일이 많지 않네요.

원형   그렇소. 밖에 일은 내가 행랑아범과 알아서 하리다. 부인은
        안살림을 수습해 주시오.

부인   예.

원형   가재도구를 다 가져갈 수는 없소. 꼭 필요한 것이 아니면 버
        려야 하오. 곡식이 무엇보다 우선이고, 옷은 튼튼하고 따듯
        한 것이 위주가 되어야 하오. 간도나 만주의 겨울은 길고 혹
        독하다지 않소.

부인   알겠어요.

원형   (물끄러미 부인을 보다 허공으로 고개를 돌린다) 이제 저 강을 건너

면, 우리는 나라 없는 백성이요. 그저 남의 나라 남의 땅 허허벌판에 선 이방인일 뿐이요. 어떤 고초가 우릴 기다리고 있을지 헤아릴 수조차 없소.

부인　(다시 바느질감을 든다)

원형　아마도, 아이들 따뜻한 바닥에 재우고, 더운 밥 먹이는 것도 기약할 수 없는 일이요.

부인　(바느질감을 내려놓으며) 서방님과 제가 혼인을 하고, 아이들을 낳고 산 지 10년이 지났지요. 살면 같이 살 것이고, 죽으면 같이 죽어야지요. 우리 식구, 살아 이별이 두렵지 더불어 죽음이 두렵지는 않습니다.

원형　(부인을 안는다) 고맙소 부인.

원형과 부인 퇴장.

이원형, 천천히 고개를 돌려 작가를 본다.

작가 이원형을 마주 본다.

긴 사이.

어두워진다.

5

무대 전체적으로 어둡다.

유치장의 이원형, 의자에 묶여 있다.

광석, 무대 뒤에서 허겁지겁 뛰어나온다. 그 뒤를 청년1·2 쫓는다.

광석, 무대를 몇 번 가로지르고 대각선을 그리며 도망하다가 막다른 골목에 몰린다. 무대 오른쪽 뒤편의 구조물 구석이다.

광석, 담장을 기어오르려 하지만 불가능하다. 절망적인 포즈로 주저앉는다.

청바지를 입고 티셔츠를 입은 청년1·2 조심스레 다가간다.

청년1 아저씨, 괜찮으셔요?

광석 (공포감에 짓눌려 비명) 어, 어!

청년2 뭔가 오해하시는 것 같다.

청년1 (손에 든 수첩을 내민다) 자요, 아저씨 겁니다.

광석 어?

청년2 아저씨 일어나서 몇 걸음 저쪽으로 가고 있는데, 보니까 이게 떨어져 있더라고요. 저기 버스 정류장에서 말이에요.

청년1 우리가 부르니까 막 달려가서 따라왔을 뿐이에요.

광석 (상황을 파악하고 수습하려 하지만 아직도 심리적인 공황 상태에서 벗어나지 못한다) 아, 그게, 고, 고마워,요.

청년2 아저씨 정말 어디 아픈 것 아니에요?

광석 아니, 그게 아니고. 별일 아니에요. (일어서며) 정말, 고마워요.

청년1 아, 예.

청년2 야, 가자.

청년 1·2 퇴장하고, 광석 골목 구석에 스르르 주저앉는다.

미현 책상을 밀고 등장한다.

핸드폰으로 통화를 하고 있다.

작가 저, 최성일 선배님? 아, 예. 저 윤미현이에요. 미네르바 후배요. 선배님 집 전화번호 안 바뀌었네요. 집안 다 뒤져 옛날 수첩 겨우 찾았어요. 저야 그럭저럭이죠, 뭐. 광석 씨 말이에요. 지금 거기 있나요? 예? 그저께 거기 갔잖아요. 예? 안 왔어요? 분명히 선배님한테 간다고 했는데. 예? 통화를 하는 걸 봤는데… 그럴 리가요. 정말 통화한 적도 없다는 말이죠? 아, 예. 알겠어요. 난 거기 있는 줄 알았는데. 예, 좀 그래요. 뭐 큰 문제가 있는 것은 아니고요. 연락이 안 되어서요. 예, 알았어요. 다음에 전화 드릴게요.

수화기를 내려놓은 작가 소파에 털썩 주저앉는다.

유치장의 계단으로 형사 내려온다.

이원형 앞으로 다가온 형사, 밧줄을 푼다.

형사 왜 그런 짓을 하십니까?

이원형 난 할 말이 없고, 자네들은 들으려 하고. 어쩌겠나. 이 늙은 몸 고생 그만 시켜야지.

형사 그렇다고 자해를 하시다니요. 사람 몸뚱이란 것이 그렇게 쉽게 어떻게 되진 않습니다. 벽에 머리를 짓찧으면 죽기 전에 기절을 하고 마니까요.

이원형 그만 끝을 내세나.

형사 우리도 끝을 내고 싶습니다. 들을 말 듣고 선생님을 이 지하 유치장에서 내보내드리고 싶다고요.

이원형   아무래도 안 되겠구만. 자네들이 듣겠다는 그런 말은 내가
        죽인 이원형이 다 가져갔으니 말이지.

형사   인정할 건 인정하셔야지요, 이 선생님. 아직도 믿을 것이 있
        습니까? 대일본제국의 황군이 이 중국 대륙을 움켜쥐었어
        요. 장개석, 모택동 토끼 새끼처럼 허겁지겁 쫓겨났지 않습
        니까? 임정이요? 항일 독립군이다 의용군이다 그런 거요?
        맨주먹인 거지떼 꼴 아닙니까. 전투 장비 하나 제대로 없는
        무리가 어떻게 대항한다는 겁니까. 자, 무얼 믿고 버티느냐
        이 말입니다?

이원형   (눈을 감는다)

형사   더 이상 고집 부리실 이유가 있습니까? 좀 듣고 싶군요. 도
        대체 무엇 때문에 이 고생을 하고 계시는지 말입니다. 예,
        이 선생님?

이원형   (눈을 뜬다) 자네 조선 이름이 뭔가?

형사   이보세요, 이 선생!

이원형   대답할 수 없나? 이름도 밝히기 부끄러운가?

형사   (버럭) 질문은 나만 할 수 있다고 했습니다!

이원형   그래, 좋네. 싫다면 더 묻지 않겠네. 그런데, 내가 왜 이곳에
        왔느냐 물었었지.

형사   그랬지요.

이원형   생각해 보니 대답을 하는 것이 좋을 것 같네.

형사   그렇지요. 질문을 하지 말고 대답을 하셔야지요. 서로가 불
        필요하게 힘들어서야 되겠습니까.

이원형   죽을 자리를 찾아서였네.

형사   뭐라고요?

이원형   (둘러보며) 여기는 꼭 무덤 속 같구만. 그래 무덤 속이야. 내가
        죽을 자리를 찾기는 제대로 찾았나보이.

형사   도대체….

이원형 장수가 죽기 가장 좋은 자리가 전쟁터가 아니고 어디겠나?
       내 수십 년을 강도 왜적과 싸워 왔으니 죽으려면 왜적의 손
       에 죽는 것이 당연하지 않겠나. 그러니 자네 이름을 확인해
       보려는 것이네. 비록 지금 왜적의 탈을 쓰고 있긴 해도 내
       나라 사람 손에 내 피를 묻히는 것은 내키지 않는 일이니까.

형사   이 선생님. 이름이야 어떻든 난 다 일본제국의 경찰이라는
       것을 알아주시기 바랍니다. 그리고 말이지요, 죽으시면 안
       됩니다. 사셔야지요. 어렵지 않습니다. 대답할 수 없는 것을
       묻는 것은 아니지 않습니까. 말을 하십시오. 그래서 사셔야
       할 것 아닙니까. 다 훌훌 벗어버리고 내지의 온천 같은 따뜻
       한 곳에서 편안한 노후를 보내시란 말입니다.

이원형 (웃는다) 자네는 나를 잡아놓고도 내가 누군지 모르는 모양이
       구만.

형사   그럴 리가 있습니까? 서간도, 북간도, 만주를 휘젓던 불굴
       의 항일 독립지사, 손가락 안에 꼽는 대 혁명가 이원형 선생
       님을 모르다니요.

이원형 그런데 내게 강도 왜적의 땅에 기어 들어가 온천욕이나 하
       라는가?

형사   못 할 건 또 뭡니까? 조선의 내로라하는 지사네 운동가네
       하는 자들이 제국의 편으로 돌아섰습니다. 세상 운세가 돌
       아가는 것이 이미 이편으로 기울어졌으니 그런 것 아니겠습
       니까? 조선 망했습니다. 중국도 망한 거나 마찬가지입니다.
       동아시아, 남아시아가 다 일본 제국 영토가 됐습니다. 영미
       귀축 코쟁이들도 쩔쩔 매고 있습니다. 도대체 무슨 이유로
       버티려 하십니까?

이원형 죽겠다는 사람에게 말이 많구만.

형사   (비웃는다) 이대로 지하 유치장에서 소리 없이 죽으면 무얼 합
        니까? 이름이 남겠습니까? 누가 비석이나 세워 준답니까?
        설혹 그런 것을 남긴다 해도 이름이나 비석이 무슨 소용입
        니까? 이거야말로 개죽음이 아니냔 말입니다?

이원형   개죽음?

형사   그렇지 않습니까? 이 지하실에서 죽어나가는 것이 개죽음
        이 아니고 무엇입니까?

이원형   개죽음이라….

형사   정말 개처럼 죽고 싶은 겁니까?

이원형, 상체를 꼿꼿이 세운다.

그 험한 긴 세월을 견디고 이겨온 한 인간의 내면의 힘이 쇠잔한 육체를 강

하게 일으켜 세우는 것이다.

목소리에도 힘이 들어간다.

이원형   (쇳소리가 나는 강한 목소리) 이놈! 지금 네 꼴을 봐라. 가짜 왜인
        이 된 네 모양을 말이다!

형사   (돌변한 이원형의 태도와 목소리에 얼떨떨하다) 아니, 이 양반이….

이원형   네 이놈! 개란 바로 너 같은 놈을 이르는 것이다. 지금 네가
        바로 개야! 네 꼴을 봐 이놈아!

형사   (버럭) 뭐라고?

이원형   네가 왜적의 개가 아니면 뭐란 말이냐!

형사   (모멸감에 휩싸여) 아니, 이 노인네가! (이원형에게 확 다가간다)

이원형   (늙고 허약한 몸이라고 믿을 수 없을 만큼, 강하고 단호한 동작으로 벌떡
        일어나 형사의 멱살을 움켜잡고 소리친다) 이놈! 너도 조선의 사람
        새끼로 난 놈이 아니냐. 나라를 뺏은 강도 왜적에 빌붙어서
        주구(走狗)가 되었단 말이냐! 이게 사람 짓이냐? 네 이놈! 개

는 네놈이야! 너야말로 주인이 던져주는 뼈다귀나 물고 다
니는 개새끼 꼴이 아니냔 말이다! 네놈 이름이 스즈키 가메
오라고? 조상도 팔아먹은, 애비 에미도 내팽개친 이 가짜
왜인 놈아!

이원형, 남은 힘을 짜내어 형사를 멱살을 뒤흔든다.
형사, 멱살을 뿌리친다.
이원형과 형사, 비틀거린다.

형사   개라, 가짜 왜인이라… 개면 어떻고, 가짜 왜인이면 어떻다
         는 거요? 그래, 가짜 왜인 스즈키 가메오가 되어서 뼈다귀
         를 물고 다니는 개가 되었다 칩시다. 당신들, 양반의 나라
         조선에서 우리는 무엇이었소? 소나 말이었지 않소?

이원형   (탄식) 허어!

형사   죽도록 부려먹고 제대로 먹여주지도 않는 짐승. 개나 소나
         말이나 짐승이긴 마찬가지 아닌가요? 사람이 아니라 짐승
         인데, 이름이 무슨 소용이겠소. 개나 소, 말에게 이름이라,
         거 재미 있구만. 허으흐흐흐흐흐흐흐…. (고통스럽고 자조적인 웃
         음)

이원형   어허허…저 썩은 사대부놈들, 승냥이처럼 백성들의 피를 빤
         벼슬아치 놈들이 나라를 망친 것으로 모자라, 백성들의 정
         신까지 팔아먹었구나.

형사   개라 흐흐흐… 짐승이 조선 짐승 따로 있고 왜놈 짐승 따로
         있겠소? 흐흐흐으으으으…

이원형   백성의 정신까지 팔아먹었어! 하기사 따지고 보면 내 어찌 부
         끄럽지 않으리. 조상 대대로 조정에 나가 정사에 참여했으니.
         갓 높이 쓰고 살았으니. 내 죽을 힘을 다해 싸우고 이제 목숨

까지 내놓으려하는 것에는 그런 죄갚음도 있어.

형사 정작 나라 팔아먹은 놈들은 배에 기름이 잔뜩 올랐는데 왜 선생이 자책을 하십니까?

이원형 그걸 막지 못한 책임이 없다고 할 수 없네. 이제 빼앗긴 나라를 찾고 새로운 나라를 세워야 하네. 우리가 왜적을 몰아내고 세우려는 나라는 썩어 빠진 그런 나라가 아니네. 백성들의 나라야. 자네들이 당당히 주인이 되는 나라라고.

형사 좋습니다. 하지만, 저랑 상관은 없는 나라 같군요. 이미 짐승으로, 그것도 왜놈의 미친개가 되어 이렇게 밤낮으로 열심히 살고 있으니 말입니다.

이원형 자네 말대로 양반의 나라 조선에서는 소나 말이었다 치세. 이제 왜놈의 나라에서는 개가 되었고. 소나 말이었을 때 굶기 다반사였으니, 기름진 고깃덩이의 유혹에 빠졌겠지. 하지만 지금이라도 늦지 않았네. 자네는 늦지 않았어. 공작이다 후작이다 백작이다 하는 매국노들, 지사였네 운동가였네 하는 저 변절자들은 용서할 수 없어. 하지만, 짐승처럼 짓눌리다 잘못 살길을 찾은 백성들은 기회가 있어.

형사 기회라고요.

이원형 그래. 자넨 아직 젊어. 왜놈의 개에서 새로운 나라의 일꾼으로 거듭 날 수 있어.

형사 새로운 나라의 일꾼이라, 이 왜놈의 개 스즈키 가메오가 말입니까.

이원형 중경으로 가게. 그 부근에 조선인 항일 독립단이 포진해 있어. 피 묻은 손을 씻고 새 나라를 위한 일을 해.

형사 이 손을 씻을 수 있다고 보십니까? 이 손에 밴 피가 빠질 수 있다고 보십니까?

이원형 자네는 기회가 있단 말이네. 새롭게 살아야 해. 개처럼 살다 개처럼 죽을 텐가 말일세.

형사 (자조적으로) 미친 개로 살다가 사람처럼 죽는 것도 우습지요.

이원형 사람처럼 죽을 수 있게 다시 살아야지.

형사 다시 산다, 다시 산다… 그것 자체로는 흥미로운 제안이긴 하군요. 어찌 오늘은 죄수와 심문자가 바뀐 것 같습니다.

이원형 자네에게는 기회가 있어. 독립단을 찾아 가. 조선인의 이름을 찾아.

형사 매 맞아 죽은 아버지, 병들어 약 한 첩 못 쓰고 죽은 어머니, 종으로 팔려간 누이를 만든 세상이 지어준 이름말입니까. 그런 이름 따위 잊었습니다.

이원형 이보게.

형사 오늘은 더 이상 취조를 할 수 없을 것 같군요. 주무십시오.

획 돌아선 형사, 빠르게 계단을 올라가서 퇴장한다.

이원형 벽에 기대면서 스르르 주저앉는다.

6

이 장면에서 이원형은 옷을 찢어 열심히 노끈 형태를 만들려고 한다.

무대 오른쪽 뒤편의 정신병원의 병사에서는 환자복을 입은 광석이 탈출을

시도한다. 마침내 철책의 밑을 파 낸 구멍으로 탈출에 성공한다.

사라졌던 광석, 훔친 옷을 들고 등장하여 갈아입는다. 퇴장한다.

사이.

무대 왼쪽에서 삼촌과 형 등장. 광석 따라나온다.

삼촌　넌 어떻게 된 인간이 그 모양이냐.

형　그렇게 종적이 없이 사라지면 어떻게 하라는 거야.

광석　그러니까, 아까 이야기했잖아요. 난 갑자기…. (공포감이 밀려
와 떤다)

삼촌　도통 네가 한 말은 종잡을 수가 없다. 그런 곳이 어디에 있
단 말이냐. 위치도 모른다고 했잖냐.

광석　담 밑을 파고 도망쳐 이틀 밤낮을 산속을 헤맸어요. 겨우 외
딴집 하나 찾아 옷 훔쳐 입고, 길 찾아 나왔어요.

형　옷을 훔쳤단 말이야. 그건 절도죄다.

광석　그런 옷으로는 또 잡혀들어 갈 것 같아서.

삼촌　그렇지만, 네가 그런 시설에 있었다는 증거가 아무 것도 없
잖냐.

광석　삼촌, 내가 증거라고요. 형, 내가 증거야. 꼬박 여섯 달 동안
갇혀 있던 내 몸이 증거라고.

삼촌　벌써 그렇게 됐구나.

형　너 없었던 동안 집안에 힘든 일 많았다.

삼촌　　형님 돌아가시고.

형　　　아버지 장례 치렀지.

삼촌　　참, 형님이 네게 남긴 땅, 거 부평읫 과수원 자리 말이다.

광석　　땅이요? 내게 남기셨다고요?

형　　　그런 것이 있었어.

삼촌　　뭐, 정신 시끄럽게 네가 알 필요도 없지. 너도 없고 해서 내
　　　　　가 네 형과 상의해서 정당하게 처리했다.

형　　　넌 신경 쓸 것 없어.

삼촌　　앞으로 네가 쓸 가용 돈은 걱정하지 않아도 될 테니 좋은 일
　　　　　이다.

광석　　날 찾지 않았어요? 삼촌? 형?

삼촌　　그게….

형　　　말이야….

광석　　사람이 여섯 달 동안이나 없어졌는데도 말이에요?

삼촌　　우리도 정신이 없었다.

형　　　아버지 돌아가시고.

삼촌　　집안 대소사 정리할 것도 많고.

형　　　우린 네가 어디 멀리 가서 있는 줄 알았다. 뭐, 여자 관계나
　　　　　그런 복잡한 일 피하려고 해외로 갈 수도 있지 않겠냐. 아직
　　　　　젊으니까.

광석　　(두 사람을 붙잡으며) 난, 그동안 하루에도 몇 번씩 죽을 것 같았
　　　　　다고요!

삼촌　　(외면하며) 이제 쉬어라.

형　　　(잡힌 옷을 빼내며) 푹 쉬어.

광석　　삼촌! 형!

　　삼촌과 형 퇴장.

광석도 비틀거리며 퇴장.

미현 무대 오른쪽에서 등장하여 걸어나온다. 광석 왼쪽에서 등장한다.

광석을 발견한 미현, 손에 든 책을 떨어뜨리고 굳어 버린다.

광석도 우뚝 서서 미현을 보고 있다.

사이.

경악에서 풀려난 미현, 급하게 광석에게 다가간다.

미현   광석 씨! 광석 씨 맞지?

광석   미현아!

미현   (팔과 몸을 마구 만지며) 정말 광석 씨 맞는 거지?

광석   그래, 미현아.

미현   어디를 갔었어? 어디로 사라졌었냐고?

광석   나도, 나도 몰라.

미현   그런 말이 어딨어. 얼마나 찾았는지 알아. 얼마나 미칠 듯이
       헤매 다녔는지 아냐고!

광석   미안하다.

미현   도대체 어떻게 된 거야?

광석   무서웠어. (공포가 밀려온다) 정말 무서웠어.

미현   형? 왜 무서워? 이제 무서워 마. 이렇게 왔잖아. 추운 거야?

광석   너무 무서웠어! (심하게 떤다)

미현   괜찮아, 이제 괜찮다고. 자, 내 방으로 가자.

광석과 미현 무대 오른쪽으로 퇴장한다.

사이.

이원형은 노끈을 만들어서 힘을 주어 당긴다. 끊어지고 만다.

암전.

7

앞 장면처럼 이원형 노끈 만들고 있다.

사이.

무대 오른쪽에서 작가, 컴퓨터 책상을 밀고 들어온다.

자판을 친다.

이원형 노끈을 한 줄 만들고, 굵은 줄을 꼬기 위해 새로운 노끈을 만들려고 옷을 찢는다.

작가, 일어서서 이원형 쪽으로 몇 걸음 다가간다.

(다음 장면에서 두 사람의 대사는 대화 같기도 하고 독백 같기도 하다. 그 모호함은 의도된 것이다)

작가　(이원형과 객석을 향한 정면 사이에 시선을 둔다) 선생님은 정말 죽으러 가신 건가요? 사실 그 부분이 모호해 해석하기 어려워요. 이미 중국군도 북쪽으로 쫓겨가기에 정신이 없었잖아요. 만주는 완전히 일본군의 소굴과 마찬가지인데, 상해에서 왜 그곳으로 들어가셨는지….

이원형　(노끈 만들던 손을 놓는다. 역시 작가와 객석을 향한 정면 사이에 시선을 두고) 그 한 해 전이던가, 일기에도 한 줄 쓴 적이 있는데, 한낮에 잠시 조는데 몸이 옆으로 기울어지더구만. 그 뒤로 왼쪽이 좀 어줍어졌어. 슬쩍 풍이 들어온 거야. 겁이 났지. 이대로 쓰러지기라도 하면 어쩌나, 누워서 똥오줌을 싸면 어쩌나, 죽으려 해도 죽지 못하는 몸뚱이가 되면 어찌 하나. 참말 겁이 났지. 곰곰이 생각하다가 이제 죽을 자리를 찾을 때가 됐구나 하는 생각을 했지.

작가　그렇지만, 그건 패배주의 아닌가요? 싸우다가 죽는 거야 어쩔 수 없지만, 죽으려고 적의 수중으로 들어가다니요?

이원형　패배주의? (고개를 흔든다) 죽음에 굴복하여 구차하게 사는 것과 적극적으로 죽음과 맞서 그걸 껴안는 것이 어찌 같을 수가 있단 말인가?

작가　하지만, 살아서 싸워야지요. 비록 오늘이 절망적이라도 내일을 보고 싸워야 하는 것 아닌가요?

이원형　그래, 그렇지. 살아서 싸우는 것이 보통의 싸움이지. 어렵고 힘들어도 말이야. 허나 살아 싸우고 싶어도 그럴 수 없을 경우가 있는 법이네. 죽음으로, 죽음과 싸워야 할 때가 있어. 저 어둡고 미친 시대 말일세. 내가 던져야 할 패가 죽음이니 마지막 싸움이 되겠지. 결코 쉽지 않은 일이네.

작가　죽음으로, 죽음과 싸운다고요?

이원형　왜군은 승승장구 물밀듯이 밀고 들어오고, 우리가 쫓겨가야 할 길은 수천 리였지. 수레도 잘 다닐 수 없는 험한 길이 태반이야. 운신도 자유롭지 않은 나 같은 늙은이가 뭐가 되겠는가? 같이 가자면 처치 곤란한 짐이 될 수밖에. 동지들 짐도 덜고 내 몸뚱이 짐도 벗으려던 것이지. 다른 수가 있어야지. 적진에 뛰어들 수밖에. 허망하게 그저 길에서 죽어갈 수는 없지 않은가.

작가　짐이 된다고 해서, 노구의 선생님이 죽으러 가다니요? 선생님은 할 만큼 했어요, 누구보다 말이에요. 그쯤에서 쉬셔도 됐단 말이에요.

이원형　쉴래야 쉴 수가 있어야지. 짐이 되는 것은 쉬는 것이 아니지.

작가　동지들이 그걸 받아들였단 말이에요? 적진으로 뛰어드는 것을요?

이원형　아니지. 말리고 말렸지. 결국 내가 설득에 성공했지.

작가　　죽으러 간다고 설득을 해요?

이원형　내가 생각하기에는 그 정도로도 충분한 이유가 돼. 어차피 죽을 거라면 장수가 죽을 가장 좋은 자리는 전쟁터니까. 사정에 따라서는 그것이 적진이 될 수도 있겠고. 그런데, 동지들은 역시 그 정도로는 안 되더군. 동지들의 입장에서야 그렇겠지. 그래서 동지들이 이해해 줄 수밖에 없는 이유 하나를 더 만들어냈지.

작가　　다른 이유요?

이원형　그렇지. 사실 내가 적진이나 다름없는 만주로 들어가겠다고 마음먹었을 때부터 쭈욱 생각했었건 이유기도 하고.

작가　　뭔가요, 그게?

이원형, 중앙 무대로 시선을 돌린다.

무대 뒤에서 동지1 · 2가 나온다.

이원형 천천히 그들에게 다가간다.

이원형　이런 방책으로 사냥개를 사냥하자는 것이야.

동지1　안 됩니다, 선생님.

동지2　그 자들은 다른 방법으로 확인해 처단하면 됩니다.

이원형　그게 쉽지 않다는 건 자네들도 잘 알지 않나. 그자들은 명목상 우리 동지들이야. 아무 증거도 없이 무얼 어쩌자는 거야?

동지1　그래도 선생님이 그런 역할을 하시다니요?

동지2　그럴 수는 없습니다. 그자들을 물샐틈없이 살피겠습니다. 증거가 없어 잡지는 못 하도, 무슨 짓을 꾸미기는 쉽지 않을 겁니다.

이원형　이 사람들, 답답하게 왜 이래. 밀정이 우리 속에 박혔다면 어찌 되는 것을 몰라서 그래. 우리가 갈 길이 얼마나 험한

가. 독화살이 가슴팍에 박힌 채로 그 먼 길을 가겠다고?

동지1 하지만….

동지2 선생님!

이원형 내 말대로 하게. 내가 만주로 가는 것을 그자들이 알게 해. 아주 은밀하게 얻었다고 그자들이 믿도록 정보를 흘려. 내가 왜경에게 잡히는 것이 곧 그자들이 사냥개라는 증거가 되게 말이야. 확실하게 독화살을 뽑아내고 길을 떠나란 말일세.

동지1·2 선생님….

이원형 자, 이렇게….

이원형 동지1·2와 머리를 맞대고 상의한다.

동지1·2 빠르게 퇴장.

이원형 앞의 자리로 나온다.

작가 사냥개라고요?

이원형 두어 해 전부터 우리 안에서 자꾸 기밀이 새어 나가. 심증이 가는 자가 둘이 있는데 증거가 없어.

작가 둘이라고요? 밀정이 둘이나 스며들었단 말이에요? 단독 행동을 하지 않나요?

이원형 대개 그렇지. 하지만, 그자들은 좀 다른 경우야. 둘이 함께 우리 단(團)에 들어왔으니 떼어놓고 볼 수 없는 자들이었어.

작가 (고개를 끄덕인다) 예.

이원형 그렇잖아도 형세가 곤궁하고 쫓기는 판이네. 아차 하면 모조리 잘못되기 십상이지. 그래서 내가 그 자들의 덫이 되기로 했어. 이왕 곧 갈 몸, 마지막 길에 사냥개를 사냥해 독을 제거해 주기로 한 거지.

작가　(이해하고) 그럼, 선생님이 만주로 간다는 정보를 흘려서… 그
　　　자들이 물게 한 거군요?

이원형　그렇지. 배 타고 내리는 시간까지 정확하게 말이야. 그자들
　　　이야 자연스럽게 알게 됐다고 생각하도록 했지.

작가　그래서 밀정들을 제거할 수 있었군요. 그래요, 국립 도서관
　　　자료에서 본 것 같아요.

이원형　그자들 말고는 믿을 수 있는 동지 들만 아는 정보였어. 그런
　　　데 배에서 내리는 즉시 내가 체포됐으니, 사냥개를 제대로
　　　잡지 않았겠나.

작가　그렇게까지 해야 했나요? 노구의 선생님이 꼭 그렇게 미끼
　　　가 되어서….

이원형　미끼라….

작가　죄송해요. 그만….

이원형　괜찮네. 미끼면 또 어떤가. 그런 격을 따질 형편이 아니지.
　　　하늘이 무너지고 땅이 꺼지는 사세를 어찌 겪지 않은 사람
　　　이 알 수 있겠는가. 참으로 어둡고 혹독한 시대가 있는 법
　　　이네.

작가　(고개를 끄덕인다)

이원형　(작가를 물끄러미 보며) 물론 인간을 잡아 삼키려는 어둠이란 어
　　　느 시대에도 있겠지만 말일세.

작가　두렵지 않으셨어요, 선생님?

이원형　두렵다… 누가, 어찌, 어떻게, 죽음이 두렵지 않겠는가.

작가　그런데 무슨 힘으로 그렇게 죽음을 향해 갈 수 있었어요?

이원형　죽음의 힘이었네.

작가　죽음의 힘이라고요?

이원형　그래, 죽음의 힘이었지. 죽음과 동무해서 살아가는 삶이 있
　　　으니까.

작가　간도나 만주에서 항일 운동에 몸 던졌던 분들의 삶을 말씀
하시는군요.

이원형　그래, 그렇게 볼 수 있지. 왜경은 물론이고 동지라 믿었던
자들도 밀정이 되어 올가미를 걸어오는 판국이니 죽음이 항
상 옆에 있는 셈이었지. 하지만 그건 그냥 공기 같은 거야.
오래 그렇게 살다 보면 그저 그러려니 하지. 그것만 갖고는
안 된다는 거야.

작가　그러면요?

이원형　죽음을 찬찬히 들여다봐야 하지. 아침에 마주앉아 밥을 먹
었던 동지가 말이야, 그 뜨거운 밥숟가락 느낌이 아직도 혀
끝에 생생하게 느껴지는데, 찬 시신으로 내 앞에 누워 있을
때. 그때는 정말 이 죽음이란 놈을, 아주 가까이, 숨결을 느
낄 만큼 찬찬히 들여다보게 되지. 하지만 (고개를 흔든다) 이것
만으로도 다가 아니야.

작가　?

이원형　(떠오르는 기억으로 고통스러워한다) 죽음을 가슴에 품고 살아야
하네.

작가　(이원형의 표정에서 실마리를 잡고) 조카의 죽음을 생각하시는 모
양이군요.

이원형　형님이 돌아가시면서 맡긴 하나뿐인 자식이었네.

작가　그럼, 그 기록이 맞는 건가요? 선생님 손으로….

이원형　(괴로워하면서 쓰러진다)

무대를 휩쓰는 거친 바람소리. 조명 조절된다.

중앙 무대 뒤에서 원형과 그의 조카 종혁 걸어나온다.

이들은 얼어붙은 눈벌판 위를 걷고 있다.

종혁은 추위와 공포에 질려 있다.

원형　　저기 저 언덕 밑으로 가면 좀 바람을 피할 수 있겠구나. (몇
　　　　걸음 걸어서 멈춘다)

종혁　　(따라 멈춰 고개를 떨군다)

원형　　참으로 지독한 추위구나. 이놈의 간도 겨울.

종혁　　(온몸을 떤다)

원형　　네가 올해 몇이냐?

종혁　　작은, 아버지도 제 나이를….

원형　　(깊은 신음) 그래, 안다. 열아홉이지. 채 스물도 안 되었구나.

종혁　　예.

원형　　(고통스러운 신음) 너 아편을 하느냐?

종혁　　예?

원형　　너와 아편을 거래하는 자가 동지들에게 잡혔다.

종혁　　그건, 그게….

원형　　이필준 어른이 가흥으로 가는 걸 아는 사람은 그 어른과 나,
　　　　그리고 너뿐이었다. 가까운 동지들에까지 남경으로 간다고
　　　　흘렸어. 너는 내 방에 타구를 갖고 나왔다가 들었고. 설마
　　　　네놈이 그걸 물어 나를 줄이야….

종혁　　(공포가 현실화되는 것에 질려서) 자. 작은 아버지!

원형　　아니라고 말해라, 아니라고 말해! 그런 사실이 없다고 말하
　　　　란 말이다!

종혁　　작은 아버지…. (울음을 터뜨린다)

원형　　(슬픔과 분노, 고통이 범벅이 되어 터져 나온다) 이놈! 종혁아! 네 부
　　　　친이 강보에 싼 네놈을 품에 안고, 그 겨울에 강을 건넜어.
　　　　그 형님은 왜적에게 비명에 가셨다. 다섯 살부터 내 자식으
　　　　로 키웠어. 내 자식으로! 그런데, 네놈이, 네놈이, 왜적의 앞
　　　　잡이가 되다니! (통곡과 같은 신음) 네 부친의 동지를 팔아넘기
　　　　다니! 이 이원형의 조카가, 피붙이가 왜적의 개가 되다니!

(통곡을 한다) 형님! 형님!

종혁　(털썩 무릎을 꿇고 사색이 되어) 한 번 두 번 아편을 먹다가, 빚을 많이 져서… 하나만 알려주면, 빚을 다 갚아 준다 해서, 어리석은 생각에… 일이 그렇게 될 줄은, 저는 정말 모르고… 작은 아버지!

원형　(무서운 인내력을 발휘하여 감정을 억누른다) 이미 왜경이 덫을 치고 있었다고, 동지들이 네 소행이 틀림없다고 했지만, 내 눈으로 확인하고 싶었다.

종혁　작은 아버지, 잘못했습니다. 한 번만 용서해 주세요. 살려 주세요!

원형　남의 손에 네 마지막을 맡기고 싶지 않았다. 차라리 내 손으로 거두는 것이 맞을 것 같다. 저승의 형님도 그걸 바라실 거다. 가서 용서를 빌어라. 내가 머지않아 따라가, 널 잘못 키운 죄를 형님께 빌 것이다.

종혁　작은 아버지! (운다)

원형　(품에서 권총을 꺼내 종혁의 앞에 던진다) 장전이 되어 있다.

원형 돌아서서 몇 걸음 걸어가 멈춘다.

사이.

종혁, 울음을 멈추고 권총을 본다.

긴 사이.

체념을 한다.

종혁, 권총을 들어 가슴을 겨눈다.

차마 쏘지 못하고 운다.

원형 이를 악물고 고통을 견디고 있다.

사이.

발사한다.

종혁 풀썩 쓰러진다.

원형 스르르 주저앉는다.

중앙 무대의 원형, 왼쪽 무대의 이원형 동시에 호곡과 같은 긴 비명.

작가, 그들을 고통스럽게 응시하고 있다.

무대 어두워진다.

8

유치장 부분에 이원형 앉아 있다.

원룸 부분에는 작가가 컴퓨터 앞에 앉아 있다.

무대 중앙에는 명희와 숙희 이불을 덮고 누워 있다. 오래 못 먹어서 기력이 쇠진한 상태다.

두 아이의 뒤쪽에 떨어져서 부인이 눈을 비벼가며 누더기를 깁고 있다.

명희　여름에는 초교탕이 그만이야.

숙희　초교탕?

명희　아주 뱃속까지 시원해져.

숙희　어떻게 생겼는데?

명희　닭고기로 만들어. 미나리도 들어가는 것 같아. 아, 밀국수를 말아먹으면 너무 맛있어.

숙희　또?

명희　너비아니라고 들어봤니?

숙희　아니. 그건 뭔데?

명희　쇠고기를 넓적넓적하게 써는 거야. 거기다 영념을 해서 숯불에 지글지글 굽는 거지.

숙희　지글지글 구워서… 쇠고기도 먹어 봤어?

명희　그럼. 거기 살 때는 먹고 싶으면 다 먹었어.

숙희　이런 겨울에는 뭐가 맛있어?

명희　음, 아, 생각났다. 각색전골이라는 것이 있어.

숙희　각색전골?

명희　쇠고기, 송이버섯, 표고버섯 그런 것들을 넣고 보글보글 끓여서, 하얀 쌀밥과 함께 먹으면….

숙희 쌀로만? 쌀로만 밥을 해?

명희 그래. 그럼 밥이 하얗게 돼. 그리고 각색전골에다 두부를 썰어 넣으면 각색두부전골이 되지.

숙희 언니는 그런 것들 다 먹어봤어?

명희 먹어봤으니까 알지. (기억을 애써 더듬는다) 음식 중에서도 제일 보기 좋은 것은 구절판이야. 울긋불긋 빛깔이 아주 좋아. 하지만, 맛은 별로야. 그것보다는 신선로가 낫지.

숙희 그건 또 뭔데?

명희 그것도 고기와 온갖 야채들을 넣고 보글보글 끓여서 먹는 거야. 국물이 아주 진해.

숙희 보글보글 끓여서… 언니는 그것들을 다 먹어보았단 말이야?

명희 그렇다니까.

숙희 우리집이 그렇게 부자였어?

명희 엄청.

숙희 그런데, 우리 여기 왜 왔어?

명희 (가볍게 나무라듯이) 숙희야.

숙희 (힘이 빠져가는 목소리) 그냥 거기서 살았으면 좋았을 텐데.

명희 그런 말 하지 마. 어머니 또 우셔. 넌 어머니 우시는 것 좋니.

숙희 아니야.

명희 그러니까 그런 말 하지 마.

숙희 알았어, 언니. 너무 배가 고파서 그래.

명희 나도 고파.

숙희 그런데 언니.

명희 왜?

숙희 나도 먹어봤을까? 초교탕, 너비아니, 각색전골, 구절판, 신선로, 하얀 쌀로만 지은 밥… 그런 것들….

명희　아닐 거야. 갓난애들은 못 먹잖아.

숙희　나 갓난애기 아니었어.

명희　떠나올 때 넌 돌도 안 지났었다고.

숙희　(낮게 울먹인다) 씨… 나도 언니처럼 나이 먹어서… 그런 것들도 먹어보고 왔으면… 왜 난 동생이 돼서… (목소리가 미약해진다) 언니 진짜 배 고파. 강냉이밥 꽉 꽉 눌러 한 그릇 먹었으면… 그런데 자꾸 졸려….

명희　나도 배 고파. 그때, 몇 밤이 지났는지 모르겠다, 옥수수 죽 한 사발 먹고, 지금까지 아무 것도 못 먹고, 물만 마셨더니, 배가 쑤욱쑤욱 시려.

숙희　자도자도… 자꾸 졸려… 누가 저 아래서… 끌어당겨….

명희　배 고프니까 말하지 마. 그냥 가만히 있어.

숙희　언니… 자꾸 가라앉는 것… 어머니… 아버지….

숙희 잦아지는 불처럼 기운이 소진한다.

사이.

마지막 남은 힘으로 펄럭이던 불이 훅 불어온 바람에 꺼지듯 숙희 숨이 멈춘다.

사이.

명희 이상한 느낌에 슬며시 몸을 일으켜 숙희를 본다.

숙희가 죽은 것을 발견한다.

명희 기력이 쇠진한 상태에다 경악이 겹쳐 순간적으로 기절한다.

사이.

정신을 차린다.

울음이 터진다.

명희　(비명처럼) 어머니! 어머니!

부인　(바느질감을 던지고 두 딸의 공간으로 뛰어들어온다) 명희야!

명희　숙희! 숙희가….

부인　(황급하게 숙희를 감싸안는다) 숙희야? 숙희야? 애야? 눈 떠! 응, 눈을 떠! 눈을 뜨란 말이다!

부인, 이미 식어 가는 딸을 껴안고 무너져 내린다.

가슴을 쥐어짜는 듯한 소리 없는 오열.

명희 일어나서 비틀거리며 무대 뒤로 나간다.

사이.

원형, 무대 중앙 뒤에서 들어온다.

원형　(극도로 감정을 절제한 목소리다) 자, 부인. 그만 하시오.

부인　(어쩔 수 없이 원망이 가득 서린 목소리다) 밥 먹이지 못해 애를 죽이고… 어찌 부모가 돼서… .

원형　(숙희를 들쳐 업는다) 우리 숙희를, 내가 재우리다.

부인　(아이의 다리를 부여잡는다) 이 엄동설한에… 꽁꽁 언 땅 어디에… 물만 먹어… 속이 다 얼어붙을 것을….

원형　(너무 감정을 절제하다 보니 말이 툭, 툭 부러진다) 저 건너, 바람막이 언덕 아래, 내년 봄이 오면, 제일 먼저 풀이 돋는, 양지바른 땅에… 자, 부인 (더 이상 말을 이을 수가 없다)

부인　(쓰러져 오열한다)

원형　이제 더는 배 곯지 않을 거요.

원형, 숙희를 들쳐업고 휘청거리며 나간다.

작가　(감정이 북받쳐서) 삼한갑족의 집안이, 한성서 삼남까지 남의

땅을 밟지 않았다던 집안이⋯ 아무리 그렇다고, 자식이 아
사를⋯ 굶어 죽다니요!

이원형　꽁꽁 언 얼음땅을 두 식경 파서 아이를 묻고⋯ 내가 사람으
로 생겨난 것이 원망스러워서, 사람으로 살아가야 하는 것
이 너무 원망스러워서, 칼로 심장을 겹겹이 저미는 것처럼
너무 아프고 아파서⋯ 얼음 벌판을 맨발로, 걷고 또 걸었어.
발바닥이 이리저리 찢어져서, 뒤를 돌아보면 붉은 두 줄 핏
자국이 길게 따라와. 내 심장이 터져서 줄줄 흐르는 피려니,
내 심장으로 찍은 것이리니⋯.

작가　선생님⋯. (말문이 막힌다)

이원형　(감정을 수습한다) 그 겨울 말 달려 압록강을 건널 때, 짐승으로
사느니 사람으로 살다 기꺼이 죽음을 불사하겠노라, 스스로
다짐하고 또 동지들과 맹약을 하고 했건만, 죽음이란 놈은
항상 만만치 않더구만.

작가　(책망하는 투로) 선생님. 숙희는 겨우 일곱 살밖에 되지 않았어
요. 귀엽게 재롱을 떨 나이라고요. 그건 그 아이의 몫이 아
니지요!

이원형　그렇지. 그 아이는 일곱 살이었지. 하지만 어쩌겠나. 그런
시대에 이런 부모를 만난 것을.

작가　시대요? 누가 만든 시대인가요? 그 어린 생명들에게는 무책
임한 말 아닌가요.

이원형　(고개를 떨어뜨린다) 그래, 그 생명들에게 무슨 변명을 할 수 있
으리. 내 죽어 그 아이를 만나면, 무릎 꿇고 피눈물 흘려서,
애비로 세상에 내놓고 굶겨서 보낸 잘못을, 용서해라 용서
해라, 빌고 또 빌 것이네. (깊은 호곡처럼, 짓눌린 비명처럼) 애야!
숙희야!

작가　(이원형의 고통을 깊이 느껴 잠시 말문이 막혔다가) 죄송해요, 선생

님. 제가 말이 앞섰어요. 그런 마음을 헤아리기에도 벅찬 주
제에 말이에요.

이원형　(작가를 정면으로 본다) 아니네, 고맙네.

작가　선생님.

이원형　얼어붙은 땅이 입을 벌리게 해 주어서. 묻혀버릴 말들에 입
을 주어서 말이네.

작가　이럴 땐, 제가 정말, 글을 잘 썼으면 좋겠어요. 조금이라도
더, 더 잘 써서, 이 모든 것이 생생하게 살아날 수 있게 말이
에요.

이원형　(격려하듯이 고개를 끄덕여준다)

유치장 부분 어두워진다. 그 어두운 공간에서 이원형, 작가를 지긋이 바라
보고 있다.

작가는 모니터를 들여다보며 자판을 두들긴다.

사이.

핸드폰 벨소리.

작가 잠에서 퍼뜩 깨어나듯 놀라 핸드폰을 찾는다.

소파에서 찾아 황급하게 폴더를 연다.

작가　여보세요. 여보세요? 광석 씨? 광석 씨지? 지금 어디야? 그
선배 집에도 안 갔다면서. 내가 통화했어. 선배집에 있는 줄
알고 안심하고 있었는데 이게 뭐야. 어디야? 그렇게 나갔는
데 어디로 간 줄도 모르면 어떡하라고? 왜 핸드폰은 꺼놓고
그래. 또 잃어버린 거야? 그렇게 가고 나서 연락도 안 되고,
답답해 죽겠잖아. 어떻게 걱정을 안 해? 나는 괜찮아. 아빠
하고 고모가 왜 여기 있어. 그날 바로 갔지. 할 일이 많은 양
반들이야. 출국하기 전에나 한번 들를 거야. 지금 여기로

와. 왜 안 된다는 거야? 끊지 말고. 뭐, 공중전화? 동전 떨어
졌다고? 집에 오라니까. 지금 어디를 돌아다니는 거야? 어
디냐고? 지금 밤이잖아, 밤! 광석 씨! 이 캄캄한 밤에 밖에서
어쩌려고! 광석 씨!

전화가 끊어졌다.
작가, 망연자실하여 서 있다.

작가　(나직하게, 스스로에게 호소하듯이) 광석 씨, 제발….

무대 서서히 어두워진다.

9

원룸 공간.

컴퓨터 책상 앞에 앉은 작가, 열심히 작업을 하고 있다.

화려한 화장을 한 아양녀, 무대 왼쪽에서 등장한다.

두리번거리며 원룸 공간으로 다가온다.

현관 벨소리.

작가 문을 열어준다.

아양녀 들어온다.

아양녀   안녕하세요? 집 좀 보러 왔어요.

작가   뭐라고요?

아양녀   아니에요? 중개소 아저씨가 메모해 줬는데 (꺼내서 본다) 맞네. C동 302호.

작가   집 안 내났어요.

아양녀   그게 무슨 말이에요? C동 302호 맞잖아요?

작가   맞기는 하지만, 집 안 내났다니까요. 그러니 가세요.

아양녀   (목소리 소프라노로 높아진다) 뭐라고요. 중개소에 집 내 났잖아요. 사람 가지고 노는 거예요 뭐예요?

작가   그게, 사실은….

그때, 아양녀의 핸드백에서 벨소리.

아양녀 전화 받는다.

목소리 비음을 쫙 깐다. 옆에 누가 있건 말건 안하무인의 태도로 전화를 받는다.

아양녀 응, 자기야. 여기 왔어. 뭐 후져. 1억이면 싸기는 하지. 하지
만 맘에 안 들어. 주변 환경도 별로고. 자기야, 우리 아담한
아파트 하나 알아보자. 자기야— (픽 토라지는 목소리로 변해서)
아저씨! 아저씨, 정말 그러기야? 나 삐진다. 아저씨 정말 나
한테 자신이 있는 거야? 그래? (다시 비음으로) 그러니까 자기
회사 가까운 데로 아파트 하나 알아보자 으응—. 그래, 알았
어. 우리 그런 쪽으로 생각하는 거야, 응? 응, 그래. 일곱 시
에 거기서 봐. 오늘은 같이 있는 거다, 응? 응, 으응.

작가 어처구니가 없어 멍하니 보고 있다

아양녀 실례했어요. (가려다가) 그런데, 분명히 여기 내놓았다고 했단
말이에요. 중개소 아저씨 멀쩡해 보이던데. 분명히 좀 하시
라고요! (나간다)

작가 책상으로 와서 앉는다.
무대 중앙 뒤에서 검은 비닐봉지를 든 대표 등장한다.
역시 두리번거리며 현관 앞까지 온다.
벨소리.
작가, 신경질이 난다.

작가 (큰소리) 누구세요!
대표 (소리) 미현 씨!
작가 누구세요?
대표 (소리) 나. 박태경.
작가 아! (문 열어준다)
대표 (들어오며) 찾기 어렵지는 않네.

작가 아니, 여긴 웬 일이야?

대표 (얼버무린다) 응? 응, 그냥 이 근방에 일이 있어 왔다가….

작가 응, 그랬구나.

대표 5월 초순인데 벌써 이렇게 더우면 어떻게 하라는 이야기야.

작가 더워?

대표 집필 삼매경에 빠져서 계절 바뀌는 것도 모르는가 보네. (소파에 앉아 비닐봉지에서 소주 두어 병과 깡통 안주 등을 주섬주섬 꺼내 탁자에 벌여 놓는다)

작가 내가 좀 그런 쪽으로 둔하잖아.

대표 그렇긴 하지. 낮술 한 잔 어때?

작가 어떻긴 뭘 어때. 다 작정하고 왔구만. (잔과 포크 등을 가져다 놓는다)

대표 (둘의 잔에 술을 따른다) 자, 몸뚱기 하나밖에 없는 가련한 족속들, 건강하게라도 살자고. 건배.

작가 그 건배사 길기도 하다, 건배. (마신다)

대표 (다시 술을 따라며 슬쩍 모니터를 곁눈질한다) 잘 돼?

작가 그냥. 열심히 쓰긴 하지. 다른 일 접고 매달리고 있으니까.

대표 방해가 안 됐나 모르겠네.

작가 책 출간해 줄 출판사 대표님이 왕림하셨는데 이걸 방해라고 하면 되겠어.

대표 미현 씨 농담도 하네.

작가 나 예전에도 농담했었는데.

대표 (담배를 피워 문다) 무슨 소리. 우리 미네르바 최고의 심각녀로 꼽혔던 것 몰랐어? 그러니 최고의 심각남 광석 선배랑 동아리 커플이 되었지.

작가 (두 사람의 빈 잔에 술을 채우며) 우리 동아리 분위기 자체가 그랬잖아. 웃고 다니다가도 이상하게도 학생회관 지하 계단만

밟으면 목이 뻣뻣해졌어. 동아리방 들어설 때는 다들 이마
에 줄 쫙쫙 그었지.

대표　(마시고) 그랬나? 생각해 보니 철학 연구 동아리랍시고 분위기
가 무게 그 자체였던 것 같네. 맞아. 생각이 나. 신입회원 환
영회 때 말이야. 분위기 쫙 깔리는 것이 겁 나더라고.

작가　(술을 마시고 담배를 피워 문다) 선배들이랍시고 폼들 깨나 잡았
지. 그래 봐야 1, 2년 차이인데 말이야.

대표　미네르바가 거의 철학과 판이었잖아. 내용도 모르고 머리만
무거워진 애들이 어디 한둘이었어야지. 그런데, 자기는 국
문과가 무슨 생각으로 미네르바 온 거야?

작가　모르겠네. 그때 무슨 생각이었지? 아마 철학이 있는 소설을
쓰고 싶어서였겠지.

대표　나도 철학이 있는 시를 쓰고 싶어서 철학과에 가고 철학 동
아리까지 들었는데 죽도 밥도 안 됐네. 결국 아무 것도 못
쓰고, 엉거주춤 이 판에 주저앉고 말았어. (술을 마시고 담배를
피워 문다)

작가　주저앉기는 뭐가 주저앉아. 작가들 일으켜 세워 등 떠밀어
주는 게 얼마나 중요한 건데.

대표　(픽 웃고 술을 마신다) 그런 말 들을 자격 없음. 뭘 제대로 해야
말이지.

작가　(술을 마신다. 병이 비었다. 새 병을 따서 잔들을 채운다) 그때가 까마
득하네.

대표　(술을 마시고) 참, 광석 선배 왔다고 하지 않았어?

작가　갔어.

대표　어디로?

작가　몰라, 어디에 있는지.

대표　또 연락이 안 되는 거야.

작가   그렇게 됐어. 갑자기 나가서.

대표   걱정이겠다. 어차피 걱정 뒤집어쓰고 살 바엔 차라리 결혼
        을 하지. 그쪽에서 아파트랑 생활비 정도는 마련해 줄 거 아
        냐. 백 억이 훌쩍 넘는 땅을 가로챈 단에 말이야.

작가   결혼… 그거 오래 전 이야기 같은데….

대표   지나가 버린 것은 어쩔 수 없는 거고. 지금 이대로는 좀 그
        렇잖아.

작가   광석 씨가 싫대.

대표   왜?

작가   나한테 짐이 될 거라면서.

대표   이렇게 사는 것은 짐이 아니고?

작가   짐은 무슨. 우리 서로 그런 것 없어. 그리고, 사실 나도 싫어.

대표   왜?

작가   (술 마신다) 그쪽에서 집 받고 돈 받는 것 말이야.

대표   (고개를 끄덕인다) 그렇겠다. 그 일 생각만 해도 살이 떨릴 것
        같다. 지독한 인간들이지. 아무리 그렇다고, 정신병원에 집
        어넣고 금치산자를 만들다니.

작가   그 땅 아파트 단지로 개발되면서 몇십 배로 뛰었대. 잡초만
        우거져 있던 땅이 갑자기 엄청난 돈이 된 거지.

대표   (담배를 피워 문다) 무섭다. 친조카고 친형제간 아니야. 미쳤어.
        무섭고 미친 세상이야.

작가   광석 씨는 자기 이름으로 된 땅이 거기 있는 줄도 몰랐어.

대표   그런 식으로 당하면, 사람이, 심리적으로 너무 힘들 거야.

작가   노력 많이 해. 광석 씨 이겨낼 거야.

대표   이겨 내겠지. 그럴 거야. 광석 선배 정말 대단했는데. 별명
        이 칸트였잖아. 우리 동아리 금요일 밤 포럼은 광석 선배 아
        니면 지속될 수 없었을 거야. 강사 시절 교양 철학 강좌도

인기가 굉장했다고 하더라고. 내 사촌동생, 이모네 아들 녀석이 우리 학교 사회학과 다녔거든.

작가 (술을 마시고 담배를 피운다) 그냥 책 좋아하고, 공부하기 좋아하는 사람이었는데. 책 읽고, 쓰고, 마음 맞는 사람하고 이야기하며 살고 싶은 사람이었는데….

대표 (술을 마신다) 세상 미쳐서 무서우면 사람이 따라서 독해져야 하는 법인데. 그래야 안 당하고 살 수 있을 건데.

작가 그러다 같이 미치게.

대표 그렇게 되는 건가. (갑자기 생각이 났다는 듯 시계를 본다)

작가 바빠?

대표 뭐 항상 그렇지. 한 군데 들를 곳이 있고. 그런데, 말이야….
(머뭇거린다)

작가 왜 그래?

대표 사실은…. (입을 쉽게 열지 못한다)

작가 참, 태경 씨 답지 않게 왜 그래?

대표 (술을 털어넣고) 에이씨. 그래, 박태경 솔직하자. 미현 씨 사실은 책 출간 어렵겠어. 아니, 정말 솔직히, 지금으로서는 불가능이야.

작가 아니, 왜?

대표 어렵게 돌려 막고 버텼는데 이제 한계에 와 버렸어. 이번 달 안으로 사무실도 비워줘야 할 것 같아. 뭐 사무실 없어도 책이야 만들 수 있지. 문제는 인쇄비도 지불할 여력이 없다는 거야. 계속 반품이야. 아. 씨발! 인간 박태경 왜 이러냐! 대학교 앞 인문사회과학 서점들 다 없어져도 깡다구로 버텼는데, 여기서 더럽게 무너지고 마네. (술잔을 비운다)

작가 (잔을 채워주고 자신도 따라 마신다. 담배를 피워 문다) 좋은 책만 냈는데.

대표 미안해 미현 씨. 다른 일 다 접고 이 책에 매달린 것 아는데. 어떡하지?

작가 (한숨) 사정이 그런데 어쩔 수 없지.

대표 정말 미안해.

작가 태경 씨가 그렇게 미안해 할 일 아니야. 자료 본 뒤, 내가 조르고 들이대서 시작한 일이니까.

대표 그래도, 작업 시작하자 약속을 했으면 출판사는 책을 내야 하지. 사실, 나도 이 평전 우리 출판사에서 꼭 내고 싶었는데… 접기는 너무 아까운 이야긴데….

작가 안 접을 거야.

대표 미현 씨. 솔직히 요즈음 이쪽 사정이 워낙 안 좋아. 그 분야에서 꽤 이름 있는 저자도 초판 천 부에서 허덕거려.

작가 알아 태경 씨. 나 같은 무명작가가 쓴 평전을 어디서 내 주겠어.

대표 미안해. 그리고 이건 정직한 말인데, 미현 씨 실력 있는 소설가야. 기죽지 마.

작가 소설가는 무슨. 겨우 소설집 한 권 내그 헤매는 판인데.

대표 그래도 좋은 소설가라는 사실은 변하지 않아.

작가 이제 좋은 소설가가 아니라 길 위의 소설가가 될 지도 모르겠네. 노트북 하나 끼고 공원 벤치에서 견뎌볼까. 공원의 소설가로.

대표 그게 무슨 말이야?

작가 아까 태경 씨 오기 전에 어떤 애 하나가 왔다 갔어. 아양이 뚝뚝 흐르더라고. 이 집을 무슨 밀회 장소쯤으로 사용할 요량으로 보러 왔더라고.

대표 들어도 요령부득이네.

작가 아버지가 와서 여기 비워라 선포하셨거든. 집을 내 놓은 거지.

대표　아, LA에 계신다는 아버지.

작가　열흘 쯤 전에 나오셨어. 이 집 팔아버리고 나를 끌고 가시겠대.

대표　따라 가. 지긋지긋한 이 땅에 무슨 미련이 있다고 버텨. 나는 끌고 가는 것이 아니라 살짝 말 한마디만 해 주는 아버지라도 있으면 얼씨구 좋다 가겠다.

작가　(픽 웃는다) 태경 씨, 말은 그렇게 해도 여기 궁금해서 못 갈 걸. 떠나 있으면 참견하고 싶어서 병이 날 거야.

대표　천만에. 난 갈 데만 있으면 훌훌 날아간다고.

작가　(술을 마신다) 사실 나도 두려워. 버티고 견디다, 그만 나도 모르게 허물어져 버릴까봐 두려워.

대표　여기 떠나는 것이 허물어지는 것이라 생각해?

작가　난 그래. 그게 허물어지는 거야. 이 땅에서 글 쓰며 살아내는 것이 버티고 견디는 것이고.

대표　나는 이제 차라리 허물어지는 것이 편하겠어. 미안해, 오늘 힘 빼는 소리만 늘어놓네.

작가　아니야. 태경 씨 그동안 너무 힘들게 싸워 온 것 내가 누구보다 잘 알잖아. 지금 지쳐서 그럴 거야.

대표　그럴까.

작가　좀 쉬어. 그럴 만한 자격 있어.

대표　쉬면 다시 싸우고 싶어질까?

작가　그럴 거야.

대표　미현 씨는?

작가　난 이 평전 써야지. 우선 이 평전 끝내는 것만 생각하겠어. 책으로 될지 안 될지 모르지만, 아니, 지금은 될 희망이 거의 없다고 해도 이 책 끝까지 쓰겠어. 일단 쓰고 책 나올 길을 찾아보겠어. 이 분 이야기 묻어둘 수 없어.

대표   (한숨을 쉰다) 필자와 인물이 이렇게 강하게 부딪치면 물건이 나오는 건데. 아깝다. 무엇이 그렇게 미현 씨를 끌어당기는데?

작가   죽음.

대표   죽음?

작가   향기 같은 것.

대표   죽음의 향기?

작가   오히려 삶의 부패를 막아주는 향기 같은 것, 그런 것이 있어.

대표   어렵다.

작가   어렵지 않아. 선명하게 보여.

대표   그렇겠지. 내가 연구를 안 해 봤으니 모르겠지. 그건 미현 씨 몫이고. 사실 나 무거운 마음으로 여기 왔는데 털어놓고 나니까 후련하기는 하네.

작가   마음 두지 마.

대표   안 두기는 어떻게 안 돼. 살아가면서 기회 잡아 빚 갚아야지.

작가   태경 씨 내게 빚 없다니까. 오히려 이 책 시작하게 해 줘서 고마워. 내가 점점 강해지는 것 같으니까.

대표   강해져?

작가   죽음의 향기로 말이야.

대표   아이고 정말 모르겠다. 아무튼 그렇게 생각해 줘서 더 고맙고. (일어난다) 나 갈게.

작가   그래. (같이 일어난다)

대표 나가고, 작가 소파로 와서 남은 술을 한 잔, 두 잔 마신다.

작가, 소파에 눕는다.

조그맣게 웅크리고 잠이 든다.

조명의 변화로 시간의 경과를 보여준다.

사이.

광석, 무대 중앙의 뒤편에서 등장한다.

원룸의 공간 앞까지 와서 열쇠로 조심스레 현관문을 열고 들어온다.

들어와서 소파에 잠들어 있는 작가를 발견한다.

소리를 죽인 발걸음으로 다가가서 살펴본다.

작가는 새우처럼 꼬부리고 자고 있다.

광석, 책상 아래에서 배낭을 찾아낸다.

책상에 슬며시 앉아 편지를 쓴다.

일어나서 배낭을 멘다.

서서 물끄러미 잠든 작가를 내려다본다.

사이.

몸을 돌려 현관문 쪽으로 몇 걸음 간다.

작가, 작은 소리로 흐느낀다.

광석, 몸을 우뚝 멈춘다.

작가, 좀 더 큰 소리로 흐느낀다. 꿈속에서 무언가 간절하게 부르는 것 같기
도 하다.

광석, 잠시 멈춰서 그 소리를 듣는다.

작가의 흐느낌 소리 조금 더 커지고 광석 발길을 돌린다. 책상 아래에 배낭
을 숨기고 편지를 호주머니에 넣은 뒤 작가에게 다가간다.

광석	미현아. 미현아.
작가	(여전히 흐느낌)
광석	(작가의 어깨를 흔들며) 미현아, 왜 그래? 미현아.
작가	(깨어난다) 어, 어? 광석 씨? (정신을 차린다) 광석 씨!
광석	(침대에 걸터앉는다) 응, 나야.
작가	(일어나 앉는다) 광석 씨!

광석　　그래. 무슨 꿈을 꿨는데 울고 그래?

작가　　(그 물음에 대답을 않고 더 다급한 자신의 질문을 한다) 언제 왔어? 어디 있었어?

광석　　응, 조금 전. 별 일 없이 잘 있었어.

작가　　제발 연락 좀 해.

광석　　알았어, 걱정 하지 마.

작가　　어떻게 걱정을 안 해? 어디에 있는지도 모르는데.

광석　　미안해.

작가　　이제 여기서 푹 쉬는 거야.

광석　　알았어.

작가　　당분간은 꼼짝할 생각도 마, 응?

광석　　알았다고. 그런데, 왜 울었어?

작가　　울어?

광석　　금방 깨기 전 꿈속에서 말이야. 울어서 깼거든.

작가　　응… 응, 생각났다. 꿈이 좀 이상해서 그랬나 봐.

광석　　꿈이야 그렇지. 무슨 꿈인데?

작가　　우리 자주 가던 중앙 도서관 뒤 벤치 있잖아.

광석　　응, 큰 배롱나무 아래 벤치 말이지.

작가　　그래. 거기서 나 광석 씨 무릎 베고 잠도 많이 잤잖아.

광석　　(웃는다) 다리 마비 올 때도 있었다. 네 머리 한 무게 하잖아.

작가　　내려놓지.

광석　　아주 편한 얼굴로 잠들어 있는데 어떻게….

작가　　거기서 광석 씨 무릎 베고 누워 있으면 참 좋았는데. 파란 하늘과 어우러진 붉은 꽃송이들 아름다웠고. 아까 꿈속에 우리가 거기 벤치에 있는 거야. 내가 광석 씨 무릎 베고.

광석　　그래, 아름다워서 운 거야?

작가　　설마. 그렇게 누워 있는데, 어느 순간 보니까 광석 씨가 사라지고 없는 거야. 참 이상해. 그냥 음료수 사러 갔다거나 잠깐 화장실 갔다고 생각할 수 있잖아. 도서관 뒤 벤치니까 말이야. 실제로 그런 일 자주 있었고. 그런데 그게 아니야. 꿈속에서는 모든 걸 알게 된 거야. 모든 정보가 한꺼번에 몰려오더라고. 나중에 알게 된 것까지 말이야. 우리 결혼이 채 한 달도 남지 않았다는 것, 그런데 광석 씨가 갑자기 사라져버리고 말았다는 것, 그것은 납치라는 것, 우리가 다시 만나려면 반년을 기다려야 한다는 것.

광석 꿈은 그런 식으로 압축이 되니까. 그래서 울었구나.

작가 그렇게 불안하고 초조하고 무서운 중에도 막 슬펐어. 왜 그런지 알아?

광석 ….

작가 이제 다시는 이 벤치에서 광석 씨의 무릎을 베고 누워 있을 수 없다는 것을 느꼈기 때문이었어. 이 자리로 다시 돌아올 수 없다는 생각 때문이었어. 그것이 제일 지배적인 감정이 되더라고. 그래서 슬픔이 참을 수 없이, 가슴이 터질 것처럼 치밀어 올라왔어. 너무 심하게 우니까 꿈속에서도 목이 아프더라고. 참 이상하지? 광석 씨 사라졌을 때는 슬퍼할 겨를도 없이 그냥 미친 듯이 찾아 헤맸는데.

광석 (조용히) 미안하다. 내가 그런 상황에서 그렇게 사라져버렸으니.

작가 또, 또. 광석 씨가 왜 미안해.

광석 다 나 때문에 생긴 일이잖아.

작가 과도한 자책이네요.

광석 미현아, 너무 힘쓰지 마.

작가 그게 무슨 말이야?

광석 네가 선택할 수 있는 길을 선택하란 말이야. 내가 네 길 막는 것, 나 원하지 않아.

작가 광석 씨는 내게 필요한 사람이야. 그걸 모르겠어? 이게 내
가 선택한 길이라고.

광석 강요 당한 선택을 자기의 선택이라고 믿어버리는 수도 있
어. 제대로 선택할 여유가 없어서 말이야. 그럼 나중에 후회
하게 되겠지. 만약 강요하는 사람이 나라면… 그런 생각하
면 정말 견디기 힘들어.

작가 아니야, 이건 내 선택이야. 광석 씨 강요 아니라고. 나는 판
단하지 않는다고 생각해?

광석 내 선택이라고만 우기지 말고 그 선택 자체에 대해 신중하
게 생각해 보란 말이야. 나라는 조건을 제외한 상태에서 말
이야.

작가 광석 씨 왜 그래? 여기서 우리가 뭘 더 포기해? 우리가 살아
왔던 시간까지 부정해야 해? 가슴까지 영혼까지 내 주어야
해? 내가 광석 씨 포기하면 나 자신을 포기한다는 것을 모
르겠어? 우리의 시간, 기억, 그런 것들을 다 주고 무얼 얻으
려는데?

광석 미안하다. 내가 그 시간과 기억들 책임 못 졌어. 하지만, 이
제 그 시간과 기억들 지나갔어. 다른 시간이라면 다르게 살
수도 있어. 그렇게 말하는 사람들 말도 일리가 있을 거야.
그들의 말에도 귀를 기울여 봐.

작가 광석 씨, 그런 억지 쓰지 마. 나 때문에 마음에도 없는 억지
쓰지 말란 말이야.

광석 난 네게 온전한 네 시간을 돌려주고 싶은 뿐이야.

작가 우리 시간이 내 시간이야. 광석 씨가 딛고 서 있는 자리가
내 자리라고. 내가 광석 씨 포기하고, 광석 씨가 나 포기하
면 우리 시간과 우리 자리 사라져. 나 글도 못 쓸 거야. 자신

을 부정하고, 자신의 시간과 자리를 포기하고 무슨 말을 하
겠어? 난 그렇게 살고 싶지 않아. 광석 씨 포기할 수 없는
이유가 나 때문이라는 것, 그래도 모르겠어?

광석 미현아. 네 마음 알아. 하지만, 때로는 그 마음을 저만큼 두고
볼 필요도 있어. 그런 거리와 시간이 필요한 경우도 있어. 너
는 지금 그런 거리와 시간 가질 필요 있단 말이야.

작가 됐어, 그만해. 나는 그런 거리와 시간 필요 없으니까.

광석 미현아.

작가 알아, 광석 씨 마음 아니까 그만 하라고. (큰 하품을 한다)

광석 어젯밤 못 잤어?

작가 응, 쓰다 보니까. 아까 태경 씨 와서 낮술 마셨더니 더 잠이
쏟아지네.

광석 출판사 박태경?

작가 응. 아예 술이랑 안주를 사 갖고 왔더라고. 꽤 마셨어. (참을
수 없는 하품)

광석 한숨 더 자.

작가 그래, 그래야겠어. 광석 씨도 한숨 자. 너무 피곤해 보여.

광석 응? (딴 생각에서 돌아오며) 어, 알았어.

작가 자고 일어나서 김치찌개 끓여 밥 해 먹자.

광석 응, 그래. 자, 내가 무릎베개 해 줄 테니까 먼저 자.

작가 그러다 정말 마비되려고. 그러지 말고 이리 올라와 같이 자.

광석 응? 응, 알았어. 그래, 한숨 자자.

광석, 침대 위로 올라간다.

작가, 반쯤 일으켰던 몸을 눕힌다.

광석, 작가의 옆에 몸을 눕힌다.

사이.

작가, 잠에 빠져든다.

광석, 작가가 잠을 자는 것을 보고 슬며시 일어난다.

호주머니에서 편지를 꺼내 책상 위에 놓는다

책상 아래의 배낭을 찾아 메고 현관문으로 조심스레 걸어간다.

현관문 앞에서 고개를 돌려 작가를 바라본다.

사이.

광석, 현관문을 열고 나간다.

무대 서서히 어두워진다.

IO

유치장의 이원형, 여러 가닥의 노끈은 꼬아 꽤 굵은 줄을 만든다.

느리지만 집요한 동작이다.

작가, 모니터를 들여다보고 있다.

사이.

형사, 유치장의 계단을 내려오다 멈춰서 이원형의 작업을 본다.

다시 내려온다.

형사   그것으로 뭘 하시려고요? (빼앗아 두 손으로 잡아당긴다. 뚜두둑 끊어진다)

이원형   허어….

형사   누더기 천으로 꼰 이 따위 것으로 목이나 매시려고요.

이원형   그러니까 좀 도와 달라고 했지 않나.

형사   정말 죽을 작정이십니까?

이원형   다른 수가 있겠나. 자네들은 내 입을 열려 하고, 난 열 입이 없고. 자네들이 원하는 것을 주지 않으면 어차피 벗어날 수 없을 것 아닌가.

형사   그렇습니다. 말하지 않으면 이곳을 벗어날 수 없습니다.

이원형   여기가 내 무덤이 맞긴 맞구만. 어차피 내 죽으려 왔으니 제대로 자리를 찾은 거지. 그런데 말일세. 왜경이 고문 기술 하나는 아주 뛰어나. 칭찬을 안 할 수가 없네. 몸만 괴롭히고 숨을 붙여 놓는구만. 그러니 비상한 수단을 쓸 수밖에 없을 것 같네.

형사   왜 죽으려고만 하십니까?

이원형　별 수가 없다지 않았나. 진즉 끝난 일이야. 그보다 자네는 어떤가? 생각해 보았나?

형사　….

이원형　새 길을 찾게. 중경으로 가. 다시 살란 말이야.

형사　(천천히 고개를 가로젓는다) 갈 수 없습니다.

이원형　이보게.

형사　개로도 모자라서 벌레가 되라 하십니까.

이원형　그게 왜 벌레가 되는 것인가.

형사　이 손이 무슨 짓을 했는지 아십니까. 수많은 항일 운동가들, 동포들 잡아들였습니다. 감옥으로 죽음으로 몰아넣었습니다. 그들의 비명과 피가 내 살과 뼈 속속들이 스며들고 배었습니다. 이제 와서 새 길을 찾겠다고요. 새롭게 살겠다고요. 그게 벌레가 아니고 뭐냔 말입니다. 새 길이라, 새롭게 산다, 허흐흐흐흐흐… (자조적인 고통으로 웃는다)

이원형　그래서 새 길을 찾아 새롭게 살아야 한단 말일세. 자네 살 길을 찾으라는 것이 아니야. 자네가 고문하고 죽인 그들의 비명과 피를 씻어내란 말이야. 이제 자네의 땀과 피로 그 죄를 씻어 내라는 거야. 그 고통의 길로 나서라는 거야.

형사　(고개를 흔든다) 땀과 피로 죄를 씻는다… 고통의 길로 나선다… 언젠가 선생님이 말하는 그 새 길로 가서, 새롭게 살고 싶을지도 모르겠습니다. 그런데 말입니다. 그러려면 먼저 미친개를 죽여야겠지요.

이원형　새롭게 사는 것이 그걸 죽이는 과정이 될 수 있네.

형사　이놈 몸 안의 미친개는 워낙 사나워져서 그게 안 될 겁니다. 몽둥이 정도로도 안 되지요. 권총으로 거리통을 한 방에 날려야 하겠지요. (권총을 자기 머리에 겨누어 당기는 시늉) 꽝! 아직 용기가 없어 안 되겠군요.

이원형 어허. (탄식)

형사 고맙습니다, 선생님. 선생님 덕분에 이놈 몸속의 미친개를 자주 볼 수 있을 것 같아서 말입니다. 언젠가 용기가 생겨 이 미친개의 머리통을 날려버릴 때면 선생님을 생각하게 될 것 같습니다.

이원형 이 사람아.

형사 (품에서 끈을 꺼내 준다) 삼으로 꼰 끈입니다. 장정 두 명이 매달려도 안 끊어지지요.

이원형 (받으며) 고맙네.

형사 용서하십시오.

형사, 이원형에게 목례를 한 후 빠르게 퇴장.
무대 왼쪽에서 아버지와 고모, 가방을 끌고 등장.
작가의 원룸 공간으로 간다.
현관 벨소리.

작가 (자판을 치면서) 누구세요.

아버지 (소리) 나다.

작가 아, 예. 잠깐만요. (컴퓨터를 끈다)

작가, 문 연다.
아버지와 고모 들어와 소파에 앉는다.

작가 일은 다 됐어요?

아버지 그래, 다 끝났다.

고모 아버지 어머니 잘 모시게 됐다.

아버지 백도다 홍도다 놀러만 다닌 주제에 잘 모시긴 뭘 잘 모셔?

고모　　아, 용숙이 걔가 계획 빡빡이 세워 놓고 나 나오기 목 빠져
　　　　라 기다렸다지 않아요. 또 너가 제주도 울릉도는 다 가 봤는
　　　　데 백도 홍도는 처음이지 않수. 이번에 들어가면 다시 나오
　　　　기나 할지 어찌 알아요. 뭐, 요새 세상에 돈이 일 하는 거지
　　　　사람이 일 하는 거요.

아버지　입이 크니 말은 거침없구나. 그래, 네가 일하라고 돈 냈냐.

고모　　오빠, 그만 좀 하슈. 한인타운에서 꼿 손가락 안에 꼽는 마
　　　　켓 가진 양반이 뭔 돈 타령이요, 돈 타령은.

아버지　아이고, 내가 말을 말아야지. (작가에게) 비행기 모레 오후 세
　　　　시다. 이 애비 말대로 하자. 짐 챙길 것도 없잖냐. 집이야 중
　　　　개소에 맡기면 알아서 처분해 줄 거고.

작가　　죄송해요. 이 집 1년만 더 빌려주세요. 그때까지 돈 벌어서
　　　　비워 드릴게요.

아버지　누가 집 때문이래?

작가　　정 안 되신다면 그냥 나갈 수밖에 없지만요. 고시원에 들어
　　　　가 살 수도 있으니까요.

아버지　고시원? 이 나이에 고시 공부할래?

작가　　싸구려 숙박시설이에요.

아버지　잘 한다. 자식이 아니라 웬수구나 웬수. 아주 협박이구만.

작가　　나 아버지 협박할 정신 없어요.

아버지　네 나이 이제 중년이다. 자식이 고시 공부를 한다 할 나이
　　　　에, 뭐 그 따위 싸구려 시설로 들어가겠다? 이게 협박이 아
　　　　니면 뭐냐?

작가　　그것도 형편이 안 되면 공원이고 길에서고 버틸 수 있어요.
　　　　못 하란 법도 없지요.

아버지　(강한 어조로) 나도 수없이 생각했다. 네가 어떻게 나올지 말이
　　　　야. 이것도 내가 생각한 것 중 하나야. 난 안 변한다.

작가　　아버지, 부탁이에요. 마지막 부탁이라고요.

아버지　나도 부탁이다. 아니, 부탁은 셀 수 없이 했으니 이제 아비로서 명령이다. 들어 와. 당장 이번에 같이 못 갈 거라면 두어 달 정리할 여유를 주겠다. 이 집 팔리면 비행기표 살 돈하고 정리할 동안의 생활비 떼어주라고 말해 놓겠다.

작가　　아버지!

아버지　사람이 정을 뗄 때면 한번은 모질어야 하는 법이다.

고모　　(눈치 없이 끼어 든다) 정이란 게 어디 그래요. 내 뭐래요. 여자가 갈대다 뭐다 하지만, 한번 마음 주면 독한 것이 또 여자라고 했지 않소.

아버지　(버럭) 시끄러. 너 때문에 내 혈압 터지겠다.

고모　　입버릇처럼 미현이 때문이라더니.

아버지　어이구 말을 말자. (미현에게) 정이 아니라 어리석은 거지. 솜을 등에 지고 물속에 들어가 있는 것을 왜 몰라. 소금이라면 녹기나 하지.

작가　　(조용히) 광석 씨, 제 짐 아니에요. 그렇게 말해도 이해 못 하시겠어요?

아버지　(벌떡 일어난다) 듣기 싫다. 이 집 빠른 시일 안에 처분하라고 중개소에 일렀다. 이걸 없애야 들어오든지 결판이 나겠지. 더 이상 이 꼴 못 본다.

작가　　(설득이 불가능하다는 것을 안다) 알았어요. 그래요, 이 집 아버지 재산이니 아버지 마음대로 하세요. 하지만, 나는 아버지 마음대로 안 돼요. 갈 수 없어요!

아버지　(몸을 돌린다) 나도 더 이상 네 마음대로 따라 갈 수 없다. 거기 들어오든지, 여기서 나를 보지 않고 살든지 양단간에 선택을 해! (고모에게) 가자.

고모　　(일어나며) 데리고 밥이나 한 끼 사 먹입시다. 사람이 그래도 그런 것이 아닌데.

아버지 밥 같은 소리. 나 소화 못 시켜. 먹으려면 둘이나 먹어.

작가 (고모에게) 고모가 사 준 밥 먹었다고 칠게요.

아버지 나올 것 없다. (획, 획 걸어나간다)

고모 (허겁지겁 따라나가며) 그래도 사람이 사는 것이, 이런 것이….

아버지와 고모 현관문을 나간다.

작가, 주저앉는다.

이원형, 작가의 공간을 물끄러미 바라본다.

무대 어두워진다.

11

유치장의 이원형, 삼끈으로 꼼꼼하게 죽음을 준비한다.

작가, 무대 중앙 가까이 다가와서 이원형을 바라보고 있다.

마침내 의자를 놓고 창틀에 끈을 묶어 목을 맬 준비가 다 되었다.

무대 중앙으로 배낭을 멘 광석 등장한다.

광석 산길 (오른쪽 뒤편의 구조물)을 힘겹게 오르기 시작한다.

이 장이 진행되는 동안 광석의 산행, 상징적이고 양식적인 동작으로 진행된다.

작가　　선생님!

이원형　(바라본다)

작가　　꼭 그러셔야만 했나요?

이원형　(의자에서 내려선다) 지금까지 봐 왔지 않나.

작가　　선생님의 죽음을 달리 해석하기 어려웠어요.

이원형　잘 봤어. 그래서 고맙고. 내 발로 사지(死地)로 들어간 것부터 가 자살 아니겠나. 이제 적의 손에 내 목숨을 맡기는 것보다 야 내 스스로 내 숨을 거둬야지. 이게 제대로 된 끝이야.

작가　　선생님 이야기 쓰면서, 솔직히, 힘들고, 두려웠어요.

이원형　자네는 잘 해 왔어.

작가　　제가, 과연 선생님의 평전을 쓸 만한 사람이 되는지… 선생 님의 생애를, 제대로 감당하고 되살려낼 수 있는지….

이원형　아니야. 자네는 충분한 자격이 있어. 내 죽음을 그대로 들 여다볼 수 있는 사람이지. 고맙네. 내가 자네 덕에 죽어서 도 살게 됐으니. 허허허, 이래서 죽음과 삶이 다르지 않다고 하는 모양일세. 자, 이제 우리 이쯤에서 이별하세.

작가 선생님의 죽음이 외롭고, 쓸쓸한 것은 아니겠지요. 저 지하 감옥에서 혼자 돌아가신 선생님의 마지막이 말입니다.

이원형 죽음이야 혼자 가는 것이니 외롭고 쓸쓸하지 않을 수가 있 겠는가. 하지만, 내 사람으로 살다가 사람으로 죽었으니, 더 이상 바랄 것이 있겠나. 사실은, 이게 쉽지 않았네. 그래서 무섭고, 두려울 때가 많았지.

작가 선생님도요?

이원형 왜 아니겠나. 혹독한 시대였네. 내뿜는 숨마저도 그대로 얼 어붙는 만주의 한 겨울 추위보다 더 지독했지. 어느 순간, 너무 힘들어서, 그냥 나를 내던지면 어쩌나, 두렵고 두려웠 어. 사람으로 사는 것이 말일세. 죽음 앞에서 도망쳐 한 목 숨 연명하는 것에 연연하면 어쩌나, 그 살이 찢어지고 뼈가 부서지는 고통 속에서 무너지면 어쩌나, 두렵고 또 두려웠 지. 죽음보다도 고통보다도 나 자신이 더 두려웠단 말일세. 이제 그 두려움을 이겨내고 이리 스스로 죽음을 맞이하니 얼마나 다행이겠나. 이 마지막에 아두 여한이 없네.

작가 (안타까운 목소리) 선생님….

이원형 (작가에게 공감과 신뢰의 눈빛, 고갯짓)

작가 (그 공감과 신뢰를 받아내는 목소리) 선생님 ….

광석의 거친 숨소리.

이원형 의자를 놓고 올라선다.

암전.

12

이원형, 창틀에 목을 매고 숨을 거뒀다.

광석은 구조물의 정상 가까운 높이까지 올라갔다. 여전히 힘겹게 오른다.

– 이원형이 목을 매고 죽은 모습은 마치 십자가에 매달린 예수의 상(像)을 연상하게 연출되었으면 한다. 이 이원형의 모습은, 좁게는 저 일제 강점기에 신념을 지키며 목숨을 바친 분들의 초상이고, 넓게는 자신의 가치를 힘들여 지켜내는 인간 일반에 대한 오마주(hommage)로 해석되었으면 하기 때문이다.–

작가, 이원형의 모습을 깊게 응시하고 있다.

사이.

작가의 호주머니에서 울리는 벨소리.

작가, 황급히 다가가서 받는다.

작가 여보세요? 응, 광석 씨지? 어디야? 남해? 금산? 잘 안 들려. 산이라고? 그래서 이게 바람 소린가? 응, 그래. 난 집이지 어디야. 미국은 내가 왜 가. 안 간다니까. 물론 아빠랑 고모는 갔지. 그런데 거기는 왜? 알았어. 할 만큼 산 오르고 힘얻어 와. 나 어디 안 가. 가기는 어디 가. 광석 씨가 안 오면 여기서 한 발자국도 안 움직여. 아, 참. 이 집은 어떻게 될 수 있어. 집은 팔릴 수도 있으니까. 하지만, 나 어디 안 간다고. 10년이고 20년이고 우리 자리에 있을 거야. 광석 씨도 나한테서 도망갈 생각 마. 우리 함께 있어야 한단 말이야. 뭐라고? 잘 안 들려. 끊지는 마. 광석 씨, 광석 씨! (끊어졌다) 끊지 말라니까…

수화기를 내려놓고 무대 중앙 쪽으로 몇 걸음 걸어나와 멈춰 이원형을 바라
본다.
사이.
관객을 향해 선다.

작가 (조용히) 광석 씨, 나 떠나지 않아. 우리 자리에 서 있을 거야.
우리 결코 포기할 수 없어!

무대 서서히 어두워진다.
막 내린다.

물의 노래

초연 2008년 8월 29일~9월 7일
장소 대학로 문화공간 엘림홀

극단 성좌/ 연출 권오일

〈출연〉

김순이, 조원희, 조주현, 김효신, 장혁진, 송혜영, 황현주, 조영신

〈스태프〉

무대미술 · 송관우/ 의상 · 이규태/ 든향 · 한찰/ 분장 · 김소영/
조명 무대감독 · 송훈상/ 협조연출 · 권은아

— 2007년 거창 국제연극제 우수작 선정작

* 이 희곡은, 1923년 9월 1일 정오 무렵, 도쿄와 요코하마를 중심으로 한 관동
일대를 강타한 '관동대진재' 의 와중에 자행된 조선인 학살의 역사를 배경으
로 삼는다. (이 대학살로 인해 희생된 조선인의 숫자는 공식적인 집계만으로
도 6,600여 명에 이른다) 그러나, 이 희곡에 설정된 구체적인 장소와 무대 공
간, 등장인물은 모두 허구이다.

<장소>

관동 지역, 사이타마 현의 한 소(小) 정(町). (일본의 정은 우리의 읍에 해당한다.
인물 대사에는 읍으로 표기한다)

<인물>

와타나베(50대 중반, 우동집 면면-綿綿- 주인)
이와사키(50대 중반, 와타나베의 친구, 파출소장)
후쿠에(50대 초반, 와타나베의 처)
히데오(20대 중반, 와타나베 아들)
미나코(20대 초반, 히데오의 아내)
장(20대 후반, 조선인 벌채 노무자)
아내(20대 초반, 장의 아내)
동생(16세, 장의 동생)
아이1(3세, 장의 아들)
아이2(1세, 장의 딸)
사사키(40대 중반, 자경단 지역대장)
기타 10여 명의 자경단원들

<무대>

와타나베의 우동집 면면(綿綿)과, 마당을 중심으로 인접해 있는 살림집이 무대다. 무대 오른쪽 앞으로 우동집의 주방. 그 뒤가 우동집 내부다. 우동집 내부는 전체가 드러나지는 않고 탁자와 의자 등이 보인다. 그 뒤편에 우동집 출입문이 보인다. 세로로 걸린 간판 '綿綿' 도 볼 수 있다.
무대 중앙의 후면은 살림집의 응접실 겸 마루. 마루 오른쪽에 와타나베 부부의 안방, 왼쪽에 아들 히데오 부부의 방이 있다. 응접실 뒤는 부엌으로 통한다.
무대 왼쪽 뒤편에 살림집의 대문이 있고, 앞쪽에 밀가루 등 재료를 쌓아두는 창고가 있다. 객석에서는 창고의 문만 보인다.
마당 가운데에 가슴 높이로 둥글게 돌로 테두리를 쌓아올린 우물이 있다. 우물에는 판자로 만든 뚜껑이 덮여 있다. 우물 옆에 다듬잇돌처럼 반질반질한 댓돌과 그 위에 정갈하게 놓인 장대(長竹) 매달린 양철 두레박.
우물 왼쪽에 대 평상 하나가 놓여 있다.

Ⅰ

〈1923년 9월 3일〉(일자와 시간은 스크린 등으로 표시해 주는 것이 좋겠다)
낮.

마당에 결 고운 화선지와 같은 햇빛이 하얗게 쏟아지고 있다.
고요하다.
사이.
와타나베, 주방에서 반죽을 하고 있다.
히데오, 채소를 다듬고 있다.
와타나베 객석 쪽으로 등을 돌린 채 결중하고 있다.
히데오는 우동집 출입문과 살림집 대문 등을 흘끔거리며 건성이다.
사이.
와타나베 주방에서 나와 마당을 가로질러 창고로 간다.
히데오 손을 놓고 시선을 불안하게 돌린다.
사이.
와타나베 창고에서 밀가루 한 포대를 가지고 다시 마당을 가로지른다.
주방으로 와서 밀가루 포대의 주둥이를 풀고 되로 조심스레 퍼낸다.
다시 반죽에 열중하는 와타나베.
사이.
아버지의 등을 물끄러미 보고 있던 히데오, 밀가루 포대를 선반으로 올리려
다 놓쳐서 바닥에 떨어뜨리고 만다.
밀가루 포대 바닥에 떨어져 터지면서, 밀가루 하얗게 퍼진다.

2

저녁 무렵.

와타나베 주방에서 면발을 뽑고 있다.

사이.

무대 왼쪽 뒤쪽의 대문으로 이와사키 들어온다. 제복을 입고 칼을 찬 상태다.

와타나베, 이와사키가 들어온 것을 모르고 일을 하고 있다.

이와사키 우물 옆에 가서 두레박이 매달린 장대를 들어올린다.

이와사키가 우물 뚜껑을 미는 소리에 와타나베 고개를 돌린다.

이와사키 (물을 길어 올린다)

와타나베 대접에 따라 마시게. 샘에 물 흘리지 않게 물러나고.

이와사키 알아, 이 사람아. 귀에 못이 박혔어. (우물에서 한 걸음 물러서서, 우물 옆 댓돌에 놓인 대접에 두레박의 물을 따라서 마신 후 평상에 앉는다) 태평이구만, 면발이나 뽑고.

와타나베 우동집에서 면발 뽑는 거야 당연한 일이지.

이와사키 지금 누가 우동 먹을 정신이 있겠는가.

와타나베 숨 끊어지기 전까지는 먹어야 하는 것이 숨 있는 것들 아닌가. 우리 집에서는 손님이 오면 우동을 내 놔야 하고.

이와사키 땅이 쪼개지고 하늘이 뒤집혔어. 도쿄, 요코하마, 가나가와 현, 무너지고, 불 타고, 수 만, 수십 만 명이 죽어나갔다는 거야.

와타나베 (손을 놓고 마당으로 나온다)

이와사키 (고개를 흔들며) 피해가 어느 정도인지 파악조차 불가능한 상
　　　　태인 것 같아.

와타나베 그저께 낮이니까… 만 이틀이 지났는데, 여전한 모양이지?

이와사키 규모가 워낙 엄청나니까. 혼란이야, 대 혼란! 정신을 못 차
　　　　리겠어.

와타나베 (평상에 앉는다) 이곳이야 일단 수습이 됐지 않나. 다행으로 진
　　　　동이 약했으니까.

이와사키 참, 자네네 집은 별 피해가 없었나?

와타나베 선친이 워낙 꼼꼼한 분이라서. 상당한 진동에도 선반들 잘
　　　　견뎌. 제대로 올려놓지 않은 그릇 몇 개 상한 정도야.

이와사키 다행이구만. 우리 읍이야 불행 중 천만다행이었지. 상한 사람
　　　　만 좀 나왔지 죽은 사람이 없으니까. 몇 군데 불길도 곧 잡혔
　　　　고. 약한 건물들 무너져 내린 거야 지진 때마다 당하는 피해
　　　　고. 하기야 진동도 지난 번 것보다 약했던 것 같아.

와타나베 도쿄나 요코하마처럼 피해가 심한 지역들도 불길이야 잡았
　　　　을 것 아닌가. 혼란도 곧 수습이 되겠지.

이와사키 그것이 문제가 아니지.

와타나베 그럼?

이와사키 땅이 갈라지고, 불길이 치솟고, 그걸르 끝나는 것이 아니라
　　　　니까.

와타나베 물론 복구야 오래 걸리지. 사람 죽고 상하는 거야 평생을 가
　　　　도 복구할 수 없는 것이겠지만. 이런 광 위에 발 붙이고 살
　　　　아야 하는 운명인 걸 어떡하나.

이와사키 그런 팔자타령이 아니니까 문제지.

와타나베 그 소문들 말인가?

이와사키 자네도 듣기는 했구만. 소문뿐이 아니야. 대도시에서는 난
　　　　리인 모양이야, 난리! 어제 저녁부터 드쿄 경시청에다 계엄

사령부까지 전문이 빗발쳐.

와타나베 전문?

이와사키 통첩도 속속 날아와, 우리 사이타마 현 내무부에서.

와타나베 ?

이와사키 철저 경계. 즉각 대응. 불순분자들, 조센징!

와타나베 조선인?

이와사키 조선인이든지, 조센징이든지…. 아이고, 골치 아파.

와타나베 조선인이 뭘 어쩐단 말인가?

이와사키 소문 들었다면서. 내 입으로 말할 것 뭐 있어. 입 아프고 몸
피곤하네.

와타나베 그런 소문이 사실이란 말인가?

이와사키 그렇다면, 경시청, 계엄사령부의 전문, 현 내무부의 통첩,
이런 것들이 다 장난이란 말인가?

와타나베 나야 진종일 틀어박혀 반죽하고, 면발 뽑고, 뭐 알겠나만…
(고개를 흔든다) 그 소문들이란 게 워낙 허황하게 들려서…. 설
마 전문이나 통첩이 소문과 같은 내용은 아닐 것 아닌가?

이와사키 그렇기야 하지만…. 뭐, 따지고 보면 그게 그거지. 철저히
경계하라는 건 그럴 만한 짓을 했거나, 할 수 있다는 것을
의미하는 거니까. 하기야…. 나도 이런 시골 구석 파출소장
주제에 뭘 알겠나만, 그렇다니까 그렇게 믿을 수밖에.

와타나베 엄청난 천재지변이라 아무리 혼란에 빠졌다고 하지만, 그
소문이란 것들이 참….

이와사키 (말을 막으며 일어선다) 자네가 말아주는 우동 한 그릇 먹고 잠
이나 푹 잤으면 소원이 없겠구만.

와타나베 (따라 일어서며) 좀 기다려. 한 그릇 먹고 가.

이와사키 가 봐야 해. 자경단 때문에 사람들 모이라고 했어.

와타나베 자경단?

이와사키 경찰력만으로는 안 되니까. 대도시에서 밀려난 불령선인들
이 떼를 지어 마을들을 습격한다는 소문이 무성해. 관동 전
지역이 초비상이야.

와타나베 불령선인들이 마을을 습격혀?

이와사키 난리라고 했잖나. 자, 가네.

와타나베 허 참, 아무리 경황이 없어도 좀 먹고 잠도 자게, 그래야 자
네도 정신을 차릴 것 같으니까.

이와사키 고맙네. 물 잘 마셨어. 이 집 물맛은 여전하다니까.

이와사키 대문으로 나간다.

와타나베, 이와사키가 나간 대문 쪽을 물끄러미 바라보며 생각에 잠겨 있
다.

와타나베 (고개를 흔든다) 도대체 무슨 말들인지…. (문득, 주위를 둘러보고)
그런데 히데오는 어디 간 거지?

3

좀 더 밤으로 기운 시각.

와타나베와 후쿠에, 미나코, 무대 후면 중앙의 응접실 겸 마루에서 저녁 식
사를 하고 있다.
허약해 보이는 후쿠에는 한눈에도 병색이 완연하다.
미나코는 출산을 코앞에 둔 만삭의 몸이다.

와타나베 (식사를 마친다)

후쿠에 (대접을 가지고 일어서려는 미나코를 저지하며) 그만 둬라. 내가 떠
오마. (천천히 일어서서 마루 뒤의 부엌으로 간다)

와타나베 (불쑥) 마음을 편하게 가져야 한다.

미나코 (무슨 말인가 어리둥절하다 알아차리고, 배를 내려다보며) 예.

와타나베 세상이 어수선하다만, 날이 지나면 다들 가라앉겠지.

미나코 (고개만 끄덕인다)

후쿠에 (물을 가지고 온다)

와타나베 참, 히데오 나간 것이 몇 시쯤이라고?

미나코 다섯 시쯤 되었을 거예요.

후쿠에 복구 돕는 거야 마땅히 해야 할 일이지만, 저녁은 집에서 먹
어야지.

미나코 복구가 문제가 아닌 것 같아요.

후쿠에 그럼?

미나코 조센징들이 쳐들어온다고…. 청년단, 소방단, 재향군인회
모두 소집을 했다잖아요.

후쿠에 조선인들이 쳐들어와? 여기를 왜?

미나코 글쎄요, 그거야 모르지만…. 도쿄와 요코하마에서는 조센징
       들이 사방에 불을 지르고, 우물에 독약을 풀고, 닥치는 대로
       여자와 아이들을,

와타나베 (얼굴을 찌푸리며 미나코의 말을 손짓으로 제지한다) 그만 하거라. 복
       중(腹中) 애가 든다.

미나코 (소리를 죽이지만) 하여간, 가만 앉아 있다가는 큰일들 당한다
       고…. 그이도 흥분을 해서….

와타나베 쓸 데 없는 소리들!

후쿠에 도대체 어떻게 된 판속이에요?

와타나베 너무 큰일을 당해 불안하고 정신이 없으니까, 갖가지 말들
       이 나도는 거겠지. 그래도 그렇지, 허 참, 사람들도….

후쿠에 도쿄나 요코하마, 가나가와 현은 엄청나다고 하데요. 여기
       는 큰 피해도 없는데 왜?

와타나베 차분한 마음으로 복구에나 신경 써야 할 판에 이 무슨 난리
       들인지….

후쿠에 (혼잣말하듯, 나직하게) 그때, 지진이 왔을 때 말이에요. 개심사
       부엌에서 점심 준비 좀 돕고 있는데, 배 탄 것처럼 땅이 흔
       들려서 지진인가 보다 짐작은 했는데, 그래도 그 넓은 부엌
       에서 그릇 몇 개에 물 항아리 하나 깨진 것밖에 없는데, 사
       람이 수십 만이나 죽고 상했다니, 아이고 세상에, 부처님,
       나무관세음보살….

4

밤.

우동집 간판 위에 작은 등이 켜져 있다.

와타나베 우동집에 앉아 생각에 빠져 있다.

사이.

살림집의 대문이 열리며 히데오 들어선다. 일본도를 들었다.

우물로 온 히데오 일본도를 평상에 기대 세우고 물을 긷는다. 두레박에 입
을 대고 그대로 마시려다, 멈칫 하고는 댓돌 위의 그릇에 따라 마신다.

와타나베 우동집에서 나온다.

와타나베 저녁은 먹었냐?

히데오 예, 본부에서.

와타나베 본부?

히데오 우선 소방서에 본부를 차렸어요.

와타나베 자경단인가, 뭔가 하는 그것 말이냐?

히데오 재향군인회, 청년회, 소방단에다 보안조합원들까지 다 합하
니 삼백이 넘어요. 소방서가 좁아 내일은 학교로 옮겨야 할
것 같아요. 일반 사람들 신청이 많아서 단원이 훨씬 더 불어
날 것 같고.

와타나베 (낮지만 강한 목소리) 내일부터 나가지 마라.

히데오 예?

와타나베 복구도 아니고, (일본도를 턱짓하며) 저런 걸 들고 수백 명 씩 모
여서 뭘 하겠다는 거냐. 나갈 필요 없다.

히데오 한 집 당 한 명씩은 나가야 해요. 본부에서 그렇게 결정했다고요. 그리고, 자경단 결성은 도쿄 계엄사령부의 지시 사항이고요.

와타나베 (평상에 앉는다) 피해가 심한 지역이야 화재 재발을 막고, 여러 가지 수습을 위해 자경단이든지 뭐든지 필요하겠지. 하지만 우리는 아니지 않냐. 복구할 것 도와가며 복구하고, 나머지 사람들은 평소대로 자기들 일 하면 될 일이야. 저런 것들 갖고 소란스럽게 들쑤셔 도대체 뭘 어쩌자는 거냐.

히데오 어제 들으셨잖아요. 소문 빠른 사람은 그저께 밤부터 알았다 하더라고요. 그날 밤부터 잠 제대로 못 잔 사람 많아요.

와타나베 그 소문 나도 안다.

히데오 (단호한 목소리로) 우리 고장은 우리가 지켜야지요.

와타나베 누가 쳐들어오는데? 귀신들이?

히데오 (어이가 없다는 듯) 귀신을 누가 총칼로 지켜요?

와타나베 지금 너희 자경단인가 뭔가가 그러고 있잖냐.

히데오 우리는 조센징한테서 우리를 지키는 거라고요. 조센징은 귀신이 아니지요. 칼로 찌르면 피를 뿜고 나자빠질 놈들이라고요.

와타나베 그 소문들 생각해 봤다. 나도 곰곰이 생각해 봤어, 그런데….

히데오 소문이 아니에요. 놈들이 석유를 끼얹고 불을 지르고, 우물에 독을 풀고, 부녀자를 강간하고 죽이고, 피해가 엄청나대요. 도쿄나 요코하마에서는 지진보다 조센징들, 조센징들에 동조하는 뙤놈들이 무서워 어두워지면 문들을 걸어 잠근답니다. 이 늦더위에 문도 못 연다 하더라고요. 그 더러운 조센징, 뙤놈들이 우리 일본사람을 공격한단 말이에요!

와타나베 네가 본 건 없지 않느냐.

히데오 아버지도 못 보셨잖아요.

와타나베 그래, 그렇긴 하다. 너도 나도 못 봤지. 여기 사람들 아무도 못 본 것들이야. 못 본 건 못 믿는다.

히데오 여기서 일어난 일이 아니니까 못 봤지요. 본 사람들한테서 나온 말들이라고요.

와타나베 본 사람을 네가 만난 거냐?

히데오 그거야, 도쿄나 요코하마 사람들이 무얼 하려 여기까지 오겠어요.

와타나베 그러니까 본 사람이 없다는 거지. 그래서 귀신이라는 거야.

히데오 말로도 전달될 수 있다고요. 아, 참. 파출소장님, 아버지 친구 이와사키 소장님 말이에요. 소장님도 철저히 대비하라고 했어요. 계엄사령부, 도쿄 경시청, 우리 현의 지시라고요. 소문이 아니란 증거 아닙니까!

와타나베 이와사키 낮에 왔었다. 소장도 뭐 확실하게 아는 것은 없는 것 같았다. 다들 혼란스러우니까 그럴 수 있어.

히데오 혼란스런 비상시니까 대비하는 거죠. 조센징들이 수백 명 떼 지어 쳐들어온다고 생각해 보세요. 그때는 늦어요. 우리가 먼저 손을 써야지. 공격받기 전에 공격하는 것이 상수지요. 아예 싹을 문질러야 된다 이거죠. (말을 하는 중에 흥분이 되어서) 그렇죠, 공격받기 전에 공격!

와타나베 공격받기 전에 공격을 해…. (퍼뜩 한 생각이 떠올라) 참, 우리 읍 조선인들은 어떻게 된 거냐? 벌목장에 와 있는 조선인들 말이다.

히데오 어젯밤에 벌써 튀었드라고요. 어느 놈이 알려줬는지.

와타나베 그러면, 자경단에서 우리 읍에 있는 조선인들도 잡아들인다는 거야?

히데오 조센징은 다 조센징이지, 다른 조센징, 우리 읍 조센징이 어디 있어요.

와타나베　거의 다가 우리 집 손님들이다!

히데오　아버지! 지금 그런 걸 따질 때가 아니란 말이에요. 비상시국이에요, 비상시국!

와타나베　귀한 손님들이야. 우리 집 우동 더 할 수 없이 맛있게 먹는 사람들이지. 얌전하고 조용하고.

히데오　우리 말을 별로 잘 못하니까 조용할 수밖에요. 그놈들 속에 뭐가 있는지 누가 알겠어요. 계집이랑 애새끼들까지 합하면 오십 명이 넘는다던데 한 놈도 없이 싹 날랐더라고요. 저녁 때 뒷산 골짜기 동굴에 숨어 있는 열한 놈 잡기는 했지만. 그 쥐새끼 같은 놈들, 아차 하면 우리 등에 칼을 꼽을 놈들이라니까요.

와타나베　(평상에서 일어서며) 잡았다…. 그래, 어떻게 했단 말이냐?

히데오　검문에 불응하거나 도망자는 무조건 즉결처분이에요.

와타나베　즉결처분? 죽였단 말이냐?

히데오　죽이지 않고 뭘 어떡해요.

와타나베　(경악한다) 어허!

히데오　우리 국민 수십 만 명이 죽었어요.

와타나베　지진 때문이야! 화재 때문이고.

히데오　하여간 비상시국이에요.

와타나베　아니다, 이건 아니야! 조선인 살해에 너도 끼었냐?

히데오　우리 구역이 아니잖아요. 보진 못했어요.

와타나베　(강경하게) 너는 내일부터 집 밖으로 일체 못 나간다.

히데오　한 집에서 한 명씩 나가야 한다니까요.

와타나베　못 나가. 곧 네 자식이 세상에 나와. 벌금을 내라면 벌금을 내면 돼.

히데오　사사키가 왔어요. 어젯밤에 현 감옥에서 풀어줬대요.

와타나베　사사키!

히데오　오늘밤부터 자경단장이에요.

와타나베　그놈이!

히데오　재향군인 중에서 제일 전투 경험이 풍부하다고 선출됐어요.

와타나베　사사키 그놈이….

히데오　다른 집은 몰라도 우리 집에서 자경단에 안 나갈 수는 없어요.

와타나베　(평상에 털썩 주저앉는다)

5

깊은 밤.

불 꺼진 응접실에 앉아 있는 와타나베. 생각에 잠겨 있다.

사이.

우동집의 골목으로 난 출입문이 조심스럽게 흔들린다. 약한 진동음.

두어 차례.

와타나베 눈치 채지 못하고 있다.

다시, 조금 더 강하게 흔들리며 소리 커진다.

와타나베 눈치 챈다.

사이.

여전히 조심스럽지만 문 흔들리며 소리 들린다.

와타나베 마당으로 내려선다.

이제 문 밖에서 소리도 들린다.

사이.

장　　　(소리. 낮지만 절박하다) 어르신, 어르신.

와타나베　(우동집 안으로 들어간다)

장　　　(소리) 어르신, 어르신.

와타나베　(불안한 예감으로) 누구요?

장　　　(소리) 어르신, 장입니다. (사이) 벌목장 동무들하고 가끔 왔었
　　　　지요. (사이) 달마다 삯 받은 날이면 식구들 데리고 왔었고요.
　　　　(사이) 어르신 우동 참 잘 먹고 갔습니다.

와타나베　아, 장씨?

장   (소리. 반가워서) 예, 어르신.

와타나베   (경계하지 않을 수 없다) 웬 일인가, 이렇게 늦게?

장   (소리) 어르신 문 좀 열어 주십시오.

와타나베   (움직일 수 없다)

장   (소리) 어제 밤부터 물 한 모금 못 먹었습니다.

와타나베   (불안하여 왼손으로 오른손을 감싸 문지른다) 장 씨 혼자인가?

장   (소리) 제 처와 동생놈, 애놈들 둘입니다. 세 살, 한 살이에요.
        우선 목이 말라 죽을 지경이에요.

와타나베   아이들도 물 한 모금 못 먹었단 말인가?

장   (소리) 예, 어르신. 제발….

와타나베   (왼손으로 오른손을 심하게 문지른다) ….

아내   (소리) 제발…. (울음을 터뜨린다. 목이 조인 듯, 소리 죽인 흐느낌)

        사이.

        죽음과도 같은 정적에 아내의 울음만이 낮게 흐른다.

        긴 사이.

와타나베   …. (마침내, 두 손을 움켜쥐며 어떤 결정을 한다) 잠깐만.

        와타나베 문을 연다. 장과 그의 아내, 동생이 들어온다.

        세 살짜리 아이는 동생이 업고 있고, 한 살짜리 아이는 아내가 업고 있다.

        장은 다리를 심하게 절고 있다.

        모두들 남루하고 피폐한 몰골들. 공포에 짓눌리고 허기에 지쳐 곧 쓰러질

        것 같다. 아이들은 탈진 상태다.

장   감사합니다, 어르신.

아내   정말 감사합니다.

와타나베 잠깐 앉아서 기다리게.

장과 아내, 동생 의자에 무너지듯 앉는다.

와타나베 큰 주전자를 가지고 우물로 가서 물을 길어 채운다.

우동집으로 온 와타나베 대접 세 개를 꺼내서 물을 따른다.

와타나베 조금씩 천천히 마시게. 물도 체하니까.

장·아내·동생 고맙습니다.

동생   ….

장과 아내, 동생 급하게 물을 마신다.

갈증을 푼 장과 아내, 아이들의 입에 물을 흘려 넣는다.

와타나베 (혼잣말하듯) 무슨 놈의 세상인가. 사람이 사람 사는 데서 물도
         못 먹다니. (장에게) 어떻게 된 건가?

장   (잠시 잊었던 공포가 밀려와 떨기 시작한다)

와타나베 조선인들은 다 도망갔다던데?

장   제가, 닷새 전 굴러온 통나무에 다리가 깔려 이 꼴이고, (아이
         들을 가리키며) 저것들도 있어서….

아내   (역시 떨면서) 어젯밤 허겁지겁 도망을 가기는 갔지요.

장   가네시타상이 달려와서 알려 줬어요. 조선인들은 당장 도망
         쳐야 산다고. 잡히면 다 죽는다고.

아내   세상에, 날벼락도 그런 날벼락이, 설마설마 하면서도, 그 양
         반이 워낙 다급하게 몰아쳐서.

장   우선 피하고 보자, 입은 옷 그대로 뛰쳐나왔지요. 벌목장 밑
         동네 조선인들 다 뒷산으로 도망쳤지요.

와타나베 그런데 왜 이 위험한 데로?

장   말씀 드렸다시피, 딸린 애들에다 제 다리도 이렇고, 이런 꼴
        들로 산속 깊이 들어갈 수 없어서, 또 날이 밝으면 괜찮으려
        니, 우리 식구는 마른 도랑에 풀 뜯어 덮고 숨어 있었지요.
        환할 때는 어쩔지 몰라, 어두워지면 내려오려고 기다리는
        중인데. (더 떤다)

아내   (역시 더 떤다) 막, 막 죽이더라고요. 남자, 여자, 어린 것 할 것
        없이. 조선인이면 다.

와타나베 뭣을 봤는데?

장   (말이 자주 끊긴다) 산등성이로 끌고 내려왔는데… 조선인 노무
        자들… 우리 숨어 있는 언덕 아래로… 철삿줄로 묶어 줄줄이
        끌고 내려가는데… 얼굴도 다 알아보겠고… 세 보니 열하
        나… 어른이 일곱 애가 넷… 이씨와 송씨 애들….

와타나베 그, 그 현장을 봤단 말인가?

장   언덕 밑… 말소리도, 또렷하게 들릴 거리에서… 거기 구덩
        이처럼 패인 데다 몰아넣고… 몽둥이로 패고… 칼로 찌르
        고… 갈고리로 찍고… 도끼로….

아내   (비명처럼) 애기들 입 틀어막고 나도 이 눈으로 똑똑히 봤어요.

장   다 죽였어요. 아무 짓도 안 한 사람들인데. 그 피 비린내!

와타나베 (장탄식) 아, 아!

장   (떨썩 무릎을 꿇는다) 살려 주십시오, 어르신!

아내   (역시 무릎을 꿇는다) 살려 주세요.

동생   (넋이 나간 듯한 얼굴로 허공을 응시하고 있다)

        사이.

        모두들 굳어져서 서 있다.

        사이.

와타나베 여기도 위험해.

장 내일이면 산을 샅샅이 뒤진답니다. 숨어서 들었지요. 갈 곳
이 없습니다.

아내 어디 숨더라도 목 말라 죽고 굶어 죽을 겁니다.

와타나베 (갈등 속에서 불안과 공포와 싸우느라 극심한 심리적인 고통을 느낀다)

장 너무 무서워서, 죽더라도 도망칠 데까지 도망쳐야겠다고 생
각하다가, 이런 꼴들로 가 봤자, 하루도 못 넘기고 애들 죽
이고, 잡혀 죽겠다 싶어, 앞이 캄캄해서 주저앉아 있다가,
퍼뜩 어르신, 아니, 이 우동집 생각이 나서, 밤에도 문 두드
리면 맛있게 우동 말아주시고, 이 말 저 말 물어주시던 생각
이 나서. (소리 죽여 운다)

아내 (소리 죽여 울면서) 이 양반 말 듣고, 우동이나 한 그릇 먹고 죽으
면, 죽어도 한이 없겠다, 그런 미친 생각도 들고, 이리 죽으나
저리 죽으나 죽는 건 매 한 가진데, 죽은 시신이라도 우리 식
구, 한 가지로 산짐승 밥이 되는 것 무섭고, 기구하고.

장 여기 와서 뜨거운 우동 먹으면, 꼭 고향 사랑방에서 국수 먹
는 것 같았는데, 죽어도 사람 있는 데서 죽자, 고향 사랑방
같은 곳에서 죽자.

동생 (불안과 공포로 깊게 파인 동공이 텅 비어 있다)

장 살려 주십시오, 어르신. 사는 게 죄라면, 나이 먹은 것들이
야 무슨 죄든지 있다지만, (탁자에 널브러져 있는 아이들을 가리키
며) 이 어린것들이 무슨 죄가 있겠습니까.

아내 무슨 짓을 했겠어요. 숨 쉰 죄밖에 없어요.

와타나베 (마침내, 심리적인 갈등과 고통을 극복한다) 어젯밤부터 아무 것도
못 먹었나?

장·아내 예.

와타나베 잠깐 기다리게. 우동을 끓일 테니.

장   고맙습니다, 어르신.

아내   고맙습니다.

와타나베 (자신에게 말하듯, 또박또박) 그래, 자네들은 오늘밤 내 손님이네.
         좀 늦었긴 하지만, 이렇게 허기 진 손님을 내쫓을 수는 없는
         일이지. 음식이란 사람을 살리는 거 아닌가. 내 지금까지 무
         수한 손님한테 우동을 팔았네만, 지금 자네들만큼 우리 집
         우동이 필요한 사람들이 없을 테지.

         와타나베 화덕에 불을 붙인다.

6

〈1923년 9월 4일〉

새벽.

응접실로 통하는 와타나베 부부의 방문이 조심스레 열린다.

와타나베 응접실을 통해 마당으로 내려온다.

본능처럼 대문과 우동집 출입문을 훑어본다.

창고 문을 재빨리 돌아본다.

우동집 안으로 들어가서 주전자를 들고 나온다.

우물에서 물을 길어 채워서 창고문 앞으로 간다.

다시 본능처럼 주위를 훑고는 조심스레 창고 문을 두드린다.

와타나베　주인이네. 물 주전자 받아.

장　(문 여나 얼굴 내밀지 않고 주전자를 받아 재빨리 들여간다. 소리) **고맙습니다, 어르신.**

와타나베 문을 닫는다.

마당을 가로질러 우동집으로 들어간다.

사이.

오른손에 빈 양철통 두 개를 들고, 왼손에 뚜껑 두 개를 들고 나온다. 식용유의 빈 깡통이다.

창고문 앞으로 가서 두드린다.

와타나베　나네. 통 받게. 여기다 용변을 처리하게.

장　　(역시 얼굴 내밀지 않고 받는다. 소리) 알겠습니다, 어르신.

와타나베　소리를 조심하고.

장　　(소리) 예, 어르신.

와타나베 문을 닫고 우물 옆으로 걸어간다.

마당 가운데에 서서 아직 어두운 허공을 응시하고 있다.

사이.

물을 길어서 대접에 부어 천천히 마신다.

7

이른 아침.

와타나베 창고 앞에서 약간 열린 문을 통해 안을 들여다보고 있다.
빈 주전자를 받고 말을 건넨다.

와타나베 잠자리는 어땠나? (안에서 웅얼거리는 소리를 듣고) 하기야 지금
그걸 가릴 때는 아니겠네만.

이때 후쿠에 조용히 방문을 열고 나온다.
후쿠에가 아주 조용히 움직이고, 또한 와타나베는 창고 안에 신경을 쓰고
있던 터라서 후쿠에가 나오는 것을 알지 못한다.
후쿠에 와타나베의 행동을 보고 순간적으로 창고 안에 누가 있다는 것을,
그것은 자경단이 찾고 있는 조선인이라는 것을 눈치챈다.
후쿠에 경악하여 굳어선 채 남편을 주시하고 있다.

와타나베 (여전히 후쿠에가 나온 것을 알아채지 못하고) 조금 기다리게. 물을
채워줄 테니.

와타나베 돌아서다가 후쿠에를 발견한다. 순간, 놀라서 창고 문을 황급히
닫고 열쇠를 채운다.
경황 중에 평상에 와서 앉는다.
사이.
후쿠에 남편 옆에 와서 앉는다.

후쿠에　(떨면서) 당신, 어떻게, 어떻게 하려고….

와타나베　당신한테 숨기려는 것이 아니라…. 나도 어찌 할 수 없어 이
　　　　러기는 했는데…. 뭐가 뭔지 도무지 마음이 잡히지 않아서….

후쿠에　조선인을 숨겼다가… 발각되기라도 하면….

와타나베　쉿! (창고 쪽을 보며) 조용히 해. 저 사람들 듣겠어.

후쿠에　당신 도대체 어떻게 하려고….

와타나베　어제 밤 깊어 우동 먹으러 왔는데… 내 보낼 수가 없었어.
　　　　어쩔 수가 없더라고. 어떻거나 내 집에 온 손님이고… 나갈
　　　　수가 없는 사람들이라….저 사람들, 지금 밖에 나갈 수가 없
　　　　잖아. 나도 어떻게 하면 좋을지 모르겠어. 하지만, 어떻게
　　　　우리 집에 온 사람들을, 목숨을 건지겠다고 온 사람들을, 어
　　　　떻게 우리 손으로, 어떻게 하면 좋겠소?

후쿠에　(두렵지만 자신도 어떻게 해야 할 지 알 수 없어서) 여보, 여보….

와타나베　사람들 하는 짓이 미쳐서, 사람으로 어떻게…. 도무지 믿을
　　　　수 없는 일이라…. 히데오 놈도 그렇고… 내 집에 온 사람들
　　　　을 어떻게, 사지로 나가라고 등을 떠밀 수가….

후쿠에　(남편의 고뇌를 느끼고 이해한다) 여보….

와타나베　조심하면 괜찮을 거야.

후쿠에　제발….

와타나베　불공 드리고, 오늘 올 거지?

후쿠에　그래요. 부처님 앞에 기도 많이 드리고 올게요.

와타나베　(두 손으로 후쿠에의 손을 감싸 잡는다) 조심히 다녀.

후쿠에 고개를 끄덕이며 일어서서 창고 쪽을 보고 와타나베에게 눈길을 준
뒤 대문으로 나간다.
와타나베 우물로 가서 두레박을 내린다.

8

오후.

무대 비어 있다.

사이.

응접실 뒤의 부엌에서 막 늦은 점심을 먹은 히데오 나온다.

입을 헹군 물을 마당으로 뱉는다.

히데오의 뒤를 따라서 미나코 뒤뚱거리며 나온다.

히데오 마당으로 내려서는데 와타나베 부부의 방문이 열리며 와타나베 나온다.

불면과 심리적 압박으로 초췌한 얼굴이다.

신발을 신은 히데오, 마루에 걸쳐 세워두었던 일본도를 집어든다.

와타나베 (마루로 한 걸음 나서며) 또 나가느냐?

히데오 아직 잡히지 않은 놈들이 많아요, 습격 대비 훈련도 받아야 하고.

와타나베 (무거운 한숨) 나서지 말아.

히데오 (짜증을 낸다) 그만 하세요. 할 일은 해야지요.

와타나베 (순간, 자식을 걱정하는 부모의 마음을, 창고를 의식하는 데서 오는 불안이 덮친다) 알았다, 나가 보거라.

히데오, 대문 쪽으로 몇 걸음 걸어나가는데 창고에서 아기 우는 소리가 들린다.

놀란 히데오, 멈춰 선다.

와타나베, 놀라서 굳어버린다.

미나코는 아기 울음소리를 듣지 못해 어리둥절한 표정이 된다.

짧은 사이.

다시 짓눌린 듯 깔리지만, 분명한 아기의 울음소리.

히데오, 눈을 크게 뜨고 획 돌아선다.

히데오　(미나코에게) 무슨 소리지?

미나코　(아직 모른다) 무슨 소리?

히데오　애 우는 소리가 들리잖아. 저 창고에서 말이야.

미나코　애 우는 소리?

히데오　(굳어 서 있는 와타나베에게) 저게 무슨 소리예요?

와타나베　(당혹한 표정을 제어하지 못한다) 소리는 무슨, 나가 보래두!

히데오　(창고 쪽으로 다가서며) 분명히 애 우는 소리가 들렸어요. 창고
에서 사람 소리가 들렸다고요. (자물쇠가 채워진 것을 발견한다)
대낮인데 왜 자물쇠를 채웠죠? 이 안에 뭐가 있어요?

와타나베　(마당으로 내려선다. 신을 제대로 찾아 신지 못한다, 허둥지둥) 창고를
관장하는 것은 나다. 물려 줄 때가 되면 열쇠를 물려줄 거야.

히데오　(아버지의 당황한 행동과 맥락이 안 닿는 말에서, 설마 하면서도, 어느 정
도 눈치를 챈다) 무얼 숨겼죠?

와타나베　그만 나가 보라고 하지 않았느냐. 창고 안의 재료들은 네가
관여할 일이 아니다.

히데오　(창고로 가서 주먹으로 두드린다) 재료라고요. 재료뿐인데 왜 못
보게 하시죠?

와타나베　그만 해라 히데오. 히데오! 조용히 나가! 넌 점심 먹으러 왔
고, 밥 먹었으니 나가면 되는 거야.

히데오　(자신의 짐작을 확인하려고) 조센징을 숨겼죠?

와타나베　(굳어버리는 표정을 어쩔 수 없다. 자신도 모르게 깊은 신음)

히데오　(확신한다) 그렇군요. 아버지!

미나코　(말을 듣고 있다가 경악한다) 아버님!

와타나베　(온 정신을 모아 마음을 다잡는다) 조용히 해라.

히데오　아버지, 지금 제 정신이세요?

미나코　아버님 어쩌려고….

와타나베　히데오!

히데오　열쇠를 주세요. 이 조센징들을 집 부으로 끌어내야 해요.

와타나베　안 된다.

히데오　열쇠를 안 주시면 때려부시그라도 끌어냅니다. (자물쇠를 부술
　　　　것을 찾아 주위를 휘둘러본다)

와타나베　(히데오에게 다가간다) 그만 둬라 히데오. 제발 그만 둬!

히데오　아버지, 이건 안 돼요, 안 돈다고요 조센징은 우리 적이란
　　　　말입니다. 우리가 적을 숨겨주는 배신자 집안이 될 수는 없
　　　　어요.

와타나베　적이라고 했나?

히데오　우리는 지금 전쟁을 하고 있다고요.

와타나베　전쟁, 전쟁이라…. (주머니에서 열쇠를 꺼내 건넨다) 열어 봐라.

히데오　(아버지의 갑작스런 행동에 당황한다)

와타나베　열어 보라니까.

히데오　그래요, 열고 쫓아내야지요. (열고 들여다본다)

와타나베　자 봤느냐? 저들이, 자기 몸 하나도 못 가누는 저들이 뭘,
　　　　어떻게, 누구를, 공격한단 말이냐? 누구와 전쟁을 한단 말
　　　　이냐?

히데오　우리 일본국민을 공격했으니 조센징들은 모두 우리 적이죠.
　　　　(창고 안에 대고 소리친다) 나와! 이리 나오란 말이야!

공포에 질린 아이의 울음소리 터진다.

입을 막은 손 틈으로 비집고 나오는 듯한 여자의 울음소리.

와타나베, 거친 손으로 히데오를 창고 문에서 떼어내고 문을 닫는다.

히데오 안 돼요! 저것들을 우리 집에 숨겨둘 수는 없어요! 말도 안 돼요!

미나코 아버님. 조센징들을 숨겼다가 무슨 일을 당하시려고….

와타나베 (단호하고 강한 목소리) 너희들 내 말을 들어봐라.

히데오 이건 안 되는 일이에요!

와타나베 히데오! 이 아비의 명령이다. 부탁이다. 아비의 말을 먼저 들어 봐! 말을 우선 들어보란 말이다! 말을 듣고 행동해도 늦지 않아!

히데오 (아버지의 결연한 기세에 눌려 다소 수굿해진다)

와타나베 따라 와라.

와타나베 신발을 벗고 마루로 올라가 다탁 앞에 앉는다.

히데오와 미나코 따라가서 마루 앞마당에 선다.

와타나베 히데오, 올라 와라. 미나코는 차 좀 부탁한다.

미나코 예. (올라와서 부엌 쪽으로 간다)

히데오 (마루로 올라온다)

와타나베 앉아라.

히데오 (털썩 마주앉으며) 왜 저들을 들이셨어요 아버지? 도대체 어떡하시려고요?

와타나베 우리 식구만 입 다물면 된다.

히데오 어머니도 아세요?

와타나베 (고개를 끄덕인다) 부처님 앞에 기도한다고 했다. 무사하도록 말이다.

히데오   두 분 다 제 정신이 아니세요. 지금이 어느 때라고 조센징을
          숨겨준단 말이에요.

와타나베   꼭 저들을 죽음으로 내몰아야 한단 갈이냐?

히데오   죄를 졌으면 벌을 받아야죠. 죽느냐 죽이느냐 하는 판국이
          라고요.

와타나베   죄를 졌으니 벌을 받는다….

미나코 차를 가져온다.

와타나베 자기 잔에 차를 따르고 히데오와 미나코 잔에도 차를 따른다.

와타나베   (차를 한 모금 마시고) 어젯밤 저들을 창고 안에 들이고, 잠 한숨
          못 자고 생각 많이 했다. 그러다 보니, 히데오 너 어릴 때의
          생각도 떠오르더구나.

히데오   …?

와타나베   너 열 살 땐가, 복숭아 철에 동무들 꾫이 개심사 너머 마을
          과수원에 간 적 있지?

히데오   (무슨 엉뚱한 말인가 싶지만) 예, 에.

와타나베   쌀하고 복숭아 바꿔오다가 그 마을 애들한테 복숭아 다 뺏
          겼다고 했지, 제대로 대항도 못 해 보고.

히데오   애들 때 이야기를 왜 꺼내고 그러세요.

와타나베   아마, 너희들은 일곱이라고 헸고, 너희들한테 복숭아 뺏은
          그 동네 애들도 그 정도라고 헜지. 나이도 엇비슷하고. 그런
          데 왜 순순히 뺏겼냐? 벼르고 별러서. 한 나절이나 걸어가,
          용돈 다 털어서 산 그 귀한 복숭아를 달이다.

히데오   그거야….

와타나베   남의 동네였기 때문 아니냐. 그 애들 동네에 갔으니까 너희들
          은 겁을 먹고 제대로 대항할 염두도 내지 못한 거야. 만약 우

리 동네였다면 그 애들한테 복숭아 고스란히 뺏겼겠느냐?

히데오　그야, 말도 안 되지요. 우리 동네에서 그놈들 만났다면 코피를 터쳐 버리죠.

와타나베　그렇다. 고작 산 하나 사이에 둔 남의 동네만 가도 사람이 기를 못 펴는 법이다. 하물며 말 설고, 땅 설은 남의 나라에 와서 조선인이라고 무슨 기가 살겠느냐. 관동에 있는 일본 사람이 몇백만이라면 조선인은 다 해도 채 몇만이 안 된다. 몇 만이 몇백만 명한테 덤빈다고? 우리는 군대도 경찰도 있는데 말이다. 너희들 몇이 딴 동네 가서 그 동네 몇백 명 애들하고 싸운다고 날뛴단 말이냐? 그 동네 청년들 앞에서? 그게 말이 되느냐?

히데오　그야….

와타나베　이번 지진이 조선인을 피해 갔겠느냐? 조선에는 지진이 거의 없다고 들었다. 아마 모르면 몰라도 이번 지진에 조선인이 더 피해를 보았을 것이다. 대피하는 요령도 모를 테니까. 너무 놀라 제 정신도 못 차렸을 것이다. 도대체 무슨 힘이 남아 있다고 일본인을 공격하겠느냐? 제 한목숨 부지하기도 벅찰 텐데 말이다.

히데오　말씀 드렸잖아요. 계엄사령부, 경시청, 현 청 모두 불령선인들을 특별히 경계하라고 전문이다, 통첩이다 보냈다고요. 자경단을 만들어서 방어하라는 공식적인 지시도 있었단 말입니다. 아무 이유도 없이 그런단 말이에요?

와타나베　그것도 짐작 가는 이유는 있다.

히데오　도쿄와 요코하마, 가나가와 현에서 조센징들이 방화하고, 독약 타고, 우리 공격해 온 것 다른 사람들은 다 믿어요.

와타나베　다 믿지는 않을 거다.

히데오　자경단에 나온 사람들 다 믿고 있어요. 조센징들에 대한 분노로 자발적으로 참가하고 있다고요.

와타나베 너무 큰 재해라서 혼란에 빠질 만도 하기는 하다. 이 엄청난 재난 앞에서 제 정신을 차린다는 것이 결코 쉬운 일이 아닐 테니까. 하지만, 이건 아니다. 이럴 수는 없는 일이다! 너도 네 눈으로 봤지 않느냐. 저런 사람들이 누굴 공격하고 누구한테 해를 끼친단 말이냐?

히데오 (혼란스러워서 더 충동적이 된다) 몰라요, 모르겠어요! 하지만, 분명한 건 저 조센징들이 우리 집에 있어서는 안 된다는 거예요. 끌어내야 해요. (벌떡 일어난다)

와타나베 히데오!

히데오 아버지는 가만 계셔요. 내 손으로 끌어낼 테니까. 아버지는 모르는 일이라고요. (나가려 한다)

와타나베 (일어서 막아선다) 내 집에 온 손님들이다. 내가 들인 사람들이다. 그런 사람들이 내 집에서 죽어나갈 수는 없다.

히데오 누가 여기서 죽인대요. 우리 집에서 끌어내자는 거 아녜요.

와타나베 마찬가지 아니냐. 너도 잘 알지 않으냐. 저들이 우리 집에서 나가는 순간 죽음의 문턱을 넘어선다는 걸.

히데오 사사키 잘 아시잖아요. 그 자가 알기라도 하는 날이면 어떡하려고 그래요. 끌어내야 해요!

와타나베 (단호함과 간곡한 호소가 뒤섞인다) 너도 곧 아비가 된다, 아비가!

히데오 (미나코의 만삭 배가 눈에 담긴다)

와타나베 네 손으로 몇 목숨을 죽이고 아비가 되려느냐?

히데오 ….

와타나베 그럴 수는 없는 일이다! 이럴 때는 짐승도 목숨 거둬서는 안 된다. 하물며 사람의 목숨이야. 히데오 절대 안돼!

미나코 (자신의 아이를 보호하려는 본능적인 모성에서 나오는 불안으로) 여보….

와타나베 너는 아무 것도 못 본 것이다. 아까 나가려던 그대로 나가면
된다. 그래야 해! 이 사실을 말해서는 안돼. 너는 아무 것도
못 본 거야!

미나코 그래오, 여보. 아버님 말씀대로 해요.

와타나베 히데오!

히데오 (어깨에 힘이 빠진다)

히데오, 맥 풀린 걸음걸이로 마당으로 내려선다.

일본도를 집어들고 창고를 한번 노려본 뒤 대문으로 나간다.

미나코 배를 안고 주방으로 간다.

와타나베, 스르르 주저앉는다.

9

밤.

와타나베, 마루에 서서 마당의 어둠을 쳐다보고 있다.

사이.

대문을 밀치는 소리. 잠겨 있어 열리지 않는다.

와타나베 대문을 응시하며 마당으로 내려선다.

이와사키 (소리) 날세. 문 열게.

와타나베 (대문을 열어 준다)

평상복을 입은 이와사키가 급한 걸음으로 들어온다.

와타나베, 다시 대문을 닫고 빗장을 지른다.

마당으로 들어선 이와사키, 멈춰서 창고문을 바라본다.

와타나베, 이와사키의 행동으로 조선인을 숨긴 사실을 이와사키가 알고 왔

다는 것을 눈치 챈다.

와타나베 (마루로 올라선다) 올라오게.

이와사키 (와타나베의 눈길을 잡아 창고 쪽으로 돌리며) 사실인가?

와타나베 올라오래도. 올라와서 이야기하세.

이와사키 좋아.

이와사키 마루로 올라온다.

두 사람 마주 앉는다.

이와사키   자네 어쩌자고 이런 짓을?

와타나베   히데오한테 들었는가?

이와사키   (끄덕인다)

와타나베   변변치 못한 놈. 못 본 걸로 하라고 했건만.

이와사키   저도 오죽 답답했으면 나한테 털어놨겠나. 어릴 때부터 우리
        둘을 봐 왔으니까 믿고 그런 거고. (한숨) 도대체 자네 어쩌자
        고 이런 짓을 하느냔 말이지. 자네 지금 제 정신인가?

와타나베   자네한테 물어 볼 것이 있네.

이와사키   궁금한 건 나중에 물어도 돼. 빨리 저들은 내 보내. 발각되
        면 어쩌려구 그러나.

와타나베   먼저 내 물음에 대답해 주게.

이와사키   뭔데 그래?

와타나베   자네도 조선인들이 일본인들을 공격했다고 믿나? 방화를
        하고, 우물에 독을 풀고 부녀자를 강간하고 살해했다고 믿
        느냐 말일세?

이와사키   ….

와타나베   자네는 30년 가까이 순사 생활을 해 왔어. 나 같은 사람보
        다야 사태를 분명하게 파악할 것 아닌가. 조선인들이 떼 지
        어 공격하고 다닌다고 믿느냐 이거야?

이와사키   지금 그것이 문제가 아닐세.

와타나베   그것이 문제가 아니라니? 조선인들이 온갖 범죄를 저지르고,
        일본인을 공격한다고 해서 이 난리가 아닌가? 이런 시골 소
        읍까지 자경단을 조직하고, 조선인들을 찾아내 살해하는 것
        을 보면 도시는 말할 것도 없을 것 아닌가. 그렇지 않나?

이와사키   그건 사실일세. 관동 전 지역에서 조선인은 죽음으로 내몰리
        고 있지. 마구잡이 인간 사냥이라고 해도 좋을 정도네.

와타나베   인간 사냥! 그러니까 자네는 지금 조선인이 사냥을 당할 정

도로 무슨 짓을 저질렀다고 믿느냔 말일세? 정말 믿나?

이와사키 (버럭) 그것이 문제가 아니라고 하지 않았나!

와타나베 ?

이와사키 자네 말대로 난 순사 생활 30년이 넘었어. 내 판단을 믿으
란 말이야. 저 자들을 지금 당장 내 보내!

와타나베 (조용히) 그럴 수 없다면?

이와사키 (사정조가 된다) 이봐, 자네 왜 그러나? 지금 자네가 하고 있는
짓이 얼마나 위험한 일인지 몰라서 그래?

와타나베 저들이 우리 집 밖으로 나가견 어떻게 될 것 같은가?

이와사키 그거야…. 어둠을 타서 산으로 숨어들 수 있겠지. 나도 저들
을 못 본 걸로 하겠네.

와타나베 산으로 갈 수 있을 것 같은가? 곳곳에 자경단이 불을 밝히
고 지키고 있지 않나? 다리가 부러진 아비에, 아직 소년에
불과한 동생, 걷지도 못하는 아이 들과 그 에미, 다섯 가족
이야. 읍내를 벗어나지 못할 걸세. 산으로 간다고 살 수 있
겠나? 굶주리고 지친 저들이 물도 없는 야산에서 버티겠나.
날 밝으면 바로 잡혀 죽겠지. 우리 집에서 등을 떠밀리는 순
간 곧 죽음의 구렁텅이로 빠지는 것 아닌가.

이와사키 (답답하여) 자네가 지금 저들 걱정할 땐가? 자네 자신을 살리
고, 자네 식구를 살릴 생각을 하란 말이네. 저들은… 어쩔
수 없지 않나, 잊어 버려! 이건 전쟁이야. 우선 내가 살고 봐
야 한단 말이야!

와타나베 (이와사키를 응시하면서) 아까 조선인들이 했다는 짓들을 믿느냐
고 물었네. 자네, 대답하지 않았어.

이와사키 (답답함으로 화가 난다) 그래, 나도 조선인들이 우리 일본사람들
을 공격했다는 것을 믿지 않네. 말도 안 되는 소리지. 우리
앞에서 눈도 제대로 치켜뜨지 못하는 자들이 무슨 공격을

하고 말고 하겠는가. 4년 전 조선에서 만세 소요가 있었을
때도 일본 관헌은 공격을 받지 않았어. 공격한 쪽은 일본 관
헌들이야. 수만, 수천 명이 모여서도 맨 손으로 만세만 불렀
다고. 지들 땅에서도 그랬단 말이야. 그런 인간들이 남의 나
라에 와서 무슨 힘이 있다고 그런 짓들을 하겠나. 지진을 당
해서도 일본 사람보다 몇 배 더 공포를 느꼈겠지. 혼비백산
해서 제 한 몸, 제 가족 건사할 정신도 차리기 어려웠을 거
야. 어떻게 불을 지르고, 약을 풀고, 강간을 하고, 그런 짓을
할 겨를이 있겠나.

와타나베 그래. 자네는 역시 판단력을 잃어버리지 않았구만. 그렇다면
말일세. 계엄사령부나 경시청, 사이타마 현의 전문이나 통첩
은 뭔가? 왜 조선인을 지목하여 그런 전문들을 보냈을까?

이와사키 그야… 뭐 혹시 소요가 있을지 모르니 경계하라는 거겠지. 대
비를 해서 나쁠 건 없으니까. 그거야 아무튼… 지금 그것이
문젠가? 이 판국에 그걸 알아서 뭘 하겠다는 거야?

와타나베 난 알고 싶었어. 조선인들이 저렇게 내 집에 있는데, 내가
그들을 숨겨 놓고 있는데, 어찌 나라에서 하는 말들을 무시
할 수 있겠나? 무엇 때문에 힘없는 조선인들을 지목하고,
죄 없는 목숨들을 뺏으려 하는지 정말 알고 싶었네.

이와사키 그래, 자네는 무엇 때문이라고 보는가?

와타나베 밤새도록 생각했지.

이와사키 그래서?

와타나베 자네 쌀 폭동 생각나나?

이와사키 쌀 폭동?

와타나베 5년 전 여름, 전국이 난리였잖나.

이와사키 생각나고말고. 시베리아 출병을 앞두고 상인들이 매점매석
을 했고, 쌀값이 4배 이상 폭등해서 폭동이 일어나고 말았

지. 벌써 5년이 됐나. 그해 8월, 정말 아찔했지. 수십 만 명
의 백성들이 사방에서 들고 일어났으니까. 경찰에 군대까지
동원해서 겨우 진압했지. 나도 현청 소재지까지 동원되었지
않나. 그런데 그 사건은 왜?

와타나베 그때 민중들은 저주하고 절망했네. 그래서 지주와 상인들을
공격했지.

이와사키 그랬지. 죽을 각오로 덤볐으니까. 경찰에 군대까지 동원하
고, 정부와 상인들이 쌀을 풀고 해서 겨우 가라앉혔지. 하마
터면 나라가 뒤집힐 정도였지.

와타나베 이번 지진과 그때 사건을 비교하면 어떤가? 백성들의 입장
에서 말일세.

이와사키 비교할 수가 있나. 아무리 쌀이 중하다지만 사람 목숨보다
더할까. 가족이, 친척이, 이웃이 한순간에 엄청나게 죽어나
갔어. 건물에 깔려 죽고 불에 타 죽그. 도쿄에 있는 혼조 피
복제조장에서는 한꺼번에 3만 8천여 명이 타 죽었다는 거
야. 불길이 돌풍을 타고 덮쳐서 말이야. 이건 상상할 수도
없는 재난이야.

와타나베 이 엄청난 재난 앞에서 어떤 마음들이겠나. 공포와 절망에
사로잡혀 세상을 저주하겠지. 누군가 건드리기만 하면 무서
운 힘으로 폭발하고 말겠지. 쌀 폭동 때는 쌀을 줄 수 있었
네. 이번에는 무엇을 줄 수 있겠는가?

이와사키 그렇다면 자네는?

와타나베 그래. 저 공포와 절망, 저주를 잠재울 무엇이 필요했던 것
아닌가. 그 괴물의 아가리에 던져지는 희생물 말일세.

이와사키 (고개를 강하게 흔든다) 모르겠네. 안 들은 걸로 하겠네. 우리는
어릴 때부터의 동무지만, 나는 또한 나라의 녹을 먹는 관리
일세.

와타나베 군과 관은 알면서 내던지고, 백성들은 공포와 절망, 저주를 풀 대상을 찾아낸 거지. 그래서 인간사냥이 시작된 것 아닌 가.

이와사키 이 사람, 그만 해! 좋아, 자네가 그렇게 판단했으면 그렇게 믿어도 좋아. 자네 마음이야 자네 마음대로 하란 말일세. 하지만, 행동은 안돼. 자네 마음대로 행동하게 둘 수는 없어.

와타나베 이 명백한 사실 앞에서 눈을 감으란 말인가?

이와사키 사람이 죽고 사는 문제야. 자네도 사사키란 자를 잘 알지 않나?

와타나베 (신음)

이와사키 이 집에서 난동을 부린 탓에 반년이 넘게 감옥에 있던 자야.

와타나베 1년 더 감옥에 있어야 할 놈이야.

이와사키 그래, 그런 놈들이 나와서 설치는 걸 보면 잘못 돼도 뭐가 한참 잘못된 거지. 사사키 그 자, 조선에서 만주에서 사람들 수없이 죽였다고 자랑하는 놈이야. 지금은 자경단 세상이 야. 우리 파출소 대원들도 무슨 일을 당할지 몰라 불안에 떨 어. 우린 여섯인데, 칼과 도끼, 총으로 무장한 자경단은 수 백이네. 지금 그 자들이 손가락으로 가리키기만 하면 그 자 리에서 끝장이야. 그런 자경단의 우두머리가 사사키란 말이 네. 그 사사키란 자는 자네와 원한이 있고. 이런 판에 자네 가 조선인들을 숨겨 주고 있어. 자네야말로 제 정신이라면 어떻게…?

와타나베 그 자가 우리 집에 원한을 품을 일은 없네. 술 취해 이유 없 이 난동을 부렸어. 우린 피해를 입었을 뿐이야.

이와사키 그런 사리분별을 할 줄 알면 미친개라 하겠나. 그 자가 남은 조선인들을 찾으려고 혈안이 되어 있어.

와타나베 남은 조선인들?

이와사키 아까 어두워질 때까지 주변 산과 들판 다 뒤졌어. 열 명 가
        량 남았다고 하네.

와타나베 그럼 찾은 사람들은?

이와사키 다 즉결 처분이야. 조선인뿐이 아니네. 오후에는 일본 사람
        도 하나 죽였어. 자경단은 조센징이라고 우기지만, 일본인
        이 분명해. 잡화를 파는 행상이야. 얼굴을 알아보는 사람들
        이 있으니까. 고주엔 고주고센(十五圓 五十五錢)을 말해 보라
        하고 머뭇대면 그 자리에서 난도질이야. 조선인들은 이 발
        음이 잘 안 된다고 해. 이게 다 대도시에서 쓰는 수법이 전
        해진 거지. 일본사람이라도 당황하던 버벅댈 수 있잖아. 사
        사키 그 자가 즉각 권총으로 머리를 날려버렸어.

와타나베 도대체 그런 자들에게 치안을 맡겨서 어쩌자는 거야?

이와사키 정부도 지금은 머리가 아픈 모양이야. 처음에 혼란을 대비
        해서 조직하라고 했지만, 자경단의 권력이 너무 커졌어. 군
        대하고도 충돌할 정도라고 하니까. 자경단이 지옥사자지.
        그 자들의 손가락이 가리키면 곧 죽음이니까.

와타나베 그럴 수가…. 아무리 평소 조선인들을 멸시하는 자들이 많
        다고 하지만, 이럴 수는 없어. 사람이기를 포기한 거야.

이와사키 그래, 그렇다고 치자고. 도쿄, 요코하마, 가나가와, 이라바
        키, 도치기, 군마, 사이타마 관동 전 지역이 다 그래. 수천
        명의 조선인이 죽어나갔을 거네. 지금이야 눈에 뜨이고는
        살아남지 못하니까.

와타나베 (신음) 짐승이 됐어. 미쳤어. 미친 짐승의 시간이야.

이와사키 그래, 짐승의 시간인지 모르지. 미쳤는지 몰라.

와타나베 짐승도 이럴 수는 없어. 야차들이 됐어. 지옥이 이런 것인
        가….

이와사키 야차들이 되고, 지옥이 된 것인지 모르지. 하지만, 어쩌겠

나? 지금은 짐승의 시간이고, 야차들의 날이고 지옥이 입을
벌린 것을.

와타나베 (고통스럽다)

이와사키 사사키가 자경단을 풀어 읍 전체를 포위하고 있어. 그 자들
과 맞서겠다는 건가? 사사키가 남은 조선인들을 찾으려고
혈안이 되었다고 했지? 외부 수색이 끝나면 읍내를 샅샅이
뒤질 거야. 저들을 숨겨 두고 어쩌려는 건가?

와타나베 나도 인간이기를 포기하라는 건가?

이와사키 죽으면 인간이고 짐승이고 아무 것도 없어. 우선 살아 남아
야 해. 그런 걸 따질 때가 아니야.

와타나베 그래도 난 사람이네. 사람으로 살고 싶네.

이와사키 (일어나면서) 안 되겠군. 난 지금부터 공적인 차원에서 행동하
겠네. 파출소장으로서 와타나베 씨의 창고에 숨어든 불령선
인들을 색출해 내겠네.

와타나베 (낮지만 힘있는 목소리) 앉게.

이와사키 내 눈앞에서 불알친구가 죽을 수도 있어. 친구네 집안이 풍
비박산이 될 수도 있어. 그걸 눈뜨고 볼 수는 없어. 차라리
내 손으로 저 조센징들을 죽이겠어.

와타나베 (결연한 목소리) 앉게. 자네는 저들을 죽이기 전에 나를 죽이게
돼. 이 집을 죽이게 된단 말이야. 면발 뽑기 시작한 게 6대
조부터야. 200년이 넘었어. 이 집이 뭔가? 먹는 집이야. 먹
고 힘내서 살자는 집이야. 살림의 집이야. 그런데, 그런데
말일세. 이 집에서 생생한 사람들 죽여내고, 다시 우동 만들
수 있을 것 같아. 자네가 저 사람들 끌어내면 우리 집안 선
대들까지 죽이는 거야. (소리친다) 앉아. 앉으라니까!

이와사키 (거부할 수 없는 힘에 눌려 주저앉는다) 자네, 요시오 때문인가?

와타나베 요시오?

이와사키 소학교 3학년 때 숯막집 아이. 깜둥이라는 별명이 더 익숙
했지.

와타나베 요시오….

이와사키 우리 반 사내놈들 온갖 못된 짓으로 괴롭혔지. 지금도 그
날, 교실 구석에 세워 놓고 돌아가며 연필 끝으로 가슴팍을
찔러대던 일이 떠오르네. 잊을 수가 없지. 꿈도 수없이 꾸었
으니까. 우리 모두 살인 공범인 셈이지.

와타나베 (침통하게) 그래, 나도 그랬네. 찔렀어.

이와사키 그날 오후 요시오는 사라졌지. 나는 시신 직접 못 봤네만,
자네는 봤다고 했지. 이틀 지나 저녁 무렵 저수지에서 떠오
른 걸 말이야. 한 학기 내내 결핏하면 토했지 않나.

와타나베 그랬지.

두 사람, 고통스러운 기억 속에 잠겨 있다.
사이.

이와사키 아무리 가업이 중하다고 하지만, 사람이 살고 나서 이어야
할 가업도 있는 것이 아닌가. 요시오가 이렇게 시키는 것인
가?

와타나베 글쎄… 모르겠네. 요시오의 일이 마음속에 도사리고 있을지
도 모르지. 엄청난 죄책감에 시달렸으니까. 하지만, 그걸 의
식한 것은 아니네. 그보다는….

이와사키 뭔가?

와타나베 그게…. (말을 돌리고 만다) 아니, 그만 두세. 꺼낼 이야기가 아
닌 것 같네. 내 마음 충분히 알지 않았나. 부탁이네. 자네도
히데오처럼 못 본 걸로 해 두게.

이와사키 어찌 보고 못 본 것처럼 하겠는가. 내 마음은 목석인 줄 아

는가.

와타나베 오늘은 밤이 깊었네. 무슨 일이 있겠는가.

이와사키 그럼 내일은? 또 모레는?

와타나베 나도 아무 생각 없이 기다리는 것은 아니네. 자네도 말했지 않나. 지금 자경단은 경찰까지 공격할 지경이라고. 그럼 군대나 경찰이 저들을 그냥 둘 수 있겠는가?

이와사키 그야, 그럴 수는 없겠지.

와타나베 일본 사람까지 죽여 버릴 정도로 심각한 상황이라면….

이와사키 물론 원래대로 우리 경찰이 치안을 회복해야지. 안정되면, 최소한 무고한 자들이 살해되는 일은 없을 거고. 하지만, 그게 언제겠나? 당장 내일 어떻게 될지 모르는 일이야.

와타나베 내일이라면…. 오늘밤은 있지 않나.

이와사키 내일이 되면 늦을 수도 있어.

와타나베 지금은 잊세나. 자네나 나, 이렇게 사람이 마주앉아 있지 않나. 그렇지 않은가?

이와사키 무슨 소리야?

와타나베 (불쑥) 하이쿠 공부 좀 늘었는가?

이와사키 (어이없다) 이 판국에 무슨 하이쿤가.

와타나베 지난 3월인가…. 자네 입으로 그랬지 않나. 죽음 앞에서 제일 좋아하는 하이쿠 한 수 읊을 수 있다면 잘 살았다고 할 수 있겠다고.

이와사키 지금도 그 생각은 변하지 않았네. 얼마나 대단한 여유인가.

와타나베 그 대단한 여유를 좀 부려보세.

이와사키 이 사람 농담하나. 여유도 때를 가려야지.

와타나베 지금이 그때인 것 같네. 그때 자네 마츠오 바쇼오의 하이쿠를 외우고 있다고 했지. 하이쿠야 당연히 바쇼오부터 시작해야 하니까. 어때 우리 한 수씩 주고받아 보세나.

이와사키 허, 이 사람. 지금이 그럴 때인가 말일세.

와타나베 그래, 나는 지금이야말로 그럴 때라고 생각하네. 자네가 먼저 하게. 봄으로 시작하세나.

이와사키 그만 둬 이 사람아.

와타나베 그럼 말을 꺼냈으니 내가 먼저 하겠네. '아! 봄인가 |이름도 없는 산의 |엷은 봄안개'

이와사키 ….

와타나베 여름이야. 받게.

이와사키 …. (와타나베의 눈빛에 이끌려 시작한다) '말은 터벅터벅 |그림 속의 나를 보는 |여름 들판' 가을.

와타나베 '바위산의 |바위보다 더 하얀 |가을 바람' 겨울.

이와사키 '초겨울 찬비 |원숭이도 도롱이를 |쓰고 싶은 듯' 봄.

와타나베 (이제 이들의 하이쿠 암송은 일종의 열기를 띠기 시작한다. 인간성을 말살하는 공포와 절망, 참혹한 폭력 앞에서, 안간힘을 다하여, 자신들이 인간임을 확인하려는 절규처럼!) '벚꽃 그늘에 |국물도 생선회도 |꽃잎이로다' 여름!

이와사키 '여름밤이여 |허물어져 날이 샌 |술상의 냉채' 가을!

와타나베 '죽지도 못한 |나그네 잠 끝이여 |저무는 가을' 겨울!

이와사키 '술을 마시면 |더더욱 잠 못 드네 |눈 내리는 밤' 봄!

와타나베 '넓은 들이여 |내려앉을 마음 없이 |우는 종다리'

와타나베 조용히 오열하기 시작한다.

이와사키 침통한 표정으로 눈을 감는다.

10

좀더 깊은 밤.

텅 빈 무대.

사이.

와타나베 부부의 방문이 열리고 와타나베 마루로 나온다.

신을 신고 마당으로 나와 대문 밖을 주시한다.

하늘을 보고 시간을 가늠한다.

대문으로 가서 빗장을 풀어놓는다.

평상으로 와서 앉는다.

사이.

대문이 열리며 후쿠에 들어온다. 지친 걸음걸이다.

와타나베 일어서서 후쿠에의 바랑을 받아준다.

와타나베 좀 일찍 나서지.

후쿠에 불공을 드리다 보니 어느새 시간이 그만….

와타나베 어두운 길 다니는 것이 걱정돼서 그러지.

후쿠에 달빛 자박자박 밟고 오니 수월해요.

와타나베 저녁은 먹었는가?

후쿠에 저녁 공양 얻어 먹었지요.

와타나베 뜨끈한 우동 국물 좀 먹게. 지금 끓일 테니.

후쿠에 난 괜찮아요, 그보다 (창고문을 본다) 아무 일 없었지요? 온 마
음으로 기도를 드렸는데.

와타나베 별 일은 없었어. 당신의 기도 덕인가 보네.

후쿠에　애들은 모르죠?

와타나베　알아.

후쿠에　(놀란다)

와타나베　그렇게 됐어. 히데오가 말해서 이와사키도 알게 되었고.

후쿠에　괜찮을까요?

와타나베　괜찮아. 다 입을 열지 않을 거니까. 내가 한 그릇 먹고 싶어서 그래. 저녁도 뜨다 말아서. 가서 씻고 나와. 지금 끓일 테니까.

후쿠에　알았어요.

후쿠에 마루로 올라가 방으로 들어간다.

와타나베 우동집의 주방으로 가서 화덕에 불을 붙인다.

11

〈1923년 9월 5일〉

낮.

무대 비어 있다.

사이.

후쿠에, 살림집 부엌에서 밥과 반찬이 담긴 소쿠리를 들고 나온다.

마루를 내려와서 마당으로 나온다.

조심스레 대문 쪽을 살피고 창고 문으로 간다.

창고 문의 자물쇠를 열고, 문을 세 번씩 세 번 두드리고 기다린다.

사이.

창고 문이 살며시 열린다.

후쿠에, 음식이 든 소쿠리를 들여놓는다.

긴 한숨을 쉬고, 마당으로 걸어와 우물에서 물을 긷는다.

대접에 물을 따라서 마신다.

마당 가득 하얗게 쏟아지는 햇빛.

정적.

12

저녁 무렵.

와타나베, 우동집 주방에서 반죽을 하고 있다.
사이.
미나코 살림집 부엌에서 물통을 들고 나온다.
만삭의 배를 안고 조심스럽다.
마당으로 내려서서 우물로 간다.
물통에 물을 긷는다.
와타나베 돌아보고는 반죽을 멈추고 손을 닦는다.
미나코 물을 다 긷자, 와타나베 마당으로 나온다.

와타나베 그만 둬라. 그 몸으로 무거운 물통을 어떻게 들려고.
미나코 물은 떨어지고, 그이가 없어서.
와타나베 자, 이리 줘라. 내가 들마.

와타나베 물통을 들고 마루로 몇 걸음 옮기는데, 대문이 세게 흔들린다.
와타나베 물통을 내려놓고, 미나코는 대문 쪽으로 몇 걸음 간다.

미나코 그이예요. (대문을 연다)
히데오 (뛰어 들어온다. 손에 일본도를 들고 있다) 집들을 뒤질 것 같아요.
미나코 뭐라고요!
와타나베 ! …
히데오 아까 오후까지 들판과 산 수색 다 끝났어요. (창고 쪽을 노려본

후) 저 조센징들만 남았어요.

와타나베 넌 저들을 몰라. 나만 아는 거라니까!

히데오 아버지. 그런 억지 좀 부리지 마세요. 사사키가 그런 말을 믿을 것 같아요? 빨리, 지금이라도 내 보내야 해요!

미나코 어떡해요, 아버님?

와타나베 (생각을 정리한다)

히데오 아버지!

와타나베 히데오.

히데오 시간이 없다고요!

와타나베 내게도 생각이 있다. 그제부터 너는 밖으로만 나돌았다. 집 안에 무슨 일이 있는지 모르는 게 당연하다. 넌 모르는 일이야. 내게 맡겨!

히데오 (답답하고, 안타까워 소리친다) 아버지!

13

밤.

무대 비어 있다.

사이.

대문이 강하게 충격을 받는 소리.

뒤이어, 빗장이 부러지며 '와당탕' 대문이 열린다.

히데오가 어깨로 민 뒤, 발로 차서 열어젖힌 것이다.

히데오, 공포와 흥분으로 혼란스럽고 격앙된 상태다.

마당으로 뛰어 든 히데오 마루 밑의 망치를 찾아 창고로 달려간다.

안방 문이 열리며 와타나베 나온다.

히데오, 힘껏 망치로 내려쳐 자물쇠를 부수고 창고 문을 열어 젖힌다.

와타나베, 급히 마당으로 내려선다.

안방 문과 히데오 부부의 방문이 거의 동시에 열리며 후쿠에와 미나코 나온다.

히데오 일본도를 획, 빼 든다.

히데오　(창고 안쪽에 대고 소리친다) 나와! 나오란 달이야!

와타나베　(황급히 창고 쪽으로 다가간다) 히데오!

히데오　당장 나와!

와타나베　(창고 문을 막아선다) 히데오 그만 두지 못해!

히데오　끌어내야 해요. 사사키가 우리 동네를 수색하기 시작했다
　　　고요.

와타나베, 예상은 했지만 놀라지 않을 수 없다.

마당으로 내려서던 후쿠에와 미나코도 몸이 굳는다.

이때, 제복을 입은 이와사키 대문으로 황급히 뛰어든다.

이와사키 큰일났네. 수색이 시작됐어!

히데오 반 시간도 안돼 들이닥칠 거란 말이에요!

이와사키 히데오 말이 맞네.

히데오 빨리 내보내야 해요. 시간이 없어요! 아저씨!

이와사키 히데오 말대로 해. 어쩔 수 없어. 오늘밤만 넘기면 어떻게
되겠지만… .

와타나베 오늘밤만 넘기면?

이와사키 (고개를 흔든다) 쓸데없는 생각이야. 당장 들이닥치지 않나. 빨
리 내보내야 하네. 시간이 없어!

히데오 아버지, 비키세요!

창고 문을 막아 서 있던 와타나베 천천히 창고 쪽으로 돌아선다.

나머지 사람들 의아한 표정이다.

와타나베 (창고 안쪽을 향해, 의지가 충분히 전달되는 목소리다) 나오게들.

와타나베의 말에 히데오와 이와사키 놀란다. 뒤에 서 있던 후쿠에와 미나코

도 놀라고 의아하지 않을 수 없다.

와타나베 나오게. 거기 있으면 안 되네.

후쿠에 여보!

미나코 아버님?

히데오 (와타나베의 의도를 나름대로 단정하고) 그래요. 어쩔 수 없어요. 일

단 저들을 밖으로 내보내야 해요. 될 수 있는 대로 우리 집
에서 먼 곳으로 떨어뜨려야 해요.

와타나베 (강한 목소리) 이리 나오게 거기 있으면 죽어!

장과 아내, 동생이 나온다.
장이 세 살짜리 아이1을 업고, 아내가 한 살짜리 아이2를 업었다. 동생은
그동안의 공포에 짓눌려 거의 얼이 빠진 상태다.
아이들은 기진하여 울음소리도 제대로 내지 못할 정도다.

와타나베 (돌아서서 누구에게랄 것도 없이) 이런 사람들을 죽여야 하겠다는
건가?

짧은 사이.

와타나베 난 이들을 내보내지 않을 거네!

와타나베의 후쿠에를 제외한 사람들 늘라 입을 벌린다. 후쿠에는 남편의 의
도를 정확하게 파악하고 있지는 못하지만, 조선인들을 내보내지 않을 거라
는 것은 짐작한 듯한 얼굴이다.

히데오 아버지!

이와사키 아니, 이 사람아!

와타나베 내보낼 수 없어!

이와사키 어떻게 하려고?

히데오 (결심한다) 아저씨, 아버지 좀 방으로 모시세요. 제가 할게요.
제가 끌어낸다고요.

히데오, 말릴 사이도 없이 사나운 기세로 일본도를 휘두른다.

얼이 거의 빠진 상태로 서 있던 장의 동생, 비명을 지른다. 이들 가족이 당한 고통과 공포가 압축된 이 소년의 비명은, 차마 인간의 입에서 나온 소리라고 믿을 수 없을 정도로 날카롭게 인간의 심장을 후벼판다.

흥분하여 날뛰던 히데오마저도 주춤 굳게 만들 정도의 비명이다.

길게 비명을 내지른 소년, 풀썩 쓰러진다.

후쿠에 물!

와타나베 (급히 물을 길어 동생에게 부으며) 너를 내보내지 않는다. 정신 차려. 일어나야 산다! 일어나야 살아!

동생 (산다는 말에 강한 자극을 받아 눈을 뜬다)

와타나베 (선언하듯) 이 사람들을 우물 속에 숨길 거네.

후쿠에를 제외한 사람들 경악. 후쿠에는 고개를 끄덕인다.

동생 천천히 일어선다.

히데오 아버지!

미나코 아버님.

이와사키 이 사람아.

와타나베 (충분히 생각한 듯 빠르지만 분명한 목소리로) 우물이라면 안전할 거네. 지금 우물 깊이가 어른 가슴팍 정도일 거야. 들어가서 서 있으면 돼. 돌로 쌓아올린 우물이니까 짚고 내려갈 수 있어. (장의 등에 업힌 아이1을 가리키며) 그 아이는 자네가 데리고 들어가게. 견딜 수 있을 거네.

모두들 놀라서 굳어 서 있다.

와타나베 (장의 아내 등에 업힌 아기2를 가리키며, 기나코에게) 이 아기는 네가
　　　　　 맡아 줘야겠다. 이 아기는 네가 오늘 해산한 아기가 되는 거
　　　　　 다. 이불로 가리고 누워 있으면 돼. 아무리 무도한 놈들이라
　　　　　 도 해산한 부인까지 함부로 하지는 못할 거다. 침착하게, 젖
　　　　　 을 물리고 있으면 돼.

　　　　　 와타나베, 창고 안에서 쓰메나지 (우리의 금줄－민간에서 출산 시 등 외인
　　　　　 을 경계할 때 대문에 걸었던 줄－데 해당한다. 우리는 새끼줄에 고추나 숯
　　　　　 등을 끼워 걸지만, 일본은 흰 종이를 끼운다)를 꺼내온다.

와타나베 (히데오에게 주면서) 자, 걸어라.
히데오　사사키가 눈 하나 깜빡 하겠어요.
와타나베 네 처가 출산했다는 표시다. 걸어!

　　　　　 히데오, 와타나베의 단호한 행동과 말에 눌려 대문 양쪽 기둥에 쓰메나지를
　　　　　 건다.
　　　　　 와타나베, 거칠게 우물 뚜껑을 밀어젖혀 마당으로 떨어뜨린다.

와타나베 자, 우물 속으로 들어가.
히데오　(줄을 걸고 돌아서다가 어안이 벙벙하여) 아버지, 이 우물은….
와타나베 그래, 안다. 이 우물은 대를 이어 우리를 먹여 살린 우물이
　　　　　 라는 것을. 이 물맛이 우리집 우동 맛의 비결이라고 사람들
　　　　　 이 말한다는 것도.
히데오　이 우물에…. 저런 자들을…. 아버지가 그렇게 보물처럼 여
　　　　　 기는 우물이잖아요. 조상 때부터 지켜온 물맛이라고요!
와타나베 그래, 티끌 하나 빠질세라 중히 여겼다. 보물이지. 조상님들
　　　　　 이 물려줬으니 소중하게 지켜야 하고. 하지만, 이건 조상님

들도 용서하실 거다. 사람을 살리는 우물이다.

후쿠에 그래요, 사람을 죽인 집 물로는 우동 못 끓여도 사람 살린 우물로는 우동 끓일 수 있지요. 물은 퍼내면 다시 깨끗하게 솟아오르니까.

와타나베 (히데오에게) 너는 나가서 자경단 일을 해. (이와사키에게) 자네도 나가서 업무를 보게. (후쿠에에게) 당신은 안방에 가서 누워 있어. (미나코에게) 너도 가서 눕고. 나 혼자 우동집에 앉아 있겠다. 사사키 패들 앞에 여러 사람이 있는 것은 안 좋아. (장의 가족에게) 자, 서두르게. 아기는 이리 주게. (장의 아내 등에 업힌 아이를 받는다. 아이는 거의 탈진하여 우는 것이 색색거리는 소리가 난다) 자, 다들 서둘러!

모두들, 와타나베의 말에 따라서 행동할 수밖에 없다.

히데오와 이와사키 나가고, 미나코와 후쿠에 방으로 들어간다.

아이를 안은 와타나베, 미나코의 뒤를 따라 방으로 들어간다.

잠시 사이.

장의 아내와, 동생, 우물 속으로 들어간다.

등에 업힌 아이1을 우물로 내려주고 장도 들어간다.

무대 빈다.

14

밤.

앞 장면으로부터 잠시 뒤.

우물, 뚜껑이 덮여 있다.

와타나베 우동집에 앉아 있다.

사이.

대문 밖에서 왁자지껄한 소리.

사이.

대문이 벌컥 열리며 사사키를 선두로 10여 명의 횃불을 든 자경단원들 들이닥친다. 일본도, 도끼, 갈고리 등으로 무장하여 살기가 등등하다. 사사키는 권총을 차고 있다.

불꽃 이글거리는 횃불에서 기름이 뚝, 뚝, 뚝 떨어진다.

자경단원들의 뒤를 따라서 히데오와 이와사키드 들어온다.

와타나베 우동집에서 마당으로 나온다.

사사키 안녕하시오, 와타나베 씨 오랜만이오.

와타나베 (평상심을 유지하려 애쓰며) 밤 늦게 무슨 일인가?

사사키 내가 반갑지 않소?

와타나베 우리 집은 우동집이지 않나. 손님이라면 반갑지만, 이런 모양들로 떼 지어 오니….

사사키 손님은 반갑다…. 이 집은 손님으로 와도 대접이 영 문제가 있어.

와타나베 (울화를 누르고) 술 취해 기물을 부수고, 다른 손님들을 상하게 하면 어찌 손님이라 할 수 있겠나.

사사키 술이 취했으면 술이 잘못이지, 사람이 잘못인가. (평상을 걷어
차며) 이 집구석 술을 먹고 취했으니 이 집이 책임을 져야지.
도대체 이 촌구석에서는 나라에 공을 세운 사람을 대접할
줄 모른단 말이야. 당신들 편안하게 다리 뻗고 잘 때, 우리
는 조선에서 만주에서 시베리아에서 목숨을 걸고 싸웠다고.
우리 대일본제국의 영광과 번영을 위해서, 가슴팍에 칼자국
까지 찍어가면서 말이야. 그런 사무라이를, 술 좀 먹고 취했
다고 감옥에 넣는단 말이야.

와타나베 자네를 수감한 것은 법관들이지 내가 아니네.

사사키 법관이건, 뭐건, 당신들이나 그자들이나 도대체 돼먹지 않
았단 말이야. 그러니 나라 꼴이 이 모양이지. 혼란을 틈 타
짐승 같은 조센징 놈들이 설치는 것 아니냔 말이야.

와타나베 ….

사사키 자, 이 집하고의 인연은 나중에도 풀 기회가 많을 테니까 우
선 접어 두고. (자경단원들을 돌아보며) 수색해!

자경단원들 우르르 흩어져 우동집, 창고, 살림집 등을 수색하기 시작한다.

사사키 와타나베 씨 조센징들을 어찌 생각하시오?

와타나베 난 우동 파는 사람이네. 말없이 우동 먹고 돈 내고 나가는
사람들이지.

사사키 오, 맞지. 이 우동집에 조센징들이 드나들었지. 숨기로 하자
면 이 집이 맞춤이겠구만. (자경단원들에게 소리친다) 철저히 수
색해! 장농 속 같은 곳까지 다 뒤져! (와타나베에게 권총을 들이대
며) 조센징들이 나오면 당신은 끝장이야!

와타나베 (분노로 공포를 이겨내며) 이것 치우지 못해!

히데오　(한 발 나선다)

이와사키　(히데오를 저지하며 끼어든다) 아무리 비상시라도 일본 국민들끼리 불필요한 충돌이 있어선 안돼. 정부의 방침이야.

사사키　좋소. 하지만, 배신자는 일본 국민으로 대접받을 수 없지. 두고 보자고. (침을 끌어내서 탁 뱉는다)

사이.

자경단원들 수색하던 곳에서 몰려 나와서 사사키에게 귓속말.

후쿠에, 안방 문을 열고 나온다.

사사키　샅샅이 찾아 봤나?

자경단원　예. 없습니다.

사사키　그렇다면, (휘둘러본다) 이제 남은 곳은…. (평상을 가리키며) 저 밑도 봐!

자경단원　(보고 난 뒤) 없습니다.

사사키　(사방을 노려보다 우물을 발견한다. 설마와 혹시가 교차하는 마음으로) 이 우물도 들여다 봐.

와타나베, 안간힘을 다하여 동요의 감정을 숨긴다.

히데오와 이와사키는 사사키의 뒤쪽의 어두운 곳에 있어서 동요를 감출 수 있다.

후쿠에 다가온다.

자경단원 우물 뚜껑을 열어 젖힌다.

나무 뚜껑이 소리 내며 바닥에 떨어진다.

와타나베　(자경단원에게, 낮지만 단호한 목소리) 불 조심해. 기름방울이 떨어지면 물 못 먹어. 그 책임 자네가 져야 해!

자경단원 (주춤한다)

사사키 지금 이 비상시국에 우물 따위가 문제인가! 들여다 봐!

와타나베 (강경하게) 우물 따위라니! 이 우물이 어떤 우물이라고!

사사키 우물은 우물이지 뭐 어떤 우물이 있어. 들여다보라니까.

자경단원 (횃불을 들어서 우물 안을 비추려고 한다)

후쿠에 (허약한 몸에서 나왔으리라고 믿을 수 없을 정도로 강한 목소리) 네 이
놈들! 이 야차 같은 놈들! 사람 백정놈들이 누구 집에 와서
난장질이냐! (자경단원에게) 네 이놈 우리 우물에 기름 한 방울
이라도 떨어뜨려 봐라. 니놈 애비 에미 데려와서 니놈이 망
친 우물 똑똑히 보여주고 우동 장사 못한 값 다 물리고 말
테다!

사사키 이건 또 뭐야!

후쿠에 네 이놈, 저번 난장질도 모라자서 또 들쑤시고 난리냐. 며늘
아기가 해산을 했어. 아무리 짐승이라도 자리 가려가며 할
짓 안 할 짓 하는 법이다. 어디 와서 이 소란이란 말이냐! (진
을 빼서 소리친 뒤라 휘청거리며 쓰러지려 한다)

히데오 (재빨리 부축한다) 어머니!

이와사키 (기회를 틈 타 끼어든다) 이보게, 사사키. 그만 하면 됐네. 우물
을 신주단지보다 더 소중하게 모시는 사람들이야. 음식 장
사야 물이 생명이지. 먼지 하나도 못 들어가게 벌벌 떠는 사
람들이야. 그런 말도 안 되는 짓을 할 리가 없어. 아무래도
읍내 수색은 하나마나한 짓인 것 같네. 이 판국에 누가 조센
징을 집에 들이겠나.

사사키 남은 자들이 있으니까 찾으려는 것 아니요.

이와사키 산속이나 들판 어디에 숨어 있겠지. 열댓 평 남짓한 사무실
에서도 물건 찾기 어려울 때가 있어. 나중에 보면 분명 찾아
본 데에 있기도 하고 말이야. 하물며 그 넓은 산과 들판을

샅샅이 뒤졌다 할 수 있겠는가.

후쿠에　(평상에 앉아서 남은 힘을 쥐어짜 소리친다. 새된 목소리가 공포감을 줄 정도다) 이 야차 같은 놈들. 부처님이 보신다, 하느님이 내려다보셔 이놈들아!

사사키　에이, 여자 따위가 재수 없이!

와타나베　네 이놈!

이와사키　자, 자. 그만들 하시오. 불령선인이나 사회주의자를 응징하는 것은 모르지만, 우리 일본 국민들끼리 충돌하는 것은 용납할 수 없소. 사사키, 그만 물러나게. 수색은 다 끝났지 않나. 자네 자꾸 이러면 지난번의 사사로운 감정을 푸는 걸로 오해받을 수 있어. 자넨 자경단 단장이야. 공적인 업무를 수행하는 것 아닌가.

사사키　(더 이상 우길 명분이 없다) 좋소. 나도 공과 사를 구분 못 하는 인간은 아니요. (물러선다) 자, 가자!

자경단원들 몰려 나간다.

이와사키와 히데오, 따라 나간다.

후쿠에 스르르 눕는다.

와타나베 평상에 털썩 주저앉는다.

15

밤.

앞 장면으로부터 잠시 뒤.

와타나베와 후쿠에 평상에 나란히 누워 있다.

사이.

히데오 대문으로 뛰어들어오고, 뒤 이어 이와사키도 들어온다.

와타나베와 후쿠에 몸을 일으킨다.

히데오　끝났어요!

이와사키　그래, 끝났네! 수색 중단하고 자경단 본부로 몰려갔어. 술자
리가 기다리고 있으니까.

와타나베　술자리?

이와사키　명목은 현청에서 자금을 보내 자경단을 위로하는 자리를 마
련한 거지. 실은 덫이고.

히데오　덫이요?

이와사키　그래. 이제 히데오 너도 밖으로 나돌 필요 없다.

히데오　예?

와타나베　그러면?

이와사키　아까 내가 내일이면 어떻게 된다고 하지 않았나. 당장이 문
제였지.

와타나베　그랬지.

이와사키　내일 새벽에 헌병대가 들이닥칠 거네. 자경단은 무장해제
야. 사사키 같은 자는 바로 체포고. 핵심 몇도 구금될 거야.

　　　그러면 자경단은 그냥 흩어져.

와타나베　전문이 왔는가?

이와사키　그래, 아까 저녁 무렵에 받았어. 지금이야 저들이 워낙 기세
　　　가 등등해서 우리 경찰력으로는 손 댈 수 없지. 군 병력 들
　　　어오면 새벽에 술 취한 핵심 몇 잡고, 즉시 무기 회수해서
　　　해체시킬 거야.

와타나베　만들라고 할 때는 언제고 이제 와서.

이와사키　일본인을 죽이고, 경찰과 군에까지 대항할 줄이야 몰랐겠
　　　지. 적당히 이용하려 했을 거야. 이곳 피해도 보고했지만,
　　　우리 현만도 여기저기서 보고된 자경단 피해가 만만찮은 모
　　　양이야.

와타나베　(우물의 조선인들을 의식하며) 그럼 저들은 이제?

이와사키　아, 참. 나오라고 해. 이제 괜찮아. 학살도 끝이야.

와타나베　사실인가?

이와사키　자경단 해체 전문에 조선인 처리 방침에 관한 지침도 있었
　　　어. 자세히 읽어 봤네. 정부도 놀라고 있는 눈치야. 당황해
　　　하고 있는 기색이 뚜렷하게 전문에 브이더라고. 이렇게까지
　　　확대될 줄은 아마 몰랐겠지. 외국의 눈도 있으니 간단한 문
　　　제는 아니지.

와타나베　(우물 뚜껑을 열고 안에 가서 소리친다) 나으게. 괜찮네. (이와카키에
　　　게 돌아서서) 그렇겠지. 입만 열면 내선일체다, 조선인도 황제
　　　폐하의 신민이다 선전했으니까.

이와사키　아무튼, 무고한 조선인의 학살은 범죄 행위로 보고 즉각 개입
　　　하라는 지시네. 날이 밝으면 경찰력이 회복되니까 이제 자경
　　　단의 무고한 조선인 학살은 끝이네. 사회주의자와 운동자들
　　　은 조선인이고 일본인이고 탄압이 여전하겠지만.

우물에서 장과 가족들 나온다.

물에 흠뻑 젖었다. 긴장이 풀려서 바닥에 주저앉는다.

와타나베　여름 못지않은 늦더위라 다행이구만. 히데오, 방에 가서 수
　　　　건 가져와라, 아기도 데려 오고.

히데오　예. (미나코가 있는 방으로 들어간다)

장　어르신 정말 이 은혜를 어떻게 갚아야 할지….

아내　고맙습니다.

동생　고, 고맙습니다.

와타나베　평상으로 올라앉게. 올라앉아.

히데오 아기를 안고 나온다. 히데오의 뒤를 따라 미나코 수건을 갖고 나온
다.

아내, 아기를 받는다. 아기 울음을 터뜨린다.

장의 가족들 미나코가 가져온 수건으로 물을 닦고 평상에 앉는다.

와타나베　(이와사키에게) 자네 어젯밤에 내가 왜 이러느냐고 물었지. 요
　　　　시오 때문이냐고 말이야.

이와사키　그랬지.

와타나베　자네가 가고 나서 생각해 봤네.

이와사키　그래서….

와타나베　내게 쌍둥이 형제가 있었다는 말 들어본 적 있지?

이와사키　어렸을 때 들은 것 같네.

와타나베　그 형제가 돌도 되기 전에 죽은 건 (히데오 부부를 보며) 저애들
　　　　도 다 아네. 하지만, 어떻게 죽었는지 아는 사람은 나와 (후
　　　　쿠에를 보며) 이 사람뿐이네. 물론 돌아가신 부모님을 **빼면**
　　　　말일세.

히데오 부부와 이와사키 놀란다.

장의 가족도 유심히 듣는다.

이와사키   어떻게 죽다니? 애들 아파 죽는 거야 다반사 아닌가.

와타나베   (고개를 흔든다) 아파서 죽은 것이 아니네. 자다가 깔려서 죽었
어.

히데오   깔려서요?

와타나베   어머님은 쌍둥이를 낳고서 산후 후유증에 크게 시달렸다 하
네. 출혈이 심했다 하니까. 몸이 부실하니 정신도 혼미할 때
가 많았다는 거야. 밤중에 당신 젖가슴으로 아이 숨을 막아
죽인 거지. 아이가 버둥대도 정신을 못 차리신 거지.

일동 놀란다.

와타나베   죽은 아이가 형인지 동생인지 어머니는 알 수 없었다네. 오
른쪽에 눕힌 것이 형인지, 동생인지 기억을 할 수 없으셨다
하니까. 그러니까 살아남은 내가 동생인지 형인지 모르는
거지.

후쿠에   나무 관세음보살.

와타나베   어머님이 돌아가시기 며칠 전에 하신 이야기야. 평생 가슴
에 못으로 박혀 피를 흘리셨겠지.

후쿠에   관세음보살.

와타나베   어머님 돌아가신 후, 자주 그 생각을 하게 되더구만. 그 밤에
다른 쪽에 누워서 우연히 살아남았다는 생각 말일세. 쌍둥이
중 똑같이 닮았다는 나는 살았지만, 죽은 쪽이 내가 될 수도
있었어. 아니, 밤중에 혼자 앉아 생각하다 보면 산 쪽이 나인
지 죽은 쪽이 나인지 혼란스럽기도 해. 죽은 내가 산 나를 물

끄러미 바라보고 있는 것 같기도 하고 말이야. 그 쌍둥이 형인지 동생인지 모를 사람이 또 다른 내가 아니겠나. 그런 세월을 살다 보면 나를, 우리를 좀 더 잘 들여다보게 되는 것 같네. 내가 남이고, 남이 나고 그런 생각으로 말일세.

이와사키　(가만히 고개를 끄덕인다)

와타나베　글쎄, 자네 물음에 대답을 하자면, 여러 가지 이유가 다 맥이 닿겠지. 우리 집에 온 죄 없는 손님을 죽음의 구렁텅이로 밀어 넣을 수 없었고, 요시오 때문이기도 하고, (미나코의 배를 보며) 저 안에 있는 생명 때문이기도 하고. 지금 한 이야기 때문이기도 할 걸세.

　　사이.
　　일동, 허탈한 상태에서 물끄러미 정면을 보고 앉아 있다.
　　사이.

이와사키　무슨 말인지 알 것 같네.

와타나베　다들 시장하지 않나?

이와사키　그렇구만.

와타나베　(히데오에게) 우동 좀 끓이자. 오후에 주방 독에 물 가득 채워 놨다. 한 며칠 먹을 거야. 내일 다 덤벼들어 우물 깨끗이 퍼내면 되고.

장　　저희가 하겠습니다.

후쿠에　다 덤벼 일찍 끝내는 것이 좋지.

와타나베　자, 우선 우동부터 끓여 배를 채우세. 아, 참. (장에게) 자네, 만약에, 만약에 말일세.

장　　예, 어르신.

와타나베　(눈짓으로 히데오와 미나코를) 저 아이들이 조선 땅에서 이런 일을 당해 자네네 집으로 숨어든다면 어찌 하겠나?

장　　　(갑작스런 물음에) ….

와타나베　숨겨 주고 우동을 끓일 수 있겠나? 아니, 국수든가?

장　　　(생각의 갈피를 잡고, 고개를 굳게 끄덕인다) 예, 어르신.

동생　　(불쑥) 제가 국수를 끓이지요!

와타나베　(빙그레 웃으며 동생의 어깨를 친다) 됐네, 됐어. 처음으로 죽은 형
　　　　　인지 동생인지, 그 양반이 나를 보고 빙긋이 웃는 것 같네.
　　　　　웃고 있는 것 같아! 히데오, 이번 반죽은 네가 해야겠구나.
　　　　　이제 우리 집 우동 맛은 네가 이어야지.

히데오　예, 아버지.

와타나베　자, 우리 부자가 우동을 끓일 때까지 좀 앉아서 기다리게.

이와사키　그러세. 오늘 제대로 된 우동 먹어 보겠구만.

와타나베와 히데오, 우동집의 주방으로 가고 나머지 인물들 평상에 나란히
앉는다.

장의 가족 비로소 편안한 얼굴이 된다.

후쿠에 처음으로 환하게 웃는다.

히데오 밀가루를 부어 반죽을 시작하고, 와타나베 야채를 준비한다.

사이.

천천히 막 내린다.

죽다 살다

〈인물〉

작가, 박선생(60더의 박열)
박열(朴烈), 가네코 후미코(金子文子)
검사/홍보실장(한 배우가 연기할 것)
여자/아내(한 배우가 연기할 것), 해설자
기타 인물의 기능은 인형, 탈 등이 하-게 된다.

〈무대〉

무대는 일단 두 부분으로 구분된다. 오른쪽은 작가의 원룸 공간이다. 이 공간
에 사실적인 무대 장치를 할 필요는 없다. 책상과 컴퓨터, 책장 정도로 공간의
성격을 보여주면 되겠다. 헝클어진 작가의 머리 속처럼 어질러진 상태이다.
중앙과 왼쪽은 상황에 따라 다양한 장면이 펼쳐지는 공간이다. 이 무대는 기
능성을 고려한, 양식화된 무대 장치와 간단한 소도구를 활용하면 되겠다.

＊ 이 희곡은, 식민지 시기인 1923년 발발한 박열과 가네코 후미코의 '일본 천
황 폭살 기도' 라는 엄청난 역사적 사건을 소재로 취혔다. 사건의 추이와 진행
과정 재판과 판결 등 대부분은 역사적 사실을 근거로 삼고 있다. 그러나 인물
의 성격화나 세부적 사항에는 당연히 작가의 허구적 상상력이 작용하고 있다.
이 작품의 의도는, 역시 당연한 말이지만, 역사적 사건을 추적하여 현재화하는
것이 아니라 그것이 이 시대 우리들 삶에 던지는 질문의 의미에 있다.

1

검은 가죽 브래지어와 검은 팬티를 입은 30세가량의 여자, 줄무늬 트렁크 팬티만 입고 엎드린 40대 중반 가량의 작가를 타고 앉아, 쇠사슬로 목을 조르고 있다. 주변에는 가죽 채찍, 붕대로 감은 쇠파이프, 검은 비닐봉지 등이 널려 있다.

얼굴이 붉게 충혈된 작가, 마치 숨이 넘어가는 듯 몸부림.

여자　죽어! 죽어!

작가　캑캑!

여자　죽어 버려! 더 이상 살 이유가 없잖아!

작가　으, 으아, 캑캑!

여자　(더 힘을 준다) 죽어버리란 말이다! 뒈져버려!

작가　캐캐캑! (더 이상 견디지 못 하겠다는 듯 바닥을 손바닥으로 내리친다)

여자　(손에 힘을 풀고 일어난다)

작가　으, 캐캐악. (손으로 목을 주무른다)

여자　지난번보다 힘들었어요. 길게 견뎠다고요.

작가　똥을 쌀 뻔했어.

여자　그건 안 돼요. 똥 싸면 곧바로 실신이에요. 미리 신호를 보내세요. 119 부르고 뒤치다꺼리하고 그런 엿 같은 상황은 노 쌩큐에요.

작가　그건 어떤 느낌일까?

여자　어떤 느낌은 무슨 어떤 느낌이에요. 그냥 죽는 느낌이겠지.

작가　그걸 느껴보고 싶다고.

여자　난 최선을 다하고 있어요. 똥 싸고 뻗는 것은 계약 사항에 없습니다.

작가　알고 있어. 안 된다는 걸 아니까 더 원하는 거잖아.

여자　아무리 전문가라도 거기까지는 안 되죠.

작가　거기까지 가게 할 수 있는 전문가도 있을 수 있잖아.

여자　그럼 선생님이 찾아보세요.

작가　아니, 당신이, 뭐 서투르다는 것이 아니라, 그냥, 그렇다는 것이지. 뭐랄까….

여자, 검은 바바리를 걸치고 손을 내민다.

작가, 행거에 걸린 바지 주머니에서 지갑을 꺼내 10만 원을 세 준다.

여자, 고개를 흔들며 다섯 손가락을 쫙 편다.

작가　10만 원 맞잖아.

여자　50프로 가산이에요.

작가　왜?

여자　기본 주문 외에 한 코스가 더 있었잖아요. 마지막 코스. 이거 난이도가 아주 높아요. 마네킹 몇 개나 부셔먹은 줄 모른다고요.

작가　그건 서비스인 줄 알았지.

여자　선생님이 선택한 메뉴입니다.

작가　알았어, 알았다고. (5만 원을 더 세서 여전히 내밀고 있는 여자의 손에 쥐어준다) 아, 씨. 돈 없어 죽겠는데.

여자　필수적인 투자라면서요. 이래야 돈을 번다면서요.

작가　그래, 이 지랄이라도 해야 글이 써지고, 그래야 돈을 벌 수 있지.

여자　계산 고맙습니다. 필요하실 때면 또 부르세요. 하루 전에 전화해서 예약하시는 것 잊지 마시고요.

작가   알았어. 고마워.

        작가, 바닥의 쇠사슬을 집어 벽에 걸고, 쇠파이프와 가죽 채찍, 검은 비닐봉

        지들을 한 쪽으로 치운다.

        세수를 하고 런닝을 입는다. 바지를 입고 셔츠를 걸친다.

        컴퓨터를 켜고 책상 앞에 앉는다. 자판에 손을 올리나 치지 못한다.

        담배를 한 대 피운다. 다시 작업을 시도하나 격시 안 된다.

        다시 담배를 피운다. 또 다시 작업을 시도.

        역시 진척이 없다. 벌떡 일어나 서성거린다.

        가죽 채찍을 집어 다리를 후려갈긴다. 한 번, 두 번, 연달아서 몇 번, 얼굴이

        고통스럽게 일그러진다.

        채찍을 던지고, 한쪽의 쇠파이프를 집어 스스로 머리통을 가격하는 포즈를

        잡는다.

        쇠파이프를 던지고 검은 비닐봉지를 머리에 쓰고 턱 밑에서 졸라 묶는다.

        부풀었다 꺼지곤 하는 검은 비닐봉지. 캑캑거리는 작가. 더 참지 못하고 푼

        다.

        비닐봉지 던지고 벽에 걸린 쇠사슬을 내려서 목을 묶는다. 두 손으로 힘을

        준다. 벌겋게 얼굴이 충혈된다.

        작가, 참는다.

        사이.

        무대 중앙 뒤에서 마치 그림자처럼 박선생 등장한다.

        물끄러미 작가를 바라본다.

        작가, 박선생을 발견하고 손을 내린다. 쇠사슬기 철그럭, 바닥에 떨어진다.

작가   선생님…!

박선생   (고개를 끄덕인다)

작가   ?

박선생   죽을 만큼 힘이 드나?

작가   예?

박선생   (턱짓으로 고문 도구들을 가리킨다)

작가   뭐, 글쟁이로 사는 것이 항상 그렇죠. 이렇게 죽을 둥 살 둥 해야 뭘 좀 뽑아내니까요.

박선생   아무리 그래도 그렇지. 보기가 딱해. 안 됐어!

작가   저도 제 자신이 딱합니다. 이번 작품은 좀 심하고요. 이게 길이다 싶어 가려고 하면, 그냥 온통 안개가 자욱하게 피어오르고, 또 다른 길이 저기다 싶어 그쪽으로 가다 보면 앞뒤가 사라져버리고, 도무지 어디가 어딘지 모르겠어요….

박선생   내가 좀 돕지.

작가   선생님이요?

박선생   어차피 우리 사이의 일이 아닌가. 아, 참 박열이 있지.

무대 왼쪽에서 박열 조용히 등장한다.

두 사람과 대각선으로 거리를 두고 무대 중앙 뒤쪽에 앉는다.

박선생   (박열을 가리키며) 저 청년 박열 말이지.

작가   (박열과 박선생을 물끄러미 바라보다 거세게 머리를 흔든다) 정말 모르겠어요. 박열은 좀 복잡하고 혼란스럽긴 해도, 가닥을 잡을 수 있을 것 같아요. 선생님은 비교적 단순하고요. 그런데, 두 사람을 연결하려면 이게 안 돼요. 만나지지가 않아요!

박선생   만나지지가 않는다?

작가   그래요. 가네코 후미코도 안개 속인 건 마찬가지고요. 그토록 삶을 사랑했던 사람이 왜 자살을 선택했는지.

박선생   그래, 그랬지. 후미코는 삶을 진정으로 사랑했지.

작가   그런데 자살했단 말입니다.

박선생 (혼잣말처럼) 진정으로 삶을 사랑했으니까.

작가 그게 무슨 말이죠?

박선생 자네가 찾아야 할 길이겠지. 그건 그렇고, 내가 단순하다고
했나?

작가 살기를 선택한 이후의 박열. 그러니까 선생님은 그렇습니
다. 제 생각으로는 말입니다.

박선생 우린 누구나 자기 생각만 하지. 남의 생각은 또 그 사람의
자기 생각이고. 자기 생각이 다란 말일세.

작가 그렇군요. 하여튼 내가 판단하기에 선생님은 애매하지 않지
요. 그 활동 공간이 남이건 북이건 그때 이후에는 말입니다.

박선생 그때라면?

작가 선생님이 일본 제국주의의 하늘 아래, 그 땅 위에서 살아남
기를 선택한 때라고 할까요.

박선생 전향?

작가 1935년. 지바 형무소.

박선생 그보다는 1926년, 자살을 거부하고 삶을 선택한 때라고 해
야겠군.

작가 1926년 세 번 단식을 하셨지요. 자살 기도였다고요?

박선생 (피식 웃는다) 그럼 체중 감량 때문이었겠나. 그걸 다이어트라
고 하나?

작가 그 단식이 전환점이란 말인가요?

박선생 작가 선생이 저 박열과 나를 굳이 나눈다면.

작가 그렇다면, 자살에 실패하고, 살아남기를 선택하면서 달라졌
다 이거군요?

박선생 실패가 아니라 거부야. 나 스스르 자살을 선택했고, 또한 나
스스로 그 선택을 거부하고 삶을 선택한 거야. 완전히 달라.

작가 일단 자살을 시도했잖아요. 그런데, 실패와 거부가 다르

다… 뭐가 다른지 잘 모르겠군요. 아무튼 그렇다고 치고요.
세 번의 자살 기도 뒤 포기, 아니, 거부라고 하셨죠. 그래,
자살을 거부한 이유가 뭡니까? 죽으려다 살고, 살려다 죽으
려 하고, 또 죽으려다 살고, 그 사이 무슨 일이 일어난 거
죠? 무슨 일이 생겨서 저 청년 박열과 선생님은 전혀 딴 사
람처럼 보이는 겁니까?

박선생 하지만 아니네. 우린 한 사람일세. 저 박열과 나는 한 사람
일 수밖에 없어.

작가 압니다. 알고 있다고요. 생물학적으로야 한 사람이겠죠.

박선생 뭐든 우린 하나야. 작가 선생이 그걸 이해 못 하면 이 이야
기는 쓰지 못할 거야. 달라 보이지만 우리가 한 사람이라는
것 말이네.

작가 예, 안다고요! 한 사람이죠. 한 사람일 수밖에 없지 않습니
까. 그건 알겠는데 왜 한 사람인지 모르겠단 말입니다. 단식
이전의 박열, 이후의 박선생. 죽음의 열망으로 그 불꽃으로
타오르던 청년 박열, 그리고 선생님의 표현대로 자살을 거
부한 이후의 박선생이 한 사람으로 연결되지가 않아요. 그
박열과 박선생을 이어야 할 길을 어떻게 찾아야 할지, 어떻
게 한 사람으로 이해해야 할지 모르겠어요. 후미코도 마찬
가지라고요. 도대체 그녀는 왜 자살을 한 거죠? 살고 싶어
서, 찬란한 태양 아래 한 인간으로 살고 싶다고 목이 찢어져
라 외치던 사람이 말입니다.

박선생 나 못지않은 정열을 가진 사람이었지. 난 그 정열로 활활 타
올라 죽어버리고 싶었지. 그녀는 그 열정으로 뜨겁게 살고
싶어했고.

작가 그러니까 말입니다. 그런데 왜 서로가 반대되는 선택을 한
거죠? 이거 뭐 청개구리 떼들도 아니고. 왜 그런 겁니까? 맥

락을 잡을 수가 없잖습니까. 그래서 이렇게 꼬박 4일 동안 한 줄도 못 쓰고 있단 말입니다! (혼잣말처럼 씨부렁거린다) 아, 제기랄! 빨리 이 작품 써야 하는데, 시간이 없는데….

이때 작가 호주머니의 핸드폰 울린다.
작가, 번호를 확인하지도 않고 짜증을 내며 전원을 끈다.
곧 이어 책상 위의 전화벨 요란스럽게 울린다.

박선생 전화 온 것 아닌가. 받게. (계속해서 울리는 전화벨 소리)

작가 (받는다. 당황한다) 예. 아, 실장님. 예, 노력 중입니다. 좀, 시일이, 한 달 정도면, 아무리 그렇지만, 당겨도, 2주일 내로는, 예, 일단, 최대한, 아, 예. 노력하고 있습, (상대가 전화를 끊어버렸다. 수화기를 놓으며 긴 한숨)

박선생 누군데 그렇게 구멍 못 찾은 쥐새끼 잡듯 하나?

작가 K재단 홍보실장이죠.

박선생 K재단? 그게 뭐 하는 곳인데?

작가 그런 것이 있습니다. 대학이랑 학교도 몇 개 갖고 있고, 큰 술집도 몇 개나 하고 있답니다.

박선생 복잡하구만. 그런데, 작가 선생이 술값 외상 밀린 것 있나?

작가 (실소한다) 외상이 아니라 글이 밀렸습니다. 이사장 자서전을 못 넘겨서요.

박선생 자서전? 이사장 자서전이라면 그 이사장이란 자가 써야지 그걸 왜 작가 선생이?

작가 하여간 그런 것이 있습니다. 그걸 넘겨야 잔금을 받는데, (또 혼잣말로 씨부렁댄다) 빨리 송금을 해야 하는데… 송금!

박선생 그럼 넘기면 되지.

작가 먼저 이 희곡을 써야 합니다. 저 박열과 가네코 후미코 이

야기 말입니다. 아, 선생님 이야기도 들어가겠군요. 마감이
보름밖에 안 남았어요. 작품 무대에 한 번 올리기가 하늘에
별 따기예요. 어떻게든 이 기회를 잡아야 한다고요!

작가 머리를 쥐어뜯는다.
책장 안의 술병을 발견한다.
양주병과 잔을 꺼내서 성급하게 한 잔 따라 마신다.

박선생   (인상을 쓴다) 요새 사람들은 다 그렇나?

작가   예?

박선생   권하고 마시는 것이 술 아닌가. 최소한의 주도 말일세.

작가   (멋쩍어서) 아, 예. 제 생각에 빠져서 그만… 그리고 이 위스키
가 싸구려라서요. 깰 때 아주 골이 팹니다. 남한테는 권하기
는 좀 그렇습니다. 특히 선생님처럼 연로하신 분한테는.

박선생   (손을 내민다) 나이로 사람 차별하지 말게. 한 잔 줘 봐. 나도
술맛은 좀 아는 편이야.

작가   (따라 건넨다) 독합니다.

박선생   (한 번에 들이키고, 얼굴을 찌푸린다) 아하, 목이 확확 타는구만.

작가   우유나 얼음을 넣어서 마시면 좀 낫지요. 전 그냥 마십니다
만.

박선생   뒷맛도 별로야. 좀 좋은 술을 마시게.

작가   죄송합니다, 이걸 술이라고 대접해서. (잔과 병을 받아 또 한 잔
따라 마신다)

박선생   그만 마시게. 시간이 없다면서. 거 이사장 자서전인가 뭔가
에 이 희곡까지 써야 한다면서.

작가   이제 한 잔만 마시고요. 어쩔 때는 알코올이 뻑뻑한 머리통
에 기름칠을 해 주기도 하니까요. (따라서 단숨에 마신다) 저 청

년 박열과 선생님. 도대체 두 사람이 어떻게 한 사람이 될
수 있는 거죠?

박선생 내가 대답할 성질의 질문이 아닌 것 같구만. 나도 한 잔 더
주겠나.

작가 그러죠. (따라 준다) 답답해서 그냥 묻는 겁니다.

박선생 그걸 해결하는 것이 작가 선생의 작품이 되겠지. (마신다)

작가 그렇겠죠. 그래야겠죠. (털썩 의자에 주저앉는다)

박선생 (고개를 끄덕인다)

작가 다른 방법은 없겠지요. 시작해야 어떤 끝이든 볼 수 있을 테
니까요.

박선생 그렇지. 시작해야 시작되는 것이지.

작가 ….

박선생 작가 선생이 수없이 떠올렸던 장면. 그걸로 시작하는 게 좋
지 않을까. 만나는 장면, 그 두 인물이.

작가 두 인물?

박선생 잘 알지 않나.

작가 압니다, 알죠. 그 두 인물! 선생님, 아니, 아니죠. 청년 박열!
가네코 후미코!

무대 뒤편에 앉아 있던 박열 일어나서 무대 중앙으로 와 앉는다.

사이.

가네코 후미코, 왼쪽 뒤에서 등장하여 마주 앉는다.

작가 기록에 따라 다르더군요. 1922년 1월, 2월, 3월.

박선생 2월!

작가 도쿄시 가마구치구 유라쿠쵸에 있는 중국집.

박선생 장강루

후미코   (조용히 낭송한다) 우린 개새끼다! 굶주리고 발길에 차여 눈만
         흰 조선 죽사발처럼 빛나는 개새끼! 개새끼는 집이 없다. 풍
         우한설에도 길거리에서 헤매인다. 하지만 명심하여라, 개새
         끼의 이빨을. 강철 같은 개새끼의 이빨이 너희 살찐 심장에
         박히는 그날. 우리의 사슬을 끊어낼 그날이 기어이 오고야
         말 거다! 자유의 그 날! (웃으면서, 어조를 바꾸어) 견공이신가요?

박열   (웃는다) 그렇소. 내가 개새끼요.

후미코   잘 읽었어요. 개새끼! 정말 멋진 시예요. 가네코 후미코입니
         다. 그냥 후미코로 불러 주세요. 난 가네코(金子)라는 성을 증
         오하니까요.

박열   성을 증오한다고요?

후미코   뭐, 그 이야기는 기회가 되면 하기로 하지요. (손을 내밀며) 반
         가워요.

박열   (약간 몸을 앞으로 내밀어 악수를 하며) 나 박열이요. 반갑소.

후미코   이런 것 조선 여성의 방식 아니죠?

박열   …?

후미코   남자에게 먼저 만나자고 청하는 것.

박열   (고개를 끄덕인다)

후미코   일본 여성의 방식도 아니에요. 내 방식. 인간 후미코의 방식
         이죠.

박열   관계치 않소. 누구든 먼저 만나자고 할 수 있는 것 아니오.
         사람이 사람을 만나자는 것인데.

후미코   (웃는다) 그렇죠? 처음 『조선청년』 교정쇄에서 박열 씨 시 읽
         었을 때, 그 느낌 뭐라 표현할 수 없었어요. 단어 하나하나
         가 불화살이 되어 가슴에 박히는 느낌, 혈관이 부풀어 오르
         고 온 몸의 피가 들끓어 심장이 터질 것만 같은 느낌. 분노
         로 활활 타오르는, 깡마른 개새끼의 눈동자가 생생하게 떠

올랐지요. 정우영 씨에게 부탁하지 않을 수 없었지요, 이 사
람을 만나고 싶다고 말이죠.

박열 우영이에게 들었소. 내 시를 읽고 공감했다는 사람을 나도
만나보고 싶었소.

후미코 묻고 싶은 것들이 있어요.

박열 물어 보시오, 대답할 테니.

후미코 혼자인가요? 그러니까 조선어 결혼한 아내가 있다든지, 아
니면 이곳 도쿄에서 같이 하는 여자가 있다든지?

박열 혼자요. 결혼한 적 없고, 이곳에 와서 여자 만난 일 없소. 한
끼니 식사, 하룻밤 잠자리 마련하기도 버거운 처지요.

후미코 (웃으며) 정말 다행이네요. 사실 전, 박열 씨에게 약속한 여자
가 있다면, 그냥 동지로라도 가깝게 지냈으면 하는 바람이었
어요. 그럼 한 가지 더 묻겠어요. 솔직하게 대답해 주세요.

박열 그렇게 하고 있는 중이오.

후미코 일본인에 대해 어떻게 생각하세요? 더불어서 일본 여성에
대해서?

박열 (잠시 생각한다) 증오하고, 동정하고, 공감합니다.

후미코 ?

박열 증오는 조선을 강탈하고 수탈하는 일본의 지배 집단에 대한
거요. 동정은 우매한 일본 민중을 향한 거지요. 공감은 폭력
정부에 맞서 싸우는 일본의 동지들에 대한 마음입니다.

후미코 내 목표는 폭력적인 정부, 권력을 때려 부수는 겁니다. 나는
일본 제국주의 정부를 부정합니다.

박열 「개새끼」에 공감하는 분이라면 믿을 수 있소.

후미코 하지만…. 나는, 조선 해방을 지지하지만 조선의 해방 운동
에 몸을 바칠 수는 없습니다. 물론, 그 운동을 하는 분들을
충분히 이해합니다. 도울 수는 있지요. 진심으로요. 그렇지

만…. 역시 일본인이어서, 그 목표에 나 자신을 헌신할 수는
없어요. 내 목표는 다릅니다.

박열　당신의 목표?

후미코　나 자신의 해방! 우리 여성의 해방! 이 세상 억압받는 인간
들의 해방!

박열　이해합니다. 내 목표 역시 단순하지 않아요. 조선 해방으로
끝날 문제가 아닙니다. 문제는 더 밑바닥에 있지 않습니까.

후미코　밑바닥?

박열　그렇소.

후미코　(얼굴이 밝아진다) 그럼 우린 그 밑바닥에서 하나가 될 수 있겠
군요.

박열　(고개를 끄덕인다. 천천히, 그러나 강하게)

후미코　동지로!

박열　동지로!

후미코　여자와 남자로!

박열　남자와 여자로!

후미코　인간과 인간으로!

박열　인간과 인간으로!

두 사람 포옹한다.

두 사람 포옹을 한 채 그대로 서 있다.

해설자 등장한다.

해설자　그렇습니다. 1922년 2월 어느 날 밤, 도쿄시 가마구치구 유
라쿠쵸에 있는 한 허름한 중국집에서 조선인 박열과 일본인
가네코 후미코가 만나게 됩니다. 1902년생인 박열, 1903년
생인 가네코 후미코. 그러니까 만 20세 조선 청년과 19세

일본 여성의 이 만남. 이제 갓 성인이 되고, 성인의 문턱에 선 조선과 일본 남녀의 만남이 하등 이상할 것은 없었습니다. 1920년 대 초반의 식민 본국 일본의 수도 도쿄는, 팽창하는 열기로 가득 차 있었지요. 식민지 조선에서 몰려든 조선인 학생들과 노동자들, 사회 운동가들로 들끓고 있었고, 대정 데모크라시를 거친 일본의 지식인들과 학생들, 사회주의와 아나키즘 등을 주창하는 운동가들이 도쿄의 공기를 용광로처럼 뜨겁게 달아오르게 하고 있었습니다. 그런 분위기에서 조선 청년과 일본 여성의 중국집에서의 만남이 별나다고는 볼 수 없었던 것이지요. 하지만, 역사는 이 만남을 특별한 사건으로 기록하게 됩니다. 핏빛이 선명한 글씨로 말입니다. 3·1운동의 실패를 경험하고 1919년 10월 도일한 청년 박열, 1920년 가부장제의 질곡에서 수도로 탈출한 가네코 후미코. 자칭 아나키스트인 이 두 사람의 만남은, 일본 제국주의의 심장을 강타하는 태풍의 시작이었습니다.

무대 어두워진다.

2

무대 밝아진다.

작가, 책상에 엎드려 자고 있다. 가위에 눌린 듯 몸을 떤다.

작가 (잠꼬대) 그러니까, 그게 아니고요. 한 달, 아니 보름, 물론 잘 쓰지요, 잘 쓰고 말고요. 예, 알겠습니다, 홍보실장님! 아, 당신? 잔금만 받으면, 송희, 준희는 아빠를, 아니 그게 아니고 영어를, 혀가 매끄럽게 구른다고? 아, 원고만 넘기면 잔금 받아서, 등록 전에, 돈 보내려고, 아니 뭘 작품을 한다고, 잘 되지도 않는데, 아니야! 자서전 열심히 써서 돈, 아, 그래, 송금, 송금!

작가, 발작을 일으키듯 소리를 지르다가 의자에서 떨어진다.

바닥에 쓰러진 채 정신을 차리지 못하고 한참 버르적거린다.

오른쪽 뒤에서 박선생 등장하여 컴퓨터 화면을 들여다본다.

박선생 이보게. 이보게!

작가 (겨우 정신을 차린다)

박선생 열 시가 넘었어.

작가 잠을 못 자서요. 훤히 날이 밝을 때까지 못 잤다고요.

박선생 이틀이나 매달리고서는 아직도 그 자리야?

작가 첫 장면은 그럭저럭 해결이 된 것 같아요. 도입부니까 해설로 좀 설명을 해 줄 필요도 있고요.

박선생 그럼 다음 장면으로 넘어가면 되지.

작가   그게, 쉽지가 않군요. 박열과 후미코를 좀 더 소개해야 할
          것 같고, 그들의 심리적인 교류랄지, 그 나이로 너무 엄청난
          일을 벌이니까요. 하지만, 그냥 치고 넘어가는 것이 좋을 것
          도 같고….

박선생   서론이 불필요한 시대가 있어. 사람 관계도 말이지. 시대가
          다 마련해 놓았으니까. 한 시간, 아니 단 몇 분 안에 마음이
          하나가 될 수 있는 시대 말이지. 두 사람의 나이? 인간을 아
          주 조숙하게 만드는 시대도 있지. 자, 두 사람의 행동에 더
          이상의 설명이 필요할까.

작가   그럴까요?

박선생   작가 선생도 이미 그렇게 작정한 것 아닌가?

작가   생각은 했지요. 2장 시작 말입니다, 폭탄.

박선생   폭탄?

작가   (고개를 끄덕인다) 예, 폭탄.

박선생   그렇군, 폭탄!

작가   폭탄!

          박열과 후미코 무대 중앙의 뒤에서 등장하여 밥상을 사이에 두고 마주 앉는
          다.

후미코   (나직하게) 폭탄?

박열   (강하게) 폭탄!

후미코   왜 하필 폭탄이지?

박열   죽이고 죽으면 되니까.

후미코   ….

박열   모든 것이 끝나는 거지.

후미코   그렇게 두려워?

박열　　두렵다?

후미코　살아남아서 싸우는 것이 말이야.

박열　　….

후미코　죽음에 조바심 내는 사람은 두려워하는 사람이 아닌가.

박열　　(고개를 끄덕이며) 그럴 수 있겠지. 그럴 수 있어. 부정하지 않
아. (웃는다) 그렇다면 한꺼번에 두 가지 적을 해치우는 거지.
폭탄으로 한 방에 깨끗하게 날려버리는 거야.

후미코　두 가지 적?

박열　　저 밖의 권력자들이라는 적과 내 안의 두려움이라는 적 말
이야.

후미코　밖의 적이라면, 구체적으로?

박열　　마음 같아서는 이 우주 자체를 부숴 버리고 싶어. 온 세상에
가득 찬 것은 고통당하는 존재들의 신음과 비명소리야. 약
하고 힘없는 생명들이 흘리는 땀과 피가 강물을 이루고 있
어. 도대체 정의와 도덕이 어디에 있다는 거지? 눈에 보이
고 귀에 들리는 것은 강한 자들의 승리와 짓눌린 자들의 죽
음이야. 강한 것이 약한 것을 착취하고 죽이는 것. 이것이
이 우주의 법칙이야. 그렇다면 문제를 근본적으로 해결하는
길은 하나밖에 없어. 우주만물의 절멸! 모든 죽음!

후미코　그 생각과 마음 이해해. 충분히. 내가 살아온 시간들이 그걸
증거하고 있어. 세상은 강한 자들의 것이지. 그들은 정부를
만들고, 나라를 만들고, 그들을 위한 법을 만들고, 군대를
만들지. 약한 인간들을 끌어내 군인을 만들고 경찰을 만들
어서, 그 약한 인간들을 짓누르고 길들이지. 그래서 힘이 커
지면 또 그 힘으로 힘이 약한 정부와 나라를 먹어치우지. 일
본이 조선을 먹어치우듯이 말이야.

박열　　그래, 더 강한 폭력이 언제나 승리하지.

후미코 박열 씨 말대로 이 우주는 약한 존재들의 고통과 죽음으로, 그들이 내지르는 비명과 신음으로 가득 차 있을지 몰라. 악의 세력이, 어둠의 세력이 약한 존재들을 짓누르고 죽음으로 몰아넣고 있어. 그래서 우린 싸워야 해. 살아서 싸워야 한다고!

박열 그러니까 그 악과 어둠을 대려부수려는 거야. 죽이고 나도 죽으려는 거지.

후미코 왜 그렇게 죽고 싶어 안달인 거지? 살아야 싸울 수 있을 것 아니야.

박열 죽이고 싶으니까. 저 악과 어둠의 세력들을 가능한 대로 많이. 그럼 나도 죽어야 하겠지. 그렇게 죽이고 내가 살 수는 없으니까. 사실 난 이 세상을 견딜 수 없어. 나 자체가 살고 싶지 않은 존재야! 내 뜻을 이루는 것, 그리고 죽는 것. 결국 내가 죽는 것이 내 최종적인 목표야

후미코 죽는 것이 목표가 될 수 있어?

박열 내 목표는 그래. 이 악을 쳐부수고 깨끗이 죽는 것.

후미코 아무리 쳐부수고 쳐부숴도 쳐부술 악은 끝이 없을 거야. 죽어서 끝낼 일이 아니야. 죽기 위해 싸우는 것은 진정한 싸움이 아니라는 생각이야. 살리기 위해. 우리도 살기 위해 싸워야지.

박열 우리가 동거를 시작하면서 한 약속 안 잊었지.

후미코 그래. 잊을 리가 없지.

박열 어떤 결정이라도 상대방이 자율 의지로 내린 결정은 존중한다는 것.

후미코 알아.

박열 내가 한 인간으로서 자율적으로 내린 결정이야. 악과 어둠을 쳐부수고 죽는 것. 존중해 줘.

후미코　알았어. 존중해.

박열　어떻게 해서든 폭탄을 구하려는 내 의지, 그런 맥락에서 이해해 줘.

후미코　쉽지 않을 텐데?

박열　그래, 쉬운 일이 아니야. 사실 이전에 두어 번 시도한 적이 있었어. 모두 실패하고 말았지. 하지만, 포기할 수 없어.

후미코　폭탄을 입수한다면, 대상은?

박열　그건…. (망설인다)

후미코　나를 못 믿는 건가? 일본인이라서?

박열　그게 아니라는 것은 잘 알잖아, 후미코.

후미코　안다고 생각하는 것도 확인하고 싶을 때가 있어.

박열　두어 번 실패한 경험이 있다고 했지. 그러면서 배운 것이 있어. 확실하지 않은 것은 자신에게마저도 함부로 말해서는 안 된다는 것. 후미코를 못 믿어서가 아니야. 폭탄이 이 손에 들어온다면 그놈이 어디에서 꽝, 터질 것인가는 누구보다 후미코가 먼저 알게 될 거야. 이해할 수 있지?

후미코　(고개를 끄덕인다)

박열　참, 약속이 있어.

박열, 일어나서 무대 오른쪽으로 몇 걸음 이동한다.

후미코, 상을 들고 퇴장한다.

사람 크기의 인형 하나가 허공에서 서서히 내려온다.

박열, 인형과 적당한 거리를 두고 마주 선다. (인형의 목소리는 마이크로 처리된다)

박열　어, 김중한 군.

인형　박열 형! 오래 기다렸소?

박열   아니, 지금 왔어. 좀 걷지.

인형   머지않아 상하이로 갈 수 있을 것 같소. 그쪽이라면 구하기
          가 용이할 것이오.

박열   빠를수록 좋겠는데.

인형   여비만 마련되면 우선 조선으로 나갈 작정이오. 아, 그리고
          우리 불령사 이번 달 모임이 19일로 연기됐소?

박열   몇몇이 사정이 있다고 해서.

인형   참, 회원이 늘어난다고요?

박열   그럴 거야. 구리하라 가즈오 씨, 니야마 하쓰오 씨가 이번
          달부터 참여하기로 했어.

인형   잘 된 것 같소.

박열   그런데 말이야. 김 군.

인형   뭐요?

박열   폭탄 입수 건 말이지. 이건 불령사와는 상관없이 진행되었
          으면 좋겠어. 우리 회원이 20명이 넘어. 이런 일을 같이 할
          수는 없어.

인형   알았소. 비밀을 유지해야겠지. 그런데 폭탄을 던질 곳은 어
          디요? 아무래도 궁금해서.

박열   글쎄….

인형   박열 형이 나를 못 믿는다고는 생각하고 싶지 않소. 그런 심
          정으로 상하이까지 갈 수는 없으니까.

박열   아니, 아니야. 김 군을 못 믿어서가 아니라, 지금으로서는
          언제 입수가 될지, 얼마나 될지 모든 게 불투명하니까.

인형   그렇긴 하겠죠. 폭탄만 넉넉히 있다면 대신들도 좋고, 의회

건물도 좋고, 경시청도 좋고 던질 데야 얼마든지 있을 거요.
안 그렇소?

박열   뭐…. 그렇겠지.

인형   (흥분하여) 아, 그것도 좋겠군. 각국 대사관이나 영사관. 국제
여론을 일으킬 수 있으니까.

박열   사용은 신중하게 정해야겠지.

인형   그렇지요. (주먹으로 손바닥을 친다) 정말 세게 나가기로 하면 천
황이나 황태자에게 던져버리는 거지. 난바 다이스케처럼.
멋지게 성공하면 천지가 뒤집히는 거지.

박열   (김중한의 흥분이 부담스럽다) 김 군. 지금 자네는 폭탄을 입수하
는 일에 신경을 집중해야 할 때야. 입수되면 차후에 신중하
게 계획을 세울 거야.

인형   문제는 폭탄이군, 폭탄!

박열   그렇지 폭탄이지, 폭탄!

인형 올라가고 박열 퇴장.

사이.

무대를 뒤흔드는 폭음과도 같은 지진의 굉음.

화염이 휩싸는 것처럼 무대 검붉다.

사이.

무대 후면에 내려온 스크린에 관동 대지진 당시의 기록 사진들 투사된다.

무너진 건물들, 피어오르는 불길.

일본 관민에 의해 학살당한 조선인 피해자들의 처참한 모습.

사이.

해설자 등장.

해설자   1923년 9월 1일 오전 11시 58분, 리히터 지진계 측정 강도

7.9의 대지진이 관동 일대를 엄습했습니다. 간토 대지진, 혹은 도쿄 대지진이라고도 하는 이 지진은 수도인 도쿄와 요코하마 일대를 강타하였지요. 지진의 강도 자체가 엄청났을 뿐 아니라, 마침 점심 식사 준비를 위해 불을 피우는 가구가 많았던 관계로 걷잡을 수 없이 화재가 발생하였습니다. 땅이 찢어지고 건물은 무너지고, 불길은 솟아오르는 그 아비규환의 생지옥. 그 생지옥은 수십 만의 생명을 삼키고 말았습니다. 그리고, 지진이 휩쓸고 지나간 뒤, 이제 그 죽음이 시커먼 입을 벌리고 또 먹이를 요구하고 있었습니다. 먹이로 선택된 것은 제국의 본토에 이주해서 살던 식민지 백성 조센징이었습니다. '조센징이 우물에 독을 풀었다.' '일본인 가옥에 방화를 했다.' '일본여자를 강간했다.' 그런 유언비어로 혈안이 된 일본인들은 자경단을 조직하여 광적으로 조선인들을 사냥하였습니다. 그렇습니다. 인간 사냥이었지요. 도쿄부와 가나가와 현 등 지진 피해 지역 일대에서 살해된 조선인의 숫자는 공식적인 집계만으로도 6천 600여 명을 넘었습니다. 이 미친 인간 사냥은 외국의 언론에 보도되어 당시의 야마모토 내각을 곤경에 빠뜨렸습니다. 이 곤경에서 벗어나기 위해서는 또 다시 먹이가 필요했지요. 항상 그렇듯, 그들의 죄를 대신할 희생양 말입니다. 불을 켜고 찾는 그들의 눈에 포착된 것이 있었습니다. 불령선인과 일본인 사회주의자로 구성된 단체. 박열과 가네코 후미코가 그 중심에 있는 불령사였습니다.

무대 어두워진다.

어두운 무대에서 터져 나오는 호명.

소리　박열! 가네코 후미코! 정태성! 장상중! 최규종! 홍진유! 최영환! 구리하라 가즈오! 김영화! 김중한! 김철! 박홍신! 서동성! 육홍균! 이필현! 한현상! 하세명! 오가와 다케시! 니야마 하쓰오! 노구치 시나니! 나카타 게이자부로! 상기 불령사 회원 일망 타진!

3

무대 밝아지면, 작가 핸드폰으로 통화 중이다.

작가 금방 설명 드렸듯이, 일주일 안으로는 정말 무립니다. 일주일만 더 주시면, 꼭 넘길 수 있습니다. 사실 저도 급합니다. 넘겨드리고 잔금 받아야, (말을 끊긴다) 집사람과 아이들이 나라 밖에 나가 있어서요. 그러니까 실장님 못지 않게 저도, 아, 예 이사장님 성격 저도 겪어서 압니다. 녹음할 때 1분만 늦어도 불호령이, (말을 끊긴다) 하지만, 글이라는 것이 꼭 잡아먹는 시간이 있어서, 이 작업 끝내고 며칠 집중해서, 예? (아차, 말실수했다는 걸 깨닫는다) 아, 그게 아니고요. 딴 일이라니요. 그런 것 없습니다. 두 탕을 뛰다니요. 실장님 아닙니다. 그게 아니고 말입니다. 아무리 급해도 저로서는 최선을 다해야 하니까 집중할 시간이. (말을 끊긴다) 아, 예, 그러니까 전심전력을 다해, 하여간 집중하는 정신으로, (말이 꼬이는 것을 알지만 수습할 수 없다) 아무튼, 2주일 동안은 이 작업에 집중하는 것이지요. 제 이름이 박히는 것은 아니지만, 최선을 다해야 하니까요. 싱가폴 출장가실 때 갖고 나가시고 싶다는 것, 예, 알지요. 요즘 컴퓨터 조관이라서 작업, 서두르면, (말을 끊긴다) 사진이랑 자료 그쪽에서 잘 준비해 놓고, 아, 실장님, 아무리 날을 샌다 해도, 정말 일주일 안으로는 무리가, 최대한 빨리 해도 열흘은, 하여간 최선을 다해야지요. 물론입니다. 저도 빨리 끝내야, (말을 끊긴다) 어, 최선을 다해서, 꼭, 빠른 시일 안에, 예, 물론, 하지만…. (상대편이 전화를 끊었다)

작가가 통화를 하는 중에 오른쪽 무대 뒤에서 박선생 등장하여 작가를 물끄러미 바라보고 있다.

통화를 끝내자 작가에게 다가온다.

박선생　그 자서전인가 뭔가 그냥 넘겨버려. 며칠 손을 보나 안 보나 그게 그것 아니겠나.

작가　똥 누고 밑은 닦아야지요.

박선생　남의 똥 대신 눠 줬는데 밑 좀 안 닦으면 어때.

작가　그래도 꺼림칙해서 그렇게는 못 합니다.

박선생　어차피 열흘 안으로는 그 자서전인가 타서전인가 하는 물건 넘겨야 하잖나. 저렇게 독촉이 빗발치는데 별 수 있겠어. 이 작품 끝내려면 시간이 안 나잖아.

작가　어차피 작품 마감이 일주일 밖에 안 남았습니다. 작품 끝내고 단 3일이라도 손을 봐서 저 물건 넘겨야지요.

작가, 컴퓨터 앞에 앉는다.

박선생 무대 왼쪽 뒤에 앉는다.

무대 중앙 뒤에서 일본 제국의 검사 정복을 입은 검사 나온다.

검사 무대 뒤로 가서 의자 세 개를 차례차례 들고 나온다.

다시 무대 뒤로 가서 자루가 달린 탈바가지를 세 개 들고 나온다.

의자들 가운데에 파인 홈에 자루가 달린 탈바가지를 하나씩 꽂는다. (편의상 이 탈을 탈1, 탈2, 탈3으로 표기한다)

검사는 탈이 앉은 의자를 반원형으로 배치한다.

탈들의 거리는 상당히 떨어져 있다.

검사의 취조를 받는 이 세 탈은 모두 개별적으로 취조를 받는 것으로 설정된다.

탈들의 녹음된 목소리는 약간 새된 소리로 빠르고 높다.

검사   (세 사람 모두에게 소리친다) 불령사! 너희들의 목적이 뭐야? 목
        적! 한가롭게 차나 마시자는 것은 아니었을 테고. 말을 해!
        (탈1에게 가서 툭 쳐서 빙그르 돌리며) 말을 하란 말이다!

탈 1   (남자 목소리) 불령사는 그냥 사회를….

검사   (탈2를 잡아 돌리며) 사회를 어떻게 한다는 거지?

탈 2   (남자 목소리) 사회를 변혁하고….

검사   (탈3에게 다가가려다 멈칫하며) 변혁? 너희들이 좋아하는 말로 바
        꾸면 혁명이겠지. 도대체 무엇으로? 너희들 따위가 어떻게?

탈 3   (숨이 찬 여자 목소리) 흥, 무시하지 말아요. 당신들 심장에 비수
        를 꽂을 수도 있었으니까. (심한 기침을 한다)

검사   (탈3에서 황급히 떨어진다. 혼잣말처럼) 폐병쟁이까지 끼어들어 무
        슨 지랄인지. 넌 일본인이면서 왜 이 따위 불령선인들과 어
        울리나. 자포자기인가. 병이 있으면 살려고 노력해야지 젊
        음이 아깝지 않나.

탈 3   살 가치가 있는 세상인가요?

검사   다 악착 같이 살려고 노력하고 있어. 나도 살려고 이 짓이고.

탈 3   검사님이나 이 짓하며 열심히 하시죠.

검사   그럴 거야. 결국 너희들은 말을 하게 되어 있어. 너희들 불
        평분자의 목적은 뻔해. 이 사회를 혼란스럽게 하고 파괴하
        자는 거지. 무엇으로? 어떻게? 뭐, 밝혀내면 되겠지. 시간이
        야 얼마든지 있으니까. 그 시간은 너희들에게는 아마 굉장
        히 힘들고 어려운 시간이 될 거야. 이렇게 그물에 걸려들었
        으니 이제 파닥거려 봤자 무슨 소용이 있겠나. 시간이 지날
        수록 고통만 커지지. 결과는 마찬가지야. 어디, 견딜 만큼
        견뎌 보라고. 숨이 턱에 차면 입을 열게 되어 있으니까. 이
        가련한 물고기 새끼들아!

사이.

검사, 서서히 탈들의 주위를 돈다. 점점 걸음 빨라진다.

탈1, 탈2의 머리를 빠르게 잡아 돌린다.

탈 1　계획이 있었어요. 그렇게 들었어요. 내가 개입된 것은 아닙니다.

검사　그래, 그거야. 아는 대로 말하면 돼.

탈 2　많이 아는 것은 없어요. 폭탄을 구하려고 했다는 것밖에.

검사　폭탄?

탈 2　예, 폭탄이요.

검사　(탈2에게 간다) 어떻게 폭탄을 구하려 했지?

탈 2　….

검사　이미 다 알고 있어. 네 동료가 불었어. 김중한! 네가 그걸 사용할 작정이었나?

탈 2　(황급히) 아니요. 아닙니다. 난 다만 구하는 일만 할 작정이었어요. 실행도 하기 전에 그만 두었지만.

검사　그만 두었다?

탈 2　박열이 나를 믿지 못하는 눈치였어요. 먼저 부탁을 한 것은 그자인데 나중에 나를 기피한 거지요. 싸우고 그만 두었죠. 우리 모임 때 내가 다다미에 칼을 꽂고 박열과 싸운 것은 회원들이 다 아는 일이에요

검사　그렇다면 넌 오래 이곳에 갇혀있을 필요가 없는 인물이야. 하지만 말을 해야 해. 네 말이 밖으로 나가는 문을 여는 열쇠가 될 거야. 폭탄에 대해 아는 대로 말해. 네가 아무 관련도 없다는 것을 네 입으로 밝혀야지. 그걸 구해서 어디다 쓸 작정이었지.

탈 2　….

검사　말을 해! 하라니까!

탈 3　(소리친다) 김중한 씨는 그냥 부탁만 받은 거예요. 그것도 실행하지 않았지만. 김중한 씨의 계획이 아니라는 거죠.

검사　(탈3에게 가서) 연인이라서 보호하려는 건가?

탈 3　사실이니까요.

검사　알고 있어. 김중한이 그럴 만한 위인이 못 된다는 걸. 그자는 핵심이 아냐. 그러니까 네가 알고 있는 것을 말해.

탈 3　던지려고 했겠죠.

검사　물론이지. 폭탄을 장난감처럼 갖고 놀려고 했겠나. 누구에게?

탈 3　천황과 황태자에게 말이죠.

검사　뭐야! 천황 폐하와 황태자 전하!

검사 경악!

이때 작가의 책상 위에서 전화벨 소리 날카롭게 울린다.

무대 중앙의 검사 행동을 멈추고 굳는다.

허둥대는 작가 전화를 받는다.

박선생, 흥미롭다는 표정으로 작가를 바라본다.

작가　여보세요. 아, 응. 뭐 그냥, 아니 잊은 게 아니라, 잔금을 받아야, (말이 끊긴다) 한 열흘이면 돼. 일주일 안으로는, 아니 전에부터 생각한 소재가 있어서, 공연으로 연결될 수 있는 중요한 기회라서, (말이 끊긴다) 아니, 작품 때문에 일을 안 하는 것이 아니라, 이것만 끝나면, 곧 손질해서 넘기, (말이 끊긴다) 알았어, 등록 며칠만 좀 연기하면, 알았어, 알았다고. 최대한 빨리 끝내고, 그것 조금만 손질해서 넘기면, 열흘 안으로 송금할 수, (말이 끊긴다) 아니, 막연한 예상이 아니라, 해야지.

나도 그놈의 자서전 지긋지긋하다고, 물론, 잘 해서 넘겨야
지. 잔금 받는 건 걱정할 것 없어. 참, 송희, 준희는? 잔다
고? 건강하고? 참, 통화료… 그래, 그럼 끊어야지. (끊는다)

박선생 부인과 아이가 어디 멀리 가 있는 모양이군?

작가 말레이시아에 갔습니다.

박선생 말레이시아?

작가 거기가 싸다네요.

박선생 싸다고? 뭐가?

작가 영어 말입니다. 거기 학교들 다 영어로 수업한답니다. 거기
서 영어 배워 캐나다나 미국으로 갈 계획이지요. 물론 제 아
내의 치밀한 계획입니다. (불쑥) 사실 아내라 부르면 안 되는
데 아내라 부르네요.

박선생 아내라 부르면 안 되는데 아내라 불러? 뭐, 호형 호부를 못한
홍길동도 아니고, 아내를 왜 아내로 못 부른다는 거지?

작가 이혼했거든요. 법적으로 남이죠. 아이들은 몰라요. 아이들
데리고 갔다가 중간에 나와서 수속했으니까요.

박선생 남의 가정 일이지만 안 물어보기도 그렇네. 왜? 뭐, 대답하
기 뭐하면 그만 두고.

작가 대답하기 뭐 할 것도 없지요. 한 10년 넘게 살아보니 나란
인간이 참을 수가 없는 모양입니다. 아내를 이해합니다. 나
도 나란 인간이 싫거든요. 죽고 싶다는 소리는 입에 달고,
그냥 하루하루 개기며 사는 한심한 인간이니까요. 머리는
죽고 싶고 몸은 열심히 먹고 싸고, 뭐 내가 생각해도 별 비
전이 없어요. 이런 작자가 남편이라니 그 여자도 오직 답답
하겠어요. 그 여자 심정 이해합니다. 이 한심한 물건 훌훌
떨어내고, 저 넓은 세상으로, 글로벌로 뛰고 싶은 그 여자
심정 이해한다 이 말입니다.

박선생 법적으로 남이 됐다면서 왜 그렇게 든 독촉이 자심해?

작가 아이들 양육비, 교육비 내가 대기로 했습니다. 자기는 몸 바쳐 아이들 뒷바라지하니까 돈은 내가 대야 한다는 것이 아내의 주장입니다. 그렇게 합의했습니다.

박선생 그런가. 약속을 했으면 지켜야지. 그 자서전인가 뭔가 하는 물건 그냥 넘겨버리라니까. 돈이 급한 모양인데 빨리 그거 넘기고 돈 받아 송금해야지.

작가 이 작품 마감 맞추고 그거 조금만 손 보면 됩니다. 며칠 안 남았어요!

박선생 그럼 이 작품 주고 돈 받아 보내면 되겠구만.

작가 (어이가 없다) 심사 끝나려면 한 달도 더 걸려요. 뽑힌다 해도 돈은 언제 나올지 몰라요. 작품료라 해 봤자 별 도움이 안 돼요.

박선생 돈이 별로 안 돼?

작가 쥐꼬리라 할 수는 없겠지만, 돼지꼬리 정둡니다. 생활에 별 도움이 안 됩니다. 혼자 입에 풀칠하기에도 턱없이 부족해요.

박선생 그럼 생활은 자서전으로 하나?

작가 그런 셈이죠. 한 건 걸리면 한 2년은 버팁니다.

박선생 (조롱투가 된다) 자주 걸려야겠네. 1년에 한 건씩 걸리면, 1년마다 1년 치를 저축할 수 있는 것 아닌가. 열심히 자서전, 아니 타서전을 써야겠어.

작가 (쌓인 울화가 폭발한다) 아니, 지금 사람 놀리십니까? 누구는 밸도 없고 자존심도 없는 줄 아십니까? 저, 이래 보여도 신춘문예 당선하고, 문학상 공모에 장막 희곡으로 당선하고, 대학로에서 대극장 소극장 공연 다 해본 사람입니다. 먹고사느라 할 수 없이, 자서전인가 공갈뽕인가 거지같은 글을 쓰지만, 저 명색이 공인 받은 대한민국 작가란 말입니다. (책장의 싸구려 양주병을 꺼내 한 잔 가득 따라 벌컥벌컥 마신다) 사람 우습게 보지 마시라 이 말입니다!

박선생 우습게 보지 않았어. 사람이 우습겠어? 세상이 우습겠지.

작가 세상 우스우면 사람도 우습게 되는 겁니다.

박선생 그런가….

작가 (박선생을 쏘아본다) 천하의 박열도 전향이란 것을 하지 않았습니까?

박선생 전향이라….

작가 1935년 지바 형무소. 아닙니까? 천황제를 긍정하면서, '나 자신도 천황폐하의 적자이자 권속이니 만큼 그 신분에 맞는 책임을 분담하는 영광을 주셨으면 한다고 대단히 유쾌하게 말하며' 1935년 8월 9일자 도쿄 니치니치 신문 보도입니다.

박선생 그 따위 신문 기사를 그대로 믿나? 기자란 친구들은 예나 지금이나 지가 쓰고 싶은 대로 쓰고야 마는 족속들 아닌가 말일세. 더구나 1934년 만주사변 이후, 일본 제국의 영역에서 언론의 자유 따위는 한 조각도 남아 있지 않았어. 대정 데모크라시의 영향 아래 있던 20년대와는 천지 차이였지.

작가 잘 압니다. 당연히 그대로 믿지도 않고요. '유쾌하게 말하며' 따위의 수사는 유치한 소설 문구라는 것 알지요. 하지만, 선생님이 전향을 했다는 것은 사실 아닌가요? 해방이 된 후 남한 정부의 후원을 받은 재일거류민단의 단장을 지냈고, 한국전쟁 때 납북돼서는 또 북한 정권의 지원을 받은 재북평화통일촉진위원회 회장을 한 것이 사실이듯이 말입니다. 74년 사망 후 북의 애국열사릉에 안장되었고, 남에서는 89년 대한민국 건국훈장 국민장이 추서되었지요. 선생님이야말로 어쩌면 일신의 화려한 영달로 선구적인 남북통

합을 달성하셨다고 할까요.

박선생 됐네. 그렇게 비틀고 찔러대지 않아도, 나 작가 선생의 말 충분히 알아들어.

작가 그래서 선생님을 이해하기 어려운 겁니다. 청년 박열! 천지만물을 절멸시키겠다고 선언한 도저한 허무주의자, 폭력과 고통 없는 세상, 자유로 숨 쉬는 세상을 꿈꾸던 아나키스트가 아니었습니까? 그런데 박선생님은 분단 남북에서 인정받는 인물, 애국열사와 건국훈장을 받은 국가주의자가 된 점이 말입니다. 그 두 박열을 잇는 것이 전향 아닙니까? 전향을 기점으로 그렇게 변하게 된 것이 아니냔 말입니다?

박선생 변했다…. 나는 하나라 생각하지만, 그렇게 본다면 그렇게 볼 수도 있겠지. 하지만, 전향이 문제는 아니었네. 그건 사건이랄 것도 없는 에피소드야.

작가 그렇다면?

박선생 단식! 단식이었다고 했잖나. 남의 말을 새겨들어야지. 작가란 족속도 제 생각으로 제 말만 하나?

작가 뭐 그렇지요. 그래서 작가 되니까요. 아, 기억합니다. 그 단식 말이군요. 1926년 지바 형무소의 4월과 5월, 그리고 7월 도합 세 차례 시도하셨지요. 그 단식 기간에 어떤 심경의 변화가 있었다는 거군요? 마지각 단식은 가네코 후미코의 자살 소식을 들은 다음이었지요. 그런데 기간은 3일로 가장 짧았더군요. 충격이 아주 컸을 텐데 말입니다.

박열 그래, 후미코의 죽음을 들었지. 그 이후 단식으로 들어가서 3일 만에 끝냈고. 그 전에 작가 선생이 오해하고 있는 부분을 수정하고 싶구만.

작가 오해요?

박선생 그래. 난 남북 모두에서 최선을 다했어. 분단된 조국을 하나로 잇기 위해서 말이야.

작가　　그런 평가는 제 몫이 아닙니다. 역사가들이 할 일이지요.

박선생　지금 작가 선생이 평가를 하지 않았나. 내가 출세에 눈 먼 국가주의자쯤으로 말이야.

작가　　그렇게 들렸다면 제 견해를 취소하지요. 아무튼 선생님은 남북 모두에서 인정을 받고 수명으로도 장수를 누렸다는 것, 이건 팩트 아닌가요.

박선생　그래, 난 그렇게 살 것을 선택했으니까. 분단된 조국에서 그런 삶을 살기로 선택했단 말이지. 마지막 단식 중에 죽음을 거부하면서 그런 삶을 선택한 거야.

작가　　단식 기간 중에 무슨 변화가 있었습니까? 왜 후미코는 자살을 했는데 박열은 살아남았지요? 당연히 박열이 죽음으로 뛰어들어야 하는 것 아닌가요? 청년 박열이 죽고 후미코가 살아남아야 앞뒤가 맞는 것 아닙니까? 그렇다면 선생님은 없게 되겠군요. 아무튼, 죄송합니다만 맥락이 그렇단 말이지요.

박선생　작가 선생은 내가 자살하지 않았다고 비판하는 건가?

작가　　아니, 그게 아니라, 너무 답답해서…. 무언가 있는데 그것이 뭡니까? 무엇이 죽음을 열망하던 청년 박열을 살게 만들었느냐 이 말입니다? 그렇게 삶을 사랑하던 후미코를 자살하게 하고요?

박선생　글쎄… 그걸 말하는 것은 내 몫이 아닌 것 같은데. 저 인물들과 함께 풀어야 할 작가 선생의 일이 아닌가. (말을 돌린다) 보아하니 작가 선생이 풀어낼 듯 싶기도 하고.

작가　　제가요?

박선생　조선에서 3.1운동으로 감옥을 갔다 나와서 일본으로 건너갔지. 노예가 되어서 비굴하게 살아가는 동족을 보는 것은 정

말 고통이었어. 일본에 가서 싸워보고 싶었어. 정말 춥고 배
고팠네. 하지만 그보다 더 고통스러운 것은, 내 마음속의 증
오심이었지. 이 세상이 저주스러워서 항상 죽고 싶었어. 그
냥 죽기는 너무 억울해서 죽이고 죽고 싶었어. 죽음을 껴안
고 살았지. 죽음 속에서 숨을 쉬고 있었다고 할까. 그러니까
철 든 이후로는 제대로 살아본 적이 없었던 것 같아. 형무소
에서 단식을 할 때까지 말이야. 죽음 속에서 살아 있다는 것
이 어떤 것인가 하면… (작가를 물끄러미 바라보며) 작가 선생도
어느 정도는 알 것 아닌가?

작가　　제가요?

박선생　그래. 나와 같지는 않겠지만 가까이에 있기는 있어. 보아하
니, 작가 선생도 죽을 힘으로 살아가고 있으니 말이야. 그러
니 작가 선생이 내 삶과 후미코의 죽음을 풀어낼 수 있을 거
라는 거지.

작가　　저는 죽지도 못 하고 살지도 못 하는 놈입니다. 죽도 밥도
아니라고요.

박선생　그러니 이 냄새 저 냄새 맡을 수 있지. 꽃은 경계에서 핀다
고 하잖나. 작가 선생의 작품이 그 꽃이 될 수 있지 않겠나.

작가　　(넋두리처럼) 잘 모르겠습니다. 꽃인지, 뭔지, 도대체 뭐가 될
것인지….

무대 서서히 어두워진다.

4

무대 밝아진다.

작가 컴퓨터 앞에 앉아 작업하고 있다.

박선생 뒤쪽으로 떨어져 앉아 있다.

무대 중앙에는 두 개의 탁자가 놓여 있다.

검사, 무대 중앙 뒤쪽에서 등장하여 두 개의 탁자 사이에 객석을 보고 선다.

박열과 가네코 후미코, 뒤를 이어 등장.

각각 왼쪽 탁자와 오른쪽 탁자의 의자에 앉는다.

취조를 별개로 받는 설정이다.

검사   (박열을 보며) 피고인 박열. 나이 22세. 평민. 직업은 잡지 발행인. 주소 도쿄 도요타구 요요하타쵸 요요키도미야 147번지. 본적 조선 경상북도 문경읍 마성면 오천리 98번지. 맞나?

박열   그렇소.

검사   (후미코를 보며) 피고인 가네코 후미코. 나이 21세 평민. 직업 무직. 주소 도쿄 도요타구 요요하타쵸 요요키도미야 147번지. 본적 미상 맞지?

후미코   그래요.

검사   (박열을 향해) 피고는 형법 제73조 및 폭발물단속벌칙 제3조 위반으로 기소되었다. (박열 앞으로 가서 의자에 앉는다) 형법 제73조가 무슨 법인지 아는가?

박열   당신들이 제 마음대로 만든 법이오. 알 바 없소.

검사   대역죄를 규정한 법이지. 천황 폐하와 황태자 전하, 그리고

황실 가족을 위해하거나 위해할 목적으로 모의를 한 죄. 형
량은 사형밖에 없어.

박열 나완 상관없는 일이오.

검사 그렇게 부인한다고 해서 해결될 일기 아니지. 최영환, 니야
마 하쓰오, 김중한 모두 폭탄 입수와 사용 건에 대해 자백을
했어. 이전에도 피고인이 3차에 걸쳐 폭탄 입수를 기도했다
는 사실도 조사로 확인됐고. 부인하는 것만으론 빠져나갈
수가 없게 됐어.

박열 겁에 질린 자들이 떠벌린 거요. 그렇소. 폭탄을 구했으면 하
고 바랬소. 정신이 제대로 박힌 조선 젊은이라면 당연히 할
수 있는 생각 아니오? 그러나, 그 폭탄으로 어떻게 하겠다
는 구체적인 계획은 세운 바 없소.

검사 그럴까. 좋아, 천천히 알아보지. 시간은 충분하니까. (후미코
에게 향한다) 피고는 알고 있었나?

후미코 ?

검사 폭탄 입수계획?

후미코 매력 있는 계획이라고 생각했어요.

검사 어디에 사용할 것인지도 상의했겠군?

후미코 (고개를 흔든다)

검사 가네코. 무슨 죄목으로 기소됐는지 잘 알지? 황태자 전하의
혼례식에 투척할 목적으로 불법 조직인 불령사가 폭탄을 입
수하려 했다….

후미코 불령사는 아무 상관이 없어요. 그냥 사상 토론을 하는 정도
의 모임일 뿐이에요. 비밀 결사 따위가 아니라고요.

검사 박열도 그렇게 이야기하더군. 그런데 말이야, 불령사 회원
들이 빠지면 이 혐의는 전부 박열과 가네코에게 떨어져. 무
슨 말인지 알겠어?

후미코 사실 불령사 회원들은 상관이 없으니까요. 그들이 폭탄에
        대해 아는 것은 그냥 들은 것뿐이에요.

검사   김중한은 다르지?

후미코 난 아무 말도 할 수 없어요. 박열 씨와 만나게 해 줘요. 그렇
        지 않으면 더 이상의 진술은 거부하겠어요.

검사   (박열의 앞에 와서 앉는다) 우습지 않나?

박열   ?

검사   그렇지 않은가 말이야. 불령사! 아나키스트 단체? 혁명가들
        의 집단? 설익은 장광설로 혈기를 뿜내는 청춘 남녀가 세상
        을 뒤엎는다? 대 일본 제국이 당신들 풋내기들에게 이렇게
        신경 쓸 일이 있겠어? 기껏해야 피라미 형사들의 먹이 정도
        겠지. 그런데 경시청 경부에다 검사가 들러붙고, 조선 경성
        에서 중국 상하이에서 혐의자들을 잡아들였지. 어마어마한
        죄목으로 기소가 됐고. 무엇 때문이겠어?

박열   미쳤기 때문이겠지요.

검사   미쳤다…? 그렇진 않아. 제국을 유지하는 조직이 그렇게 어
        리석거나 맹목적이지는 않아. 당신들이 필요하기 때문이지.
        아마 죽음이.

박열   필요하다고? 죽음이?

검사   지난 대진재로 수십만이 죽었어. 인심은 흉흉했고, 그 여파
        로 수천의 조선인이 살해되었지. 어느 정도 진정되고 사태
        의 진상이 드러나기 시작했어. 국제 여론뿐 아니라 양식 있
        는 일본인들도 일본 국민이 저지른 사태에 경악했지. 자, 이
        제 어떻게 해야 하겠어. 무언가 또 필요하지 않겠나? 다른
        죽음이 말이야.

박열   다른 죽음이 필요하다고?

검사   그래. 그것이 바로 당신들이야. 불령사.

박열　불령사를….

검사　조선인이 주도하는 불순 단체에다, 폭탄 테러 계획까지. 이보다 더 적절한 먹잇감이 어디 있겠어.

박열　불령사는 아무 관련이 없소.

검사　그럴지도 모르지. 불령사 회원 전부에 대해 공소를 유지하는 것은 어려운 일일지도 돌라. 하지만, 이미 폭탄 입수 계획이 터져 나왔어. 테러 대상도 어다어마하지. 이대로 끝날 것 같아? 박열 씨가 버티는 한, 불령사 회원들까지 모두 얽혀들어 갈 수밖에 없어. 상황이 그렇지 않은가?

박열　사실이오. 불령사 회원들은 이 계획에 대해 아는 것이 없소.

검사　김중한도?

박열　부탁을 받은 정도요. 그것도 내 스스로 철회했지만.

검사　가네코는?

사이.

박열　후미코를 만나게 해 주시오.

검사　(고개를 끄덕인다) 그렇잖아도 그럴 작정이었지. 가네코도 같은 이야기를 하더군.

검사 퇴장하고, 박열과 후미코 만난다.

작가의 뒤쪽에 앉아 있던 박선생 일어선다.

박열　괜찮아?

후미코　체중이 분 것 같아. 오랜만에, 아니 어쩌면 처음인 것 같네. 밥도 제때 먹고 잠도 제때 자니까.

박열　(웃는다) 그렇군. 나도 요즘처럼 밥 제떠 먹고 잠 제때 잔 적이 없었지.

후미코 왜 말 안 했지, 김중한과의 계획?

박열 폭탄이 입수되면, 아니 입수되기 전이라도 확실하면 이야기할 생각이었어. 이렇게 지진이 터질 줄은….

후미코 황태자 혼례식 때 쓰려고 했다면서?

박열 그것도 내 입에서 나온 것은 아니야. 김중한이 사용처를 물으면서, 제 입으로 이것저것 주워섬길 때 나온 것이지.

후미코 그럼 당신은?

박열 물론 나도 폭탄만 제때 입수된다면 그럴 수 있었겠지. 하지만 검사의 공소장에 쓰여진 것들은 내 머릿속에는 있었을지 몰라도 내 입에서 나온 것은 아니야.

후미코 김중한의 입에서 나온 것이 최영환과 니야마의 머릿속에서 부풀려졌겠군. 그들이 김중한과 어울렸으니까.

박열 그랬을 거야. 제 몸 빼내기 위해, 알고 있는 것을 최대한 나불댈 수밖에 없었겠지. 검사가 협박하고, 유도하기도 했을 거고.

후미코 난 끝까지 부인했어. 사실 모르는 일이기도 하고.

박열 그래. 후미코는 모르는 일이야. 나 혼자 폭탄을 입수하고 나 혼자 황태자 혼례식에 던지려고 한 거야. 김중한은 내 부탁을 받았다가 그만 둔 거고. 이렇게 정리를 하면 돼.

후미코 그건 안돼! 형법 73조, 대역 사건이야. 사형밖에 없어.

박열 알아.

후미코 박열 씨도 모르는 일이야. 끝까지 인정하면 안돼. 박열 씨가 한 일은 폭탄을 손에 넣고자 한 거야. 그걸 어디다 쓸 것인가는 막연했어. 사실이잖아. 경찰서, 대사관, 의회, 고관들의 집, 메이데이 때 공원, 아무 곳이든 기회가 되면 쓰려고 했던 거지. 황태자 혼례식도 계획 중 하나였을 뿐이야. 그걸 목표로 한 것과는 달라. 하지만, 저들은 그 그물로 덮치려 하고 있어. 집요한 검사, 바보 같은 최영환 니야마 김중한의 합작품이라고. 잘 알잖아. 말려들면 안돼!

박열 말려드는 것이 아니야.

후미코 저들이 원하는 구도야.

박열 이제 나도 원해.

후미코 무슨 소리야?

박열 그냥 빠져나갈 길은 없어. 후미코도 알잖아. 검사 말대로 이들은 우리 목숨을 이용하기로 작정했어. 수많은 일본인들의 생명과 재산이 지진의 먹이가 되었어. 그러자 흉흉한 민심을 달랠 먹이로 수천 명의 조선인을 선택했어. 이제 그런 잔악한 행위를 비난하는 국제 여론을 달랠 먹이로 또 우리가 선택된 거야. 절대 우릴 그냥 내보낼 리가 없어. 폭탄 건이 없더라도 불령사 하나만 갖고도 거창한 테러조직 사건으로 부풀릴 거야. 그런데 폭탄 입수 계획이 우리 회원들 입에서 흘러나왔어. 그냥 빠져나갈 수 있겠어? 절대 불가능해!

후미코 (고개를 끄덕인다) 빠져나갈 수 없겠지. (강하게 고개를 흔든다) 하지만, 대역사건은 안돼. 거기에 얽히면 끝장이야. 죽음이라고!

박열 (결연하게) 난 그 죽음을 선택하는 거야.

후미코 천황과 황태자만 부인하면 큰 사건이 안돼. 사실 폭탄을 구한 것도 아니잖아. 막연한 계획뿐이지. 다른 것은 시인하고 천황과 황태자 폭살 계획만 부인해. 그걸 시인하면 절대 안돼!

박열 그렇지. 천황과 황태자 폭살 계획이라는 그물만 벗어나면 살기는 하겠지. 그래도 최소한 15년 이상의 징역형에 처해지겠지. 20년이나 30년이 될 수도 있고. 불령사라는 비밀 결사를 조직하고, 국외에서 폭탄을 입수하여 기관을 파괴하고 요인을 살해하려 기도한 죄로 말이지. 더구나 나는 불령선인이야. 가중 처벌이지. 영원히 감옥에 처박혀 시들면서 죽어 갈 수도 있어.

후미코　일단 죽음의 올가미는 벗어나야 해. 살 길을 찾아. 살아서 싸워야 해. 싸워서 나가고 나가서 싸우는 거야.

박열　난 두려워.

후미코　싸우는 것이?

박열　아니, 사는 것이.

후미코　사는 것이…?

박열　20년, 30년, 아니면 무기징역. 그 긴 세월 갇혀 있는 동안에 지금의 투지와 의지가 지속될 수 있을까? 그렇다 쳐. 그리고 운이 좋아 풀려난다 쳐. 감옥에서 나가는 순간, 요시찰 대상 갑호로 지정되어 일거수일투족이 형사의 감시에 잡히겠지. 밥 먹고 똥 싸고 잠자는 것 빼고는 자유롭게 할 수 있는 일은 없을 거야. 그냥 생존하는 차원으로 묶어두는 거지. 그런 삶이 지속되고, 그렇게 그 생활에 길들여지고, 하루하루 일 년 일 년, 먹고 싸고 이빨이 빠지고 머리털이 희어지겠지. 바로 그거야. 내가 두려운 건. 난 그렇게 살고 싶지 않아! 그렇게 길게 살면서 스스로 무너져 내리고 싶지 않단 말이야. 살아 있는 상태에서 서서히 죽고 싶지 않단 말이야! 여기 이 자리에서 싸우고 죽겠어! (목소리를 바꾸어, 선언하듯이) 나 박열은 올해 가을로 예정된 황태자 혼례식장에 폭탄을 투척하여 천황 일가를 폭살하려 하였다. 예기치 않은 대진재로 계획이 틀어져서 억울, 통탄스럽다. 이 모든 계획은 나 박열 단독으로 계획하고 실행하려던 것이다. 김중한은 단순한 하수인일 뿐이고 나머지 불령사 회원들은 일체 관여하지 않았다. 검사가 좋아하겠군.

작가의 뒤쪽에서 서성대던 박선생, 손을 휘저으면 이의를 제기한다.
무대 중앙의 박열과 후미코 엉거주춤하게 멈춘다.

박선생 아니지, 이건 아니지.

작가 (머리를 돌리며) 뭐가 말입니까?

박선생 박열 말이야.

작가 (짜증스럽다) 좀 기다려 보세요. 일단 내 생각을 쓸 테니 좀 더 보고 이야기하시란 말입니다. 이것저것 따질 시간 없어요!

박선생 (버럭) 저런 인물이 아니라니까!

작가 도대체 뭐가 불만입니까?

박선생 대역 사건을 시인한다는 것은, 말 그대로 죽음을 자청하는 거나 마찬가지야. 좋아, 죽음을 선택했다고 해. 그런데, 그 선택의 이유가 뭔가? 사적인 도피에 지나지 않은 것 아닌가?

작가 그런 시각으로 볼 수만은 없죠.

박선생 사는 것이 두렵다, 결국 스스로가 두려워서 죽음을 선택한다는 거나 뭐가 다른가. 지극히 개인적인 이유로 죽음을 선택하는 자가 혁명을 꿈꾸었다? 공평한 대접이 아닌 것 같은데.

작가 물론 나도 꼭 그런 이유 때문만은 아니라고 봅니다. 일본 사법 기관이 만든 대역 사건의 구도를 박열이 받아들인 핵심적인 이유가 뭔가? 그것을 고딘하고 그민했지요. 그걸 인정하면 죽을 것이 거의 뻔한데 두슨 생각으로 그랬을까? 고민하다 이런 식으로 박열의 심리를 추정한 겁니다. 개연성이 없다고 할 수 없어요.

박선생   그래? 그럼 말일세. 그렇게 죽음으로 도피하려 한 자가 어
           떻게 살아남았지? 살자고 했던 후미코는 스스로 목숨을 끊
           었어. 그런데도 박열은 살아남았어. 저 지독한 일본 제국의
           감옥에서 22년을 넘게 살아냈어. 정확히 22년 2개월 하루.
           8,091일, 194,184시간! 그 긴 시간을 무슨 힘으로? 사는 것
           이 두려워서 죽음을 받아들이려던 자가? 그런 자가 무슨 힘
           으로 그 긴 어둠의 시간을 살아냈단 말이지?

작가   (긴 한숨) 솔직히, 저도 그것이… 명확하게 잡히지 않아요.

박선생   박열이 죽으려 했어도 저런 이유로 죽으려 한 것은 아니었
           던 거지.

작가   물론 그것만 생각한 것은 아니에요.

박선생   그 다른 이유는?

작가   그러니까 좀 더 기다려 보시라 했잖아요. (버럭) 시간이 없다
           니까요, 시간이!

박선생   (기분이 상했다) 그러시겠지. 이걸 빨리 끝내야, 그 자서전인가
           타서전인가 똥 같은 것을 넘겨서 잔금 받을 테니까.

작가   그래요. 저도 좀 삽시다. 처자식이 제비새끼처럼 목을 빼고
           기다리고 있다고요. 똥거름더미 속에 뒹구는 벌레라도 부지
           런히 물어내야 한다 이 말입니다.

박선생   그러시라고. 그 다른 생각을 보자고.

작가, 컴퓨터로 돌아앉아 자판을 두들긴다.
박열과 가네코 후미코, 행동을 잇는다.

후미코   이해는 해. 하지만 살아보지도 않은 삶이 두려워서 죽음을
           선택할 수는 없어.

박열   물론 그것이 전부는 아니야. 그렇게 허물어지는 것이 두렵

기는 하지만.

후미코   그럼?

박열   내 죽음을 투쟁으로 만들 거야. 후미코도 잘 알 거야. 내가 국가나 정부 같은 것은 물론이고, 이 세상에, 인간들에게, 희망을 걸고 있지 않다는 것.

후미코   알아.

박열   이 지상은 폭력과 고통으로 가득 차 있어. 내가 일본에 와서부터 폭탄을 구하려고 한 것은 그 때문이야. 내 심장이 터지기 전에 폭탄으로 이 어둠을 갈기갈기 찢고 싶었어. 대상이 막연했던 것은 사실이야. 그런데 체포되고 나서 분명해졌어. 폭탄으로 세상의 폭력과 고통을 모두 끝장낼 수 없다면 대상이 정해져야 하겠지. 그래! 천황만큼 알맞은 대상이 어디 있겠어. 국가란 범죄 기구가 아닌가. 강한 자들이 법을 만들어 약한 자들을 합법적으로 착취하고 감옥에 가둘 수 있는 체계가 국가 아니냔 말이지. 국가 권력의 폭력에 짓이겨지는 인간이, 더구나 제국주의 국가에 이중의 고통을 당하는 식민지 백성이 폭탄을 던진다… 자, 천황이 최고지 않겠어? 천황 일족만큼 알맞은 대상이 어디 있겠냐고! 고등계 경부나 검사가 그 점을 잘 알게 해 주었어. 사실 내 내심에서도 오래 전에 태동했던 생각이고. 권력의 폭력을 깨부수려는 인간 박열, 식민지 백성 박열이 폭탄을 던진다면 바로 천황이 되어야 해.

후미코   이해해. 이해한다고. 하지만, 폭탄을 던진 것은 아니잖아. 폭탄을 구경한 것도 아니고. 던지려는 마음을 먹은 것만으로 죽는단 말이야? 폭탄을 던지려고 마음먹었으면, 이 세상의 폭력과 어둠을 깨부수려고 했으면 싸우고 부숴야지. 이게 뭐야? 시작도 하기 전에 포기하고 말겠다고? 조선인 학살을 호도하는 저들의 방패로 이용되고 말겠다고?

박열　저들이 이용하겠다고 작정했으면 이용당할 수밖에 없어. 이미 우리는 대역 사건의 용의자들로 충분히 이용되고 있어. 재판이야 질질 끌겠지. 나중에 흐지부지 돼도 저들의 이용 목적은 달성된 뒤가 될 거야. 차라리 내가 저들을 이용하겠어. 조선의 혁명가가 일본 제국의 심장에 폭탄을 투척하려 한 사건으로 기꺼이 만들겠어. 조선의 젊은이가 일본 천황을 죽이려 한 역사적 사건으로 만들겠어!

후미코　인정하면 죽어! 이 사건은 대역 사건이 아니야. 그럴 수는 없어.

박열　미안해, 후미코. 내가 결정한 거야. 내 운명을.

후미코　그럼 나는 뭐지?

박열　후미코는 이 사건과 아무 관련이 없어. 사실이 그렇고. 후미코는 내가 폭탄을 입수하려 한다는 막연한 의도만 아는 정도였지. 그거야말로 아무런 죄목도 될 수 없어.

후미코　내가 묻는 것이 그런 사실이 아니라는 걸 잘 알 텐데.

박열　우린 동지고. 형식을 갖춘 것은 아니지만, 부부야. 아니, 형식 따위가 무슨 의미가 있어. 성인 남녀가 스스로 결정했으면 부부지. 그 약속 변함이 없어.

후미코　그런데?

박열　동지고 부부라고 모든 길을 같이 갈 수는 없어. 그럴 수 없는 길이 있다는 거지.

후미코　이유는?

박열　시작부터 나 혼자 한 거니까.

후미코　(조용히) 당신이 그 길을 선택하면 나도 그 길로 가게 될 거야.

박열　후미코의 뜻은 다르고 길이 달라. 살아서 당신의 길을 가.

후미코　저들이 믿어 줄까?

박열   믿게 해야지. 나만의 계획으로 만들어야지.

후미코 나는 한사코 부인하고.

박열   그래. 절대 포기해서는 안돼.

후미코 같이 살았지만 남이나 마찬가지였다, 나랑은 아무 상의도
      없었다, 그렇게?

박열   하여튼 이 폭탄 계획은 후미코는 모르는 거야.

후미코 그럼 나는 뭐가 되는 거지? 같이 살았지만 중요한 것은 상
      의조차 하지 않는 대상, 그냥 정욕을 푸는 여자였을 뿐이라
      는 뜻인가?

박열   후미코, 그게 아니라는 걸 잘 알 텐데.

후미코 내가 이 그물을 벗어나기 위해서 얼마나 당신을 부인해야
      할지… 상상이 가는군. 난 모릅니다, 박열과 같이 살았어요.
      하지만 그건 몰라요. 중요한 이야기는 나눈 적이 없어요. 정
      말 몰랐다고요! 이렇게 수없이 부인하고 도망쳐서 살아남으
      라는 건가. 마음을 나누고 살을 섞던 사람은 죽음 속에 남겨
      놓고 말이야.

박열   내 선택에 당신까지 끌려 들어올 이유는 없어.

후미코 난 살고 싶어. 하지만, 당신이 죽음을 선택한다면, 나도 살
      기 힘들 거야. 살기 위해 발버둥치고, 당신을 부정하고 또
      부정하고, 그래서 혼과 마음은 갈기갈기 찢어지고, 그래서
      설혹 저들의 올가미를 벗어난다고 해도, 그렇게 해서 사는
      것은 내가 원하는 삶이 아니야. 그건 아니야!

박열   나를 버려. 나 때문에 후미코까지 저들의 그물에 얽혀 들어
      서는 안 돼!

후미코 당신 때문이 아니야, 나 때문이지. 모르겠어? 당신을 동지
      로, 남편으로 선택한 인간 후미코의 선택 때문이라고!

박열   후미코!

후미코　박열 씨의 선택을 내가 존중하듯이, 내가 어떤 선택을 하던 그것을 존중해 줘. 자유로운 인간 후미코의 자유로운 선택으로 말이지. 약속해.

박열　약속하지.

　　　두 사람 다가서서 조용히 껴안는다.

　　　사이.

　　　박열과 후미코 무대 양쪽으로 나뉘어 선다.

　　　검사 들어가서 두 사람 앞에 역삼각형의 꼭짓점을 이뤄서 선다.

박열　나 박열은 조선의 혁명가로 조선을 강탈한 강도 일본 제국의 대표 천황과 그 일족을 폭살하고자 폭탄을 입수할 계획을 세웠다. 계획이 성취되기도 전에 대진재가 터져 미수로 끝난 것이 통탄스러울 뿐이다.

후미코　나 후미코는 국가 권력을 부정하고 식민 지배를 범죄로 규정하는 아나키스트로서 박열의 사상에 동조하여 천황과 그 일족을 폭살하고자 박열과 공모하여 폭탄을 입수하고자 하였다. 계획이 성취되기도 전에 대진재가 터져 미수로 끝난 것이 통탄스러울 뿐이다.

　　　박선생 짝, 짝, 짝 손뼉을 친다.

　　　박열과 후미코 퇴장한다.

박선생　멋있구만, 멋있어!

작가　(모욕을 받은 얼굴이다) 저들이 우습습니까?

박선생　아니야, 그럴 리가 있나. 좀 어색하기는 하지만. 그런데 말일세.

작가   (떨떠름하다)

박선생   여전히 해결이 된 것은 아니지 않나?

작가   해결이요?

박선생   저렇게 비장하게 죽자고 한 박열 아닌가. 가네코는 죽었고.
          그런데, 왜 박열은 살아남았을까?

작가   그것이….

박선생   저걸로는 충분히 설명이 되진 않은 것 같은데….

작가   (고개를 끄덕인다) 그래요, 인정합니다. 인정한다고요. 저렇게
          죽으려 한 박열이 왜 살아남았는지 불투명한 거 말입니다.
          후미코의 자살도 그렇고요.

박선생   죽음이 두려워서? 살고 싶어서? 죽고 싶어서?

작가   아니에요, 그건 아니란 말입니다! 당당하게 죽음으로 걸어
          간 인물입니다. 죽음이 두려워서 살아남았다는 것은 납득이
          안 돼요. 후미코도 그래요. 그렇게 삶을 사랑했던 사람이 자
          살을 한 것은, 아무래도, 납득이 잘 안 돼요. 무기로 감형을
          받았으면 살아야지요. 박열이 살아남은 것도 명쾌하지 않고
          요. 일제의 수형 생활은 죽음보다 더 고통스러웠어요. 이미
          죽음을 결심한 인물이, 동지이자 아내인 사람까지 죽어버린
          마당에 뭐가 그리 살고 싶겠어요. 저것도 아니고, 이것도 아
          니에요!

박선생   (회상하듯이) 그랬지, 그랬어….

작가   뭔가 다른 이유가 있었어요! 박열이 살아남아서 박선생이
          된 것은 뭔가 다른 이유가 있었기 때문이라고요. 후미코가
          자살을 선택한 것도 뭔가 다른 이유가 있었고요.

박선생   그렇겠지.

작가   (골똘히 생각한다) 청년 박열이 박선생이 된다… 그 변화가 바
          로, 선생님이 말하는 단식 기간에 일어난 거겠죠? 그렇겠군

요. 단식 기간에 뭔가 변화가 일어난 거예요!

박선생 (묵묵히 객석을 보고 있다)

작가 (애가 탄다) 그게 뭐지요? 무엇 때문에 살아남았지요?

박선생 (조용히) 그건 작가 선생 몫이 아닌가?

작가 이틀 밖에 남지 않았다고요! 이틀 안에 그 장면 끝내야 해
요!

박선생 이 이야기 정도는 해 줄 수 있겠구만. 답은 작가 선생 스스
로가 이미 갖고 있다고 말이야.

작가 아, 이틀. (머리를 쥐어뜯는다) 시간이 없어요, 시간이….

박선생 (여전히 조용하게) 시간 있을 거야.

머리를 쥐어뜯는 작가.

물끄러미 바라보는 박선생.

무대 서서히 어두워진다.

5

작가, 책상에 엎드려 자고 있다.

아내, 작가의 공간 반대쪽에서 등장한다.

아내는 아이 인형을 앞뒤로 힘겹게 매달고 있다.

아내는 작가의 꿈속이거나 상상 속에 등장하는 것이다.

아내가 무대 중앙으로 걸어오고, 작가는 부스스 일어난다.

작가　여보….

아내　(등과 가슴의 아이를 떼어내서 바닥에 놓는다) 휴우- 아무리 빨아도 젖이 나와야 말이지.

작가　우유를 먹여야지.

아내　분유가 상해서 배탈이 났잖아요.

작가　아, 참 그랬지. 그 구멍가게에서 먼지 쓴 것을 내가 사 오는 바람에 그만.

아내　유통기한 표시가 지워진 것을 사 오건 어떻게 해요. 일부러 지운 것이 틀림없다고요.

작가　그래, 내가 어리석었지. (갑자기 의아하다는 생각이 들어) 그건 그렇고, 어떻게 비행기표 구했어? 조금만 참으면 잔금을 받아서….

아내　(갑자기 표정이 변하면서 앙칼진 목소리로) 그놈의 잔금은 도대체 언제 나오는 거야? 애들이랑 내가 다 굶어죽어야 나온단 말이야?

작가　며칠만, 며칠만 있으면 돼. 설마 그 사이, 당신이랑 우리 송희, 준희가 굶어죽기야 하겠어.

아내   (픽, 실소) 당신 지금 농담해. 때가 언젠데 사람이 굶어? 60년
        대도 아니고. 학원을 옮겨야 한단 말이야. 원어민이라는데
        가짠가 봐. 발음이 아주 후져.

작가   발음이야, 그냥 조금만 참으면 안 될까?

아내   (버럭 화를 낸다) 우리만 참고 있으면 어떡해? 다른 아이들은 저
        만치 달려가는데, 무섭게 앞서서 달리는데, 우리 송희 준희는
        후진 선생이랑 후진 발음이나 배우고 있으란 말이야. 아빠란
        사람이 학원비를 송금하지 않아서 말이지? 죽으면 죽었지,
        그건 못해. 어이구, 내가 몸을 팔 수도 없고.

작가   당신 또 그런 말을…. (아내가 째려보자 기가 죽으면서) 사람이 할
        말이 있고, 하지 못할 말이 있는 것 아닌가.

아내   누구는 이런 말을 하고 싶어서 하는 줄 알아. 말이 나왔으니
        말이지, 팔 수만 있으면 팔지. 살 사람이 없어서 못 파는 거
        지. 그리고, 내가 몸을 팔건 영혼을 팔건 당신이 무슨 상관
        이야?

작가   그래, 우리야 이제 상관이 없지. 하지만, 당신은 아이들 엄
        마잖아.

아내   내가 아이들 엄마라서 이러는 거야. 몸이건 영혼이건 팔아
        서 우리 아이들 남 못지 않게 만들고 싶단 말이야! 제대로
        교육을 받아야 뒤처지지 않으니까. 내가 아이들 엄마니까
        이러는 거란 말이야!

작가   (낮은 목소리로) 그래도 팔 것이 있고… 팔아서는 안 될 것
        이….

아내   여봇!

작가   아니, 그냥 내가 혼자 생각해 보는 것이지.

아내   (아이들을 다시 앞뒤로 매단다) 잔금 받으면 즉시 송금해. 그나마
        아빠 대접받으려면 말이야! (무대 뒤쪽으로 걸어간다)

| 작가 | 비행기표는? |

아내   비행기는 무슨… (몇 걸음 더 걷다가 돌아본다. 목소리와 표정이 바뀐다) 저번에 보니까 사진관 집 영희네 엄마, 분유를 아주 쟁여 놓았더라고요. 한 통만 빌려 달라고 해 보죠 뭐. 유통 기한이 안 지난 걸로요.

아내 힘겹게 걸어 나간다.
아내의 뒷모습을 보던 작가 책상에 엎드려 다시 잠에 빠져든다.
사이.
현관 벨소리 요란하게 울린다.
작가 머리를 든다. 잠이 덜 깬 채로 문 앞에 있는 짬뽕 그릇을 들고 현관문을 연다.
홍보실장 등장한다. 키가 크고 산뜻한 양복차림이다.
박선생, 홍보실장의 등장과 거의 동시에 작가의 뒤편 공간에서 등장하여 물끄러미 작가와 홍보실장의 행동을 바라본다.

홍보실장 안녕하시오!
작가 (잠이 확 달아난다) 어떻게? (엉거주춤 짬뽕 그릇을 내려놓는다)
홍보실장 전화를 받아야죠, 전화를. 집 전화고 핸드폰이고 다 꺼놨으니.
작가 아, 그거….
홍보실장 너무 열심히 작업을 하시느라 그러나?

홍보실장, 모니터를 들여다보려고 한다.
작가, 깜짝 놀라서 몸으로 모니터를 가린다.
홍보실장, 작가의 행동에 더 호기심을 느끼고 작가를 밀치려고 한다.
작가, 홍보실장을 막으려고 한다.

홍보실장, 픽 웃고는 한 팔로 작가를 확 밀쳐버린다.

작가, 쓰러질 듯 비칠거리다가 겨우 몸을 가눈다.

홍보실장 (모니터를 들여다보며) 이거 왜 이러시나. 내가 한글도 못 읽을 것 같아 그러시나. (읽다가) 어, 이거 뭐야?

작가 (와서 막으려고 하며) 아무 것도 아닙니다. 전에 쓰던 것을 잠깐….

홍보실장 (작가를 확 밀쳐버리고 모니터 화면을 느릿하게 읽는다) 나 박열은 조선의 혁명가로…, 이게 무슨 소리야? 후미코는 국가 권력을 부정하고… 박열의 사상에 동조하여 천황과 그 일족을 폭살하고자 … 대진재가 터져 미수로 끝난 것이 통탄스러울 뿐이다. 아니 이게 뭐냐고?

작가 (다급한 목소리로) 회장님 자서전, 곧 끝내서 넘겨 드립니다.

홍보실장 (인상을 험악하게 쓴다) 오, 두 탕을 뛰시는구만. 우리 이사장님은 책 기다리느라 목이 빠지시는데, 작가 선생은 새치기로 한 탕을 더 뛰신다 이거지, 엉! (주먹으로 책상을 꽝 친다)

작가 그게 아닙니다, 오해예요! 이건 한 탕을 더 뛰는 것이 아니라, 그런 일거리가 아니라… (더듬거린다) 전에 꼭 쓰려고 생각을 한 작품이, 곧 공모가 있어서, 며칠 정리만 하려고….

홍보실장 무슨 헛소리야. 우리 이사장님 것 제쳐놓고 다른 일 한 것 맞잖아. 그러면 두 탕이고, 새치기지 무슨 말이 그렇게 많아.

작가 아니, 그게….

홍보실장 (검지로 쿡, 쿡, 쿡 작가의 머리를 내리찍으면서 다음 대사를 내뱉는다) 이보슈. 두 탕도 손님 가려서 뛰어야지. 우리 이사장님 성질 아주 까칠한 양반이에요. 무섭게 급한 양반이야. 앵무새가 안 울면 목을 비틀어버릴 양반이라고. 이번 싱가폴 가실 때

당신 사진 떡 박힌 책 가지고 가셔야 돼. 그런데 새치기로 한 탕을 더 뛰어. 이걸 아시면 당신 어디가 부러져도 상당히 곤란하게, 복합적으로 부러져버려. 벌써 3천 받았잖아. 계약금 2천에 자료비 명목으로 1천. 돈은 따복따복 챙겨 드시고 이러면 섭하지. 일 화끈하게 끝내버리고 잔금 2천 받으면 계산 깨끗하잖아. 당신은 돈 받아 좋고, 나는 안 볶여서 좋고. 안 그런가요 작가 선생.

작가   (모욕으로 하얗게 질려서 횡설수설한다) 이건 돈 나오는 것이 아니라, 돈 때문이 아니라, 그러니까 돈이 아니라….

홍보실장 돈도 안 되는 것을 왜 한단 말이요, 이 바쁜 판국에? 우선 돈 되는 것을 해야 할 것 아니요. (둘러보며) 꼴을 보아하니, 기름기가 빠져 꺼칠하구만.

작가   (설명할 수가 없다. 그 막막함이 분노가 되지만, 그 분노를 어찌할 수가 없다. 바닥에 털썩 주저앉는다)

홍보실장 (작가의 꼴을 보고 위로조로 말한다는 것이 또 이렇다) 날짜 약속 안 지켜도 작가 선생이니까 지금 기다려주는 거요. 이거 우리 식으로 처리하면 정말 재미없어요. 부러지지 않으면 잘리지. 작가 선생도 일본 야쿠자 영화 봤지요? 걔들 화끈하더만. 잘라 가져 와! 그러면 손가락 하나 날 시퍼런 칼로 팍 잘라 갖다 바치잖아. 무슨 일을 해도 일본애들이 확실하고 분명하지. 우리는 주둥이들만 살아서는….

작가   (그렇게 주저앉아 두 손을 들어 올려 손가락을 들여다본다. 깊은 상처를 입은 짐승의 신음처럼) 이 두 손, 손가락을 다 잘라주면 좋겠군요. 더러운 손가락이니 잘라버려야죠. 하나 싹둑, 둘 싹둑, 셋 싹둑, 넷 싹둑, 다섯 싹둑, 여섯 싹둑….

홍보실장 (좀 놀라 작가의 말을 끊는다) 이봐요, 작가 선생. 작가 선생 손가락을 누가 어쩐다는 것이 아니라,… 허, 이거 참….

작가　(선혈이 흐르는 상처를 느끼는 것처럼 고통스럽다) 예, 개지요. 이게 다 개처럼 짖는 소리지요. 개라면 그냥 짖기만 해야 되는데, 가끔 사람 말을 하려고 합니다. 죄송합니다. 정말 죄송합니다. 며칠 안으로 넘깁니다. 잔금 받으려면 넘겨야지요. 그 2천 받아야 먹고사니까요. 그래야 그나마 아비 구실도 할 수 있으니 말입니다.

홍보실장　(작가의 깊은 고통에 영향을 받아 당황한다) 아니, 그러니까, 내 말은 서로 좋게 가자는 뜻에서….

작가　(모니터를 가리킨다) 이 작품 돈으로 하는 것은 아닙니다. 하루만 더 매달리면, 마감이 걸려 있으니, 어차피 끝날 것이지만… 그만 두지요. 그래요, 빨리 일 끝내고 잔금이나 받아야지요. 돈도 안 되는 이런 짓 말고 돈 되는 짓 해야지요. 개처럼 짖으려면 열심히 짖기나 해야지요. 걱정 마십시오. 지금 이 시간부터 사람 흉낸 그만 두고 열심히 짖을 테니까 말입니다.

홍보실장　(정신을 수습하고 사무조로) 지난번 이야기한 대로, 5일 안으로는 넘겨야 해요. 전화만 제대로 받으면 이렇게 얼굴 맞대고 안 좋은 소리 할 필요도 없었을 걸…. (책장의 양주병을 발견하고 꺼낸다) 이런 것 먹으면 속 버려요. (핸드폰으로 통화한다) 어, 나야. 거 트렁크에 양주 몇 개 있을 거야. 괜찮은 것으로 두어 개 가져와.

곧 현관 벨소리. 홍보실장 가서 문을 열고 양주 두 병 들고 등장한다.

홍보실장　자, 보자. 이거 박통이 여대생 옆에 앉히고 마지막에 드셨다는 그 씨바스 리갈이고, 이건 한국 사람들이 제일 좋아한다는 발렌타인이요. 어라, 30년짜리네. 12년짜리, 17년짜리,

트렁크에 다 있을 건데, 하여간 이 자식이 요령이란 씨알머리도 없으니…. 작가 선생이 술 복은 있나 봅니다. 30년짜리는 면세로 들여와도 가격 만만치 않아요. (잔을 꺼내고 병을 딴다) 자, 떡 본 김에 제사 지낸다고 한 잔 합시다.

작가 (작가, 홍보실장이 내민 잔을 물끄러미 바라본다)

홍보실장 내가 아까는 좀 지나쳤던 것 같소. 이사장님이 한 번씩 닦아 세울 때는 스트레스가 보통이 아니라서. 자, 내 술 한 잔 받고 사나이답게 잊읍시다, 자요. (작가에게 잔을 맡기고 술을 따라준다)

작가 (술을 내려다보다가, 순간 단숨에 들이킨다)

홍보실장 아이구, 술 잘 하시네. 이거 독합니다. (잔을 받아서 따라 한 모금 마시고) 이렇게 천천히 혀끝으로 굴려서 마셔야 해요. 한 잔 더 하세요. (따라준다)

작가 (역시 단숨에 마신다)

홍보실장 (갑자기 생각난 듯 시계를 본다) 아이고, 이렇게 됐나. 자, 나 믿고 갑니다. 시일 꼭 지켜야 돼요. 그거 넘기고 잔금 받고 우리 깨끗하게 정리합시다. 믿어도 되죠?

작가 예, 넘깁니다. 나도 돈 받아야 하니까요.

홍보실장 오케이! 자, 이 술은 두고 갑니다. 하지만, (술병 마개를 막는다) 더 이상 마시면 일을 못할 테니까, 지금은 이만 하고. 자, 믿고 갑니다.

홍보실장 퇴장.

박선생, 작가에게 다가온다.

박선생 저거 완전히 왈짜패 같구만. 이사장이란 자가 대학이랑 학교를 몇 개 가지고 있는 인사라고 했잖나. 뭐 저런 놈을 수하로 데리고 있어?

작가　　　룸살롱, 나이트 같은 술집도 몇 개 있다고 하더라고요. 그쪽
　　　　　홍보실장인 모양입니다.

박선생　알 수 없는 속이로구만.

작가　　　(술을 따른다)

박선생　그 잔 날 주게나. 좋은 술 좀 먹어보게 말일세.

작가　　　(마시려고 한다)

박선생　(잔을 빼앗아 마셔버린다) 크아, 독하다. 오늘 하루밖에 안 남았
　　　　　다고 했잖나. 이런 독한 것을 자꾸 마시면 어떡하나.

작가　　　포기했습니다. 저자의 말대로 빨리 일 끝내고 잔금이나 받
　　　　　아야죠. 저 같은 놈이 무슨 작품을 쓰겠습니까. 빨리 그놈의
　　　　　자서전 넘기고 돈 받아야죠. 그거야 생각하고 말 것도 없습
　　　　　니다. 그냥 일거리니 발가락으로 해도 됩니다. 좀 취해도 아
　　　　　무 지장 없습니다.

박선생　(정색을 한다) 정말 개가 된 건가? 짖고만 살기로 했어?

작가　　　그렇게 살고 있지 않습니까, 보시다시피.

박선생　제대로 개가 되었다면 스스로가 개라는 사실에 그렇게 고통
　　　　　스럽지 않지. 작가 선생은 개가 될 수 없어. 나 같은 사람을
　　　　　이렇게 불러내는 걸 보면 말이야.

작가　　　언제까지 갈지 모르지요. 저자 말대로 바쁜 판국에 돈도 안
　　　　　되는 짓을 언제까지 할 수 있을지 모르니까요.

박선생　살아 있을 때까지는 해야지. 써야지.

작가　　　깨끗이 포기해야 할 것 같습니다.

박선생　깨끗이? 깨끗한 것 따위는 이 세상에 없어. 똥 밭이면 똥에
　　　　　뒹굴고, 온 몸이 고름으로 뒤덮이면 이를 악물고 머리통은
　　　　　지켜! 그게 작가 선생의 몫이야.

작가　　　죽음은요? 깨끗한 죽음이 있지 않은가요? 후미코의 죽음
　　　　　이요.

222

박선생 후미코의 죽음은 후미코의 몫이야. 내 삶은 내 몫이고. 죽음이건, 삶이건 작가 선생의 것은 따로 있겠지.

작가 그런가요? 그럴까요….

박선생 이제 작품 마무리를 할 수 있지 않겠나?

작가 후미코의 죽음, 박열의 삶, 그 선택 같이지요.

박선생 그래. 이제 작가 선생은 그 길을 알고 있어.

작가 (고개를 끄덕인다)

박선생 시작해. 오늘 하루니까. 오늘 하루가 있어.

작가 그렇군요. 항상 우리에게는 오늘 하루가 있지요. (컴퓨터 앞에 앉는다) 후미코의 죽음. 박열의 삶.

무대 중앙 뒤에서 후미코 등장한다.

공중에서 종이로 만든 듯한 거대한 인형 (후미코의 아버지 사에키 분이치)

내려온다.

후미코 그 인형과 마주 선다.

인형의 녹음된 목소리는 그 몸뚱이처럼 두껍고 속은 비어 있다.

박열, 무대 중앙 뒤에서 등장하여 앉는다.

인형 넌 비루한 조선인과 동거하여 광휘로운 사에키 집안의 영예를 더럽혔다.

후미코 우습군요, 아버지. 영휘로운 사에키 집안은 딸자식을 돼지 새끼처럼 팔아먹는가요?

인형 우리는 딸을 팔아먹지 않았다.

후미코 당신은 날 팔았어요. 그것도 외삼촌한테요. 스님인 모토에이는 조카인 내 육체가 탐이 나서였고, 아버지는 외삼촌이 지분을 갖고 있는 혜림사 사찰의 재산이 탐이 나서였죠. 그 거래, 외삼촌은 성공했고, 아버지는 실패했죠. 외삼촌이라는 자는 내 처녀성을 빼앗고, 행실이 안 좋다는 구실을 찾아 쫓아냈으니까요. 대단히 광휘롭군요, 딸자식을 팔아먹는 집안이.

인형 닥쳐라. 우리 사에키 집안의 족보는 태정대신 후지와라노 후사사키공(公)으로부터 시작된다. 영광된 귀족의 족보다!

후미코 그래서 자식을 낳아 놓고 족보에도 올리지 않았군요. 내 성은 어머니 가네코 기쿠노를 따른 가네코, 당신의 성은 사에키. 우린 부녀도 아니죠. 당신은 한 생명을 버렸어요. 어머니가 마음에 차지 않았으면 자식을 낳지 말았어야죠. 그 잘난 족보에 어울리지 않는다는 이유로 한 생명을 버렸다고요. 난 무적자로, 존재 없는 생명으로 살았어요. 그러다가 돈이 될 만큼 크니까 나타나서 팔아먹으려 했죠. 가축이 크면 팔아먹듯이. 정말 대단한 태정대신 집안이군요. 천황폐하, 태정대신, 할아버지, 아버지, 아버지, 아버지! 오, 이 대단한 빌어먹을 아버지들….

인형 감히 천황 폐하를 시해할 계획을 세우다니…. 넌 아니지? 넌 그 조센징에게 겁박을 당한 것뿐이지? 일본국민이 천황 폐하에게 대역을 저지를 수는 없다. 빌어라, 무릎을 꿇고 빌어라. 그런 생각을 조금이라도 했다면 빌고 빌어라. 인자하신 천황 폐하께서 은사를 베푸실 것이다.

후미코 (마음껏 웃어 제킨다. 인형 올라간다)

작가 (자리에서 일어나 후미코에게 다가간다) 다 살았다고 생각한 건가요? 만 23년 정도, 결코 길지 않은 삶이었는데, 여행은 끝났다고, 너무 힘들고 뜨거운 여정이라서, 그래서 자살을 선택한 건가요?

후미코 (불쑥) 이제 나를 이해하실 수 있어요?

작가 어느 정도는요. 감옥에서 남긴 글도 읽었고요.

후미코 난 처음부터 존재 자체를 부정당한 인간이었지요. 그래서 한 인간이 되기 위해 싸웠어요. 뜨겁게 살았어요. 삶이란 것이 얼마나 아름다울 수 있는지 일찍 배웠으니까요.

작가 충청도 부강에서의 일을 말하는 건가요? 금강의 노을 체험.

후미코 그래요. 난 일제의 식민지가 된 조선의 충청도 부강에서 7년을 살았지요. 아버지가 버린 무적자가 조선으로 건너가면서 호적에 올랐지요. 할머니가 고모네 집으로 데려갈 때 외할아버지 딸로 오른 거죠. 할머니는 학교에 보낸다는 명목으로 날 데려갔어요. 명목은 그렇지만 난 식모나 다름없었어요. 할머니는 날 형편없는 여자에게서 생긴 치욕으로 여겼어요. 열두 살 때인가 설날 아침이었어요. 할머니, 고모부, 고모, 나 그렇게 둘러앉아 떡국을 먹으러 할 때였어요. 할머니가 와리바시를 떼다가 그만 한 짝 중간이 부러지고 말았어요. 버럭 화를 낸 할머니는 내 얼굴에 와리바시를 던지면서 소리쳤어요. "후미코, 니가 날 저주한 거지. 당장 나가. 너 같은 것은 떡국을 먹을 자격이 없다!" 난 떡국을 먹으려 숟갈을 들다 문 밖으로 쫓겨났어요. 얇은 옷만 걸치고요. 아무리 울며 잘못했다고 빌었지만, 그들은 문을 열어주지 않았어요. 난 하루 종일 아무 것도 돗 먹고, 조선의 추운 겨울 날씨 속에서 떨었어요. 눈물도 뺨에서 얼어붙었지요. 산다는 것이 너무나 고통스러웠어요.

작가 가족사가 불행했다는 것은 기록에도 잘 나와 있어요.

후미코 열세 살 때일 거예요. 무슨 일인지 모르지만, 아마 그릇을 하나 깼을 거예요. 할머니와 고모한테 엄청 맞았어요. 입술이 터져서 피가 줄줄 흐르더군요. 더 이상 살고 싶지 않았어요. 죽고 싶었어요, 간절하게요! 그래서 미친 듯이 강으로 달려갔죠. 빠져 죽으려고요. 조선의 금강이었어요. 강가 언

덕까지 달려갔어요. 난 언덕 아래에서 돌멩이를 주워 호주
머니에 채우고 접은 소매에도 가득 채웠어요. 그래야 물에
뛰어들면 그냥 가라앉을 것 같았죠. 뛰어내리려고 언덕 위
로 올라갔어요. 그때 내 눈을 가득 채우는 것이 있었어요.
아, 노을에 물든 강! 그 강이 얼마나 아름답던지… 난 주저
앉아서 펑펑 울었어요. 그러면서 결심했죠. 살아야겠다, 살
아서 당당한 인간이 되어야겠다. 그렇게 살기 위해서 죽을
힘으로 살아내야겠다.

작가   후미코 씨는 정말 뜨겁게 살았지요. 그 무거운 어둠을 뚫고
무섭게 살아냈어요.

후미코   동지로서 박열 씨와 운명을 같이 하기로 결심했을 때, 난 사
실 자유를 느꼈어요. 내 스스로 죽음을 선택하는 자유. 싸워
서 당당한 한 인간이 되었고, 이제 그 자격으로 스스로의 운
명을 선택하는 자유.

작가   그때 자살까지 결심한 것은 아니지요?

후미코   그래요. 그런 결심을 할 필요가 없었죠. 당연히 사형을 받고
처형될 거라 생각했죠. 그런데 천황이 특사를 해서 무기로
감형을 받았으니… 내 앞에 펼쳐진 긴 수감 생활을 생각해
보았어요. 그런 갇힌 시간은 내게 무의미했어요.

작가   그래서 창살에 목을 맨 건가요?

후미코   그래요. 난 이미 충분하게 살았으니까. 그래요, 충분히 살아
보았으니까 감옥의 기약 없는 갇힌 시간을 받아들일 필요는
없었어요. 그렇게 살았던 시간과 기억을 갖고 죽을 수 있었
으니까요.

박열   (일어나서 걸어 나오며) 내 앞의 시간과 후미코의 시간이 달랐던
것이죠. 마지막 단식 때, 그걸 알 수 있었어요. 후미코와 난
반대 방향에서 달려오다 서로 마주쳤고, 그 짧은 만남 뒤에

이제 반대 방향으로 갈 수밖에 없구나.

작가 그래서 박열 당신은 그 긴 수형의 시간을 받아들인 건가요?

박열 그렇죠. 후미코는 살았으니 죽을 수 있었고… 난 죽은 시간 속에 있었으니 이제 살아야 하는 거구나. 나는 제대로 살아보지 못했으니, 남은 시간을 선택해야 했던 거죠. 무기로 감형되어 기약 없는 수형의 시간이 기다리고 있었지만, 난 그 시간을 선택하기로 했어요. 감옥 속에서라도 이제 살아야 했으니까요. 살고 난 뒤라야 죽을 수 있으니까요. 물론, 결국에는 이렇게 만나게 되는 거겠지만….

후미코 그렇네요. 우리 다시 만났군요.

박열 이렇게 만나기 위해 필요한 시간들이었잖아.

후미코 그렇죠.

박열 자, 이제….

박열과 후미코 다가서서 손을 맞잡는다.

두 사람 손을 잡고 퇴장.

박선생 작가 선생. 이제 마무리만 남은 것 같네.

작가 그런가요? 내 일만 남은 건가요.

박선생 그래, 작가 선생의 시간이 남았지.

작가 내 시간… 그건 무슨 시간이죠? 산 시간인가요? 죽은 시간인가요? 죽어야 하는 시간인가요? 살아야 하는 시간인가요?

박선생 그걸 묻고 답을 찾는 거야 나도 도와 줄 수 없는 노릇이지. 어차피 작가 선생 몫 아닌가.

작가 (혼잣말하듯이) 그렇군요. 그렇겠군요.

박선생 자, 이제 이쯤에서 우린 이별해야겠지. 건투를 비네.

박선생, 작가와 악수를 하고 퇴장.

무대를 서성거린다.

사이.

벨소리.

작가가 문을 열어준다.

회색 바바리를 입은 여자 등장.

여자　(사무적으로) 오늘 예약 하셨죠?

작가　그래, 오늘밤을 새워 작업을 끝내야 할 것 같아서.

여자　(바바리를 벗는다. 핏빛과 같은 브래지어와 팬티 차림이 된다) 자, 비닐 봉투 씌우기부터 시작할까요. 준비되셨나요?

작가　(옷을 벗어 팬티 차림이 된다) 준비됐어.

여자　그럼 시작합니다.

작가, 컴퓨터 앞의 의자를 무대 중앙으로 가져와 앉는다.

여자, 작가의 머리에 검정 비닐봉투를 씌우고 턱 밑에서 묶는다.

봉투 부풀었다 가라앉았다 한다.

사이.

천천히 어두워진다.

토끼야 놀자

〈인물〉

평정(平定) ─ 황자(皇子), 후에 황제가 된다
맹호장군
청룡장군
아무(我無) ─ 궁중 광대
무천(無天) ─ 벙어리 아이
태자
새 황제
토끼들, 호위 무사들, 장군들, 자객들, 병사들, 벙어리들 기타

〈무대〉

바위와 나무가 있는 산속(평정 황자가 만든 토끼 공원이다), 이곳저곳.
바위와 나무는 장면에 따라 적절하게, 기능적이고 상징적으로 배치된다.

＊ 이 희곡은 특정한 역사적 공간과 인물을 근거로 한 것이 아니다. 구체적 역사 사실이 아니라 추상적 보편 상황을 설정한 이유는 폭력과 권력의 본질, 그리고 평화의 윤리를 질문하고 성찰하고자 하는 작품 방향과 의도에서 비롯된 것이다.

1장. 평정(平定) 황자(皇子) 한가롭다

토끼 공원의 한 곳.

허름한 평상복을 입고 지팡이를 든 평정 황자 (차림새로 봐서는 황자라는
것을 알 수 없다), 토끼들과 놀고 있다.

나무와 바위 등의 지형지물 뒤에 숨은 토끼들 (배우들이 입은 토끼 의상은
그 순백의 색상과 부드러운 느낌을 강조해서 마치 구름송이처럼 보인다),
황자와 쫓고 쫓기며 장난을 친다. 모두 즐겁고 행복하다.

평정   요 녀석, 잡는다. (일부러 넘어진다) 아 쿠, 놓치고 말았구나.

토끼들 하하하하….

평정   날씬한 저 녀석은 놓쳤지만, 오동통한 네 녀석은 잡고야 말
겠다.

토끼   (오동통하다고 지목 당한) 흥, 어디 잡아보라고요. 자, 자.

평정   못 잡을 줄 알고, 어차차 (거의 잡았다가 - 일부러 놓친다) 야, 너 보
기보다 날쌔구나.

토끼   (오동통) 흐응흥, 어림도 없지.

평정   야, 정말 너희들 너무 날렵해서 내 솜씨로는 안 되겠다. 내
가 졌어. 오늘 저녁밥은 특별식으로 뒷산 골짜기에서 싱싱
한 칡넝쿨 걷어다가 줄게. 자, 이제 나 곁으로 와라.

토끼들 정말이죠?

평정   그럼 내가 언제 거짓말하는 것 봤니.

토끼들 저번에 저 앞산에 같이 놀러가자고 하고선 약속 안 지켰잖
아요.

평정   아, 그건 약속을 안 지킨 것이 아니고, 좀 연기한 거지.

토끼들   우우, 약속을 지켜라!

평정   알았다, 알았어. 약속은 지킨다고. 저 산이 말이다. 생각보다 험해. 고약한 족제비란 놈들도 있고. 너희 중 아직 어린 녀석도 있잖니. 다리에 힘이 좀 더 올라야 해. 이런 놀이를 한 달만 더 하면 높은 바위도 훌쩍 뛰어넘을 수 있지. 그때 같이 가자.

토끼들   우우우, 약속을 꼭 지켜라!

평정   알았어. 약속 꼭 지킨다니까. 한 번 더 놀까?

토끼들   좋지요.

평정과 토끼들 춤을 추듯 논다.

광대 아무(我無) 등장한다.

나무에 기대고 서서 한참 동안 이들의 놀이를 지켜본다.

평정   (아무를 발견한다) 아니, 언제 왔나.

아무   더 놀지 그래, 재미있는데.

평정   너 재미있으라고 노는 것 아니다. 남 재미있게 보라고 노는 거야 네 놈 일이지.

아무   광대는 좀 남 노는 것 보면 안 되나. 거 인심 한 번 야박하다.

평정   우리 토끼들이 남이 보면 싫어해.

토끼들   그래요. 싫어요. (나무나 바위 뒤로 숨는다)

평정   야, 우리 좀 쉬자. 손님이 왔으니 말상대를 해 줘야지.

토끼들   알았어요. 칡넝쿨 꼭 줘야 해요. (사라진다)

아무   세상 근심이 없구만. 여기는 태평이로다, 태평 세상.

평정   왜? 궁궐의 기름진 음식에 진력이 났느냐? 예쁜 궁녀들 치마 들추기도 싫증이 났느냐?

아무   내가 언제 기름진 음식이 좋다고 했나. 머릿속이 항아리처럼 텅텅 빈 년들 속살에 환장을 했나.

평정　허 그놈 볼때기 미어터질 듯이 고기를 처먹을 때는 언제냐? 코 씰룩대며 부풀어 오른 엉덩이 따라다닐 때는 언제냐?

아무　그거야 먹을 것이 없어서 할 수 없이 먹는 거고, 그년들 치마속 보는 거야 하도 심심해서 그러는 거지. 궁궐 담장은 높지, 그 안에 사는 인간들은 지푸라기로 만든 인형처럼 허깨비 같은 연놈들뿐이니.

평정　참, 그놈 주둥이 한번 싸가지 있게 놀리는구나. 그러다 어느 손에 요절날지 모른다 조심해라.

아무　황제? 그대 늙은 아버지? 태자? 그대의 병든 형?

평정　허어 이놈!

아무　내 이름이 왜 아무인지 알잖아.

평정　그래, 왜 모르겠느냐. 나 아(我), 없을 무(無). 나는 없다는 뜻으로 아무 아니냐. 너야 없는 놈이지. 하지만 이렇게 있지. 없지만 있는 놈. 그래서 없지만 있는 바람처럼 저 구중궁궐 어디도 제 마음대로 드나드는 것 아니냐.

아무　잘 알면서 그래. 난 바람처럼 없고도 있어. 광대란 바로 바람이야. 바람을 잡으려는 놈이 있나? 제 마음에 안 든다고 바람의 목을 베려는 놈이 있나? 날 처벌하겠다는 놈이 있다면 그런 놈이야말로 미친놈이 아니고 뭐겠어. 내가 무슨 주둥이를 놀리는 건, 바람이 이리저리 제 마음대로 부는 거나 마찬가지 아니냐 그거지.

평정　안다, 알아. 하기야, 황제 폐하 앞에서도 네놈 입은 자유니, 누가 말리겠느냐.

아무　나는 새를 떨어뜨리는 황제의 권력이라 해도 어쩔 수 있나. 아무 것도 아닌 것을, 허공에 흐르는 바람을 어쩔 수 있느냔 말야. 그러니 내 걱정은 개구리 뒷다리처럼 구워 드시고 황자 당신 걱정이나 하셔.

평정　나? 조금 전에 보지 않았니. 나 행복하게 산다.

아무　행복하게 산다? 토끼 키우면서 이 산속 동굴 속에서 말이야? 황자가?

평정　뭐가 어때서? 황자라고 해서 꼭 궁궐에 살아야 한다는 법이 있다더냐. 굳이 그래야 한다면 이 토끼 공원이 내게는 궁궐이다.

아무　황제의 아들은 제 마음대로 살아서는 안돼. 광대는 괜찮지만.

평정　광대가 된 황자면 될 것 아니냐.

아무　흥, 광대는 아무나 되나.

평정　하기야 아무나 바람이 될 수 있는 것은 아니지.

아무　세상 사람들이 뭐라는지 알아?

평정　세상 사람들이야 뭐라 하건 내가 상관할 바 아니다. 우리 토끼들하고 놀기도 바빠.

아무　두 갈래 의견으로 분분해. 사랑방이건 주막이건 저잣거리건 사람들 모이는 곳에서는 와글와글 시끄럽지. 두 갈래 의견으로 싸우니까.

평정　상관없다니까.

아무　상관없지 않을 걸. 하나는 미쳤다는 거야.

평정　(웃는다) 그거 괜찮다. 제정신으로 이 세상 사는 것이 어디 쉬운 일이냐.

아무　또 하나는 은밀한 준비 중이라는 거야. 늙은 황제가 죽고 병약한 태자가 황제 자리에 오르려 할 때, 숨겨둔 군사를 몰고 한달음에 궁궐을 쳐서….

평정　(소리친다) 그만, 그만 해!

아무　허, 참. 바람의 입을 막으려 하네. 세상의 숨통은 막을 수 없

다니까. 아무튼, 끝까지 들어 봐. 내 이야기가 아니라 저 사
람들의 이야기야. 둘째인 평정 황자가 궁궐을 쳐서 태자를
몰아내고 황제가 될 거라는 거지.

평정 야, 이건 안 괜찮구나. 나 군사 한 명도 없어. 토끼들뿐이야.
숨겨 두긴 뭘 숨겨 둬.

아무 군사들을 휘몰고 전쟁터 누비며 명성 꽤나 날렸잖아.

평정 옛날 일이야. 칼 놓은 지 오래 됐어. 만 3년 넘게 창, 칼 같
은 병장기 옆에도 안 갔다고. 너도 봐. 여기 있는 것은 흙과
풀, 바위와 나무뿐이야. 내가 되기는 뭘 된단 말이냐, 이미
되고 싶은 것이 됐는데.

아무 황제의 아들은 토끼지기 따의는 될 수 없다니까. 그렇게 살
수는 없어.

평정 내가 될 수 있다는 것을 보여 주마. 이렇게 잘 살 수 있다는
것을 보여주겠다고. 네가 나 좀 도와줘야겠다. 부탁이야. 여
기서 네 눈으로 본 것을 말허다오. 바람처럼 여기저기 다니
면서 말하는 것이 네 일이니까, 여기서 네 눈으로 본 것 그
대로 말해 줘. 내가 무엇과 함께 있는지 말이야. 흙과 풀, 나
무와 돌, 그 이외는 아무 것도 없다는 것을 말이다.

평정이 말하는 중에 뒤의 나무 사이에서 열 살 가량의 여자아이 무천(無天)
조심스레 고개를 내민다.

아무, 무천을 발견한다.

아무 (무천을 보면서) 그런 것들만 있는 게 아닌데.

평정 (아무의 눈길을 따라 무천을 발견한다. 아주 조심스런 얼굴과 부드러운 목
소리로) 응 무천이구나. 왜?

무천 (숨어서 상반신만 내밀고 손짓 발짓을 한다)

아무　　왜 저러는 거야?

평정　　(아무에게 입을 다물라는 손짓을 한다) 쉿, 조용. (무천을 보며) 응, 알
　　　　았다. 내 곧 갈게.

무천　　(재빨리 사라진다)

아무　　벙어리인가. 듣기는 하는 것 같은데. 아무튼 이 바람 같은
　　　　아무가 조심해야 할 사람도 있네.

평정　　이제 겨우 동굴 밖 걸음을 하기 시작했어. 도무지 햇빛을 보
　　　　려 하지 않은 아이였으니까. 이리저리 흐르는 거야 바람 자
　　　　유지만, 살짝 부는 바람에도 떨어질 이슬도 있어.

아무　　아, 그런 소문 들은 것 같네. 전쟁터에서 평정 황자가 아이
　　　　하나를 주워 왔다던가 어쨌다던가. 그런데 왜 이름이 무천
　　　　이야? 춤추는 하늘이라.

평정　　그런 무천이 아니라, 없을 무(無) 하늘 천(天), 하늘이 없다는
　　　　무천이야.

아무　　하늘이 없다, 하늘이 없다니?

평정　　아예 이 세상이, 하늘까지 싹 지워져버린 텅 빈 눈을 하고
　　　　있었으니까. 그 눈에 이제 겨우 풀이나 나무 같은 것이 들어
　　　　서기 시작했어. 그러니 조심스러울 수밖에.

아무　　이 세상이, 하늘까지 싹 지워져버린 눈이라, 그래서 하늘이
　　　　없는 무천이라….

평정　　자, 나는 할 일이 있어서 이만 가야겠다. 우리 토끼들의 특
　　　　별식을 챙겨줘야 하거든.

아무　　나도 가려고 했어. 하도 심심해서 와 봤더니 여기도 심심하긴
　　　　마찬가지네. 전쟁터나 따라가 볼까. 그럼 안 심심하려나….

평정　　또 출정을 하냐?

아무　　그게 칼 찬 사내들의 일이잖아.

평정　　(한숨을 쉰다) 이번에는 어디로, 누가 간다더냐?

아무	응, 서쪽 이민족을 족치려 간다던가. 아마 넷째 황자 차례지. 지난 번 셋째 황자가 동쪽으로 가서 큰 공을 세웠잖아. 넷째가 바짝 독이 올랐어.

아무 응, 서쪽 이민족을 족치려 간다던가. 아마 넷째 황자 차례
지. 지난 번 셋째 황자가 동쪽으로 가서 큰 공을 세웠잖아.
넷째가 바짝 독이 올랐어.

평정 허어, 제발 좀 그만 두었으면 좋으련만.

아무 성을 뺏고 땅을 넓히니 좋잖아.

평정 뺏으면 또 언젠가 뺏기게 되어 있어. 빼앗고 뺏기고… 그 사
이에 얼마나 많은 사람들이 죽고 상해야 한단 말이야.

아무 그게 사람들이 사는 방식인 걸 어떡해?

평정 (하늘을 보며 긴 한숨)

아무 젊고 싱싱한 황자에게 그런 한숨은 안 어울려. 이 광대까지
우울해지잖아. 가야겠어.

평정 내 부탁 잊지 마라.

아무 글쎄. 세상 사람들이 믿어 주려나. 아니지. 세상 사람들이야
믿건 말건, 문제는 궁궐이겠지. 태자와, 두 황자. 그 사람들
여기 토끼 공원에 관심이 많을 테니까.

평정 난 궁궐에 아무 관심이 없다. 이 산과 숲에서 한 발짝도 안
벗어날 테니까.

아무 그럴까, 그럴 수가 있을까. (흥얼거린다) 세상을 자기 마음대로
살 수가 있나. 황제라도 그건 어려울 거야. 자, 나는 가네.
한 군데 너무 오래 머물면 바람이 아니지.

아무, 폴딱 폴딱 재주를 넘으며 퇴장

평정, 깊은 생각에 빠져 있다.

사이.

나무들 사이에서 토끼 한 마리와 무천 조심스레 고개를 내민다.

그들을 발견한 평정, 얼굴에 미소가 물살처럼 퍼져간다.

2장. 맹호장군과 청룡장군,
평정 황자 설득에 실패하다

토끼 공원의 한 곳. (1장보다 바위나 나무가 날카로운 느낌을 준다)

평정 황자, 족제비를 쫓는 중이다.

재빠른 족제비를 지팡이로 모는 평정, 정확하고 예리하게 허공을 가르고 퇴로를 찌르면서 몰아댄다. 야생 동물의 날쌘 동작을 능가하는 평정의 동작에는 고도의 훈련과 경험으로 단련된 무예 솜씨가 배어 있다.

무대 왼쪽에서 붉은 갑옷을 입은 맹호장군과 푸른 갑옷을 입은 청룡장군 등장하여 이 모양을 보고 있다.

마침내, 평정은 족제비를 바위 구석으로 몰아 꼼짝을 못 하게 한다. 지팡이로 머리를 두어 차례 때린다.

평정　이 녀석. 내 이번에는 이걸로 용서해 주지. 다음 번에는 용서 없다. 이 녀석아, 저 뒷산에서 먹이를 찾아. 쉽다고 우리 토끼들을 노리지 말고. (한 차례 더 때리며) 자, 가라. 다시 내 눈에 띄면 그때는 용서 없다!

평정 황자 길을 열어주자 족제비 도망간다.

두 장군 앞으로 나서며 박수를 친다.

맹호장군　정말 훌륭한 솜씨이십니다.

청룡장군　저리 빠른 짐승을 지팡이 하나로 사로잡으시다니.

평정　(눈살을 찌푸리며) 자네들이 또 웬 일인가?

맹호장군 (무릎을 꿇으며) 소장, 출정을 마치고 돌아왔습니다.

청룡장군 (역시 무릎을 꿇으며) 서쪽 국경을 넘어 오랑캐들의 성 열하나를
우리 수중에 넣었습니다.

평정 (고개를 돌리며) 또 참혹한 살상이 벌어졌다는 말이군. 무고한
목숨이 얼마나 상하고 죽었을까.

두 장군 황자님, 소장들 이 나라의 영광과 벅성의 안위를 위해 맡은
바 소임을 마치고 돌아왔음을 보고 드립니다!

평정 그만 두게. 난 자네들의 수장이 아니네. 그 따위 보고를 받
을 이유가 없어.

맹호장군 (일어서며) 저희들의 주군은 황자님이싶니다.

청룡장군 (역시 일어서며) 이미 오래 전, 저희들은 황자님께 목숨을 바치
기로 맹세를 했지 않습니까.

평정 보다시피 난 토끼지기야. 내 손에 들린 것은 지팡이지 칼이
아니란 말일세.

맹호장군 지금 들고 계신 것이 지팡이던 뭐 어떻습니까.

청룡장군 칼로 바꿔 드시고 말에 오르시기만 하면 적들이 사시나무
떨듯이 떨 것입니다.

평정 그럴 일은 결단코 없네!

맹호장군 비록 승리하긴 했지만 이번에도 병사를 꽤 잃었습니다. 황
자님이 선두에 서셔야 합니다.

청룡장군 셋째 황자나 넷째 황자, 오십보백보입니다. 우리 병사들은
한때 위험에 빠졌습니다. 황자님이 지휘를 하셨다면 있을
수 없는 상황이었습니다.

맹호장군 그렇습니다. 그들은 믿을 수 있는 수장들이 아닙니다. 황자
님이라면 우리 병사들을 결코 그런 위험에 빠뜨리지 않았을
것입니다.

평정 전쟁터에서 결코 위험에 빠지 않는 법이란 없네. 어디서

든 화살이 날아들고 칼날이 목숨을 노릴 수 있어. 상대편과 우리 편, 누가 더 많이 죽고 상하느냐의 차이 뿐. 위험 없는 전장이란 없어.

청룡장군 물론입니다. 완전히 위험이 없다면 전쟁터가 아니지요.

맹호장군 가능한 한 위험을 줄이는 것이 최선 아니겠습니까. 우리의 위험을 최대한 줄이고 적을 제압하는 것이 최고의 전술이라고 알고 있습니다. 그것이 황자님이 우리에게 보여주셨던 것이고요.

평정 왜 전쟁만 생각하나. 전쟁이란 그런 것 아닌가. 우리가 힘이 강할 때는 상대방을 죽이지. 하지만, 언제나 우리만 힘이 강할 수는 없어. 우리가 약할 때가 와. 그 시간이 빨리 오느냐 좀 늦게 오느냐의 차이지. 그럼 어떻게 되겠는가? 전에 당했던 상대는 이제 그 복수를 위해 우리를 치지 않겠는가? 우리가 천을 죽였으면 저들은 만을 죽이려 하겠지. 목숨들이 거름이 된 원한이란 말이야. 그 목숨을 먹고 마치 무성한 나무처럼 자라는 것이니까.

청룡장군 왜 힘이 약할 때를 생각하십니까? 우리가 힘이 강해서 적들이 우리를 넘보지 못하게 하면 될 것 아닙니까.

평정 아무리 단단한 바위도 먼지가 되는 법이야. 언제나 강한 나라, 쓰러지지 않는 왕조는 이 세상에 없었네.

맹호장군 좋습니다. 그럴 때가 올지 모르지요. 하지만, 강한 나라가 약해질 때를 왜 걱정합니까? 강한 나라는 강한 힘으로 살면 되는 것입니다. 약할 때는 또 그 나름대로 살아갈 방법이 있겠지요.

평정 이런 답답한 사람들 봤나. 왜 평화를 생각하지 못한단 말인가. 상대를 공격하지 않고, 죽이지 않고 더불어 살아갈 생각을 왜 못해?

두 장군, 어이가 없다는 듯 웃는다.

맹호장군 죄송합니다. 황자님이 말씀하시는데 웃어서 말입니다.

청룡장군 웃음이 나와서 어쩔 수 없었습니다.

평정 웃은 것이 문제가 아니라 자네들의 꽉 막힌 머리가 문제일세.

맹호장군 우리가 평화를 원한다고 평화가 오는 것입니까?

청룡장군 우리가 병장기를 놓으면 저 적들은 얼씨구나 하고 달려와서 우리의 팔다리를 자르고 목을 벨 것입니다.

평정 아무런 대책도 없이 병장기를 놓자는 것이 아니야. 상대와 화친의 조약을 맺어 평화를 누리자는 것이지.

맹호장군 우리가 화친을 하자고 해도 적들이 쳐들어온다면요? 동서남북 다 우리를 노리는 적들이 포진해 있는 세상입니다.

평정 막기야 해야겠지. 탄탄하게 방비를 하면서 지속적으로 화친의 의사를 전해 전쟁을 막아야 하네. 비록 시간이 걸려도 피를 흘리지 않을 결심만 굳건하다면 어찌 가능하지 않겠는가.

청룡장군 황자님, 제발 그런 약한 말씀 마십시오.

맹호장군 모시옷 입고 희디흰 손으로 부채질이나 하는 선비 나부랭이들이 그런 말을 한다면 또 모르겠습니다. 황자님에게는 어울리지 않습니다.

청룡장군 그렇습니다. 황자님이야말로 이 제국의 영광을 사방 천지에 떨칠 분이 아니십니까. 숱한 전장에서 바위처럼 단련된 강한 분이 아니냔 말입니다.

맹호장군 강한 자만이 자신과 가족, 나라를 지킬 수 있는 세상입니다. 황자님은 어느 누구보다 강성한 나라를 만드실 분입니다. 우리는 목숨을 바쳐 황자님을 보필하겠습니다.

평정 진정으로 나와 가족, 나라를 안전하게 지키는 것이 무엇인지 아는가? 마음속에 있는 칼을 버리게. 손에 든 칼을 내려 놓게. 내가 상대를 공격하면서 어찌 내가 안전하기를 바라 겠는가. 상대를 향한 폭력이 결국은 내게로 오는 이치를 왜 모른단 말인가?

맹호장군 내가 칼을 놓으면 내가 죽습니다.

청룡장군 나를 겨누는 적의 칼끝은 어떻게 하란 말입니까?

평정 피해야지. 겨눌 대상이 없어지면 칼도 자연히 쉬게 될 거네. 칼로 맺어지는 그런 관계 자체가 사라지게 해야 한다는 말 이네. 알겠는가?

맹호장군 (고개를 흔든다) 솔직히 모르겠습니다. 아무리 황자님의 말씀 이라도 그건 받아들일 수 없습니다.

청룡장군 (고개를 흔든다) 저도 맹호장군과 마찬가지입니다. 다만 한 가 지, 이런 것은 알겠습니다. 황자님이 이렇게 누더기 옷을 걸 치고 있어도 황자님을 겨누는 칼끝은 결코 사라지지 않는다 는 것 말입니다.

맹호장군 저도 이 청룡장군과 같은 생각입니다. 황자님이 갑옷을 입 고 칼을 든다면 천하무적이지요. 하지만, 이렇게 토끼들과 같이 희롱이나 하고 있으면 황자님을 지킬 수 없습니다.

평정 (웃는다) 걱정하지 말게나. 누가 나를 어쩐단 말인가. 궁궐에 서도 나와 동굴에서 살고 있어. 병사 하나 없이 토끼와 더불 어 뒹굴면서 산단 말이야. 내가 무슨 힘이 있나? 누구 손끝 하나 해칠 수 있겠는가? 이 누더기를 걸친 토끼지기를 누가 어떻게 하겠냔 말일세. 아무 걱정하지 말게.

청룡장군 황자님. 왜 이렇게 약해지신 겁니까?

맹호장군 황자님이 토끼지기라니요. 동서남북 이민족을 호령하신 황 자님이 누더기를 걸친 토끼지기라니요. 이건 말이 안 됩니 다. 저희들과 같이 나가셔야 합니다.

평정   정말 답답한 사람들이구만. 일껏 이야기해도 항상 이 꼴이야.

맹호장군   다시 저희들의 앞에 서 주십시오.

청룡장군   저희들이 거느린 일당 백, 4단 용호청룡 정예병은 황자님의
         군대입니다.

평정   그만!

맹호장군   (하지만 흥분해서 멈출 수 없다) 황자님이 앞장에 서신다면 우리
         는 백만의 적도 두려울 것이 없습니다.

청룡장군   (역시 흥분이 고조되어) 태자가 병약하여 나라는커녕 자신도 지
         킬 수 없다면, 황자님이 앞에 나서셔야지요. 당연히 둘째 황
         자님 차례가 아닙니까. 셋째나 넷째가 아니고요. 더구나 문
         무를 겸비하신 황자님이….

평정   (강하게 손을 내저으며 소리쳐 말을 막는다) 그만! 그만들 하게! 전
         에도 내 이런 말 한 것으로 기억하네단, 다시 한 번 말 하겠
         네. 자네들 다시는 그런 차림새로 여기에 나타나지 말게. 우
         리 토끼들이 놀라네. 아니, 이런 말들 하려면 어떤 꼴로도
         내 앞에 나타나지 말게. 이런 자네들이라면 내 다시는 보지
         않겠네. (획 돌아선다)

두 장군   황자님!

평정 빠른 걸음걸이로 퇴장한다.

때 마침, 나무 사이로 토끼 한 마리 고개를 내민다.

화가 치민 맹호장군 칼을 확 뺀다.

질겁하여 도망치는 토끼.

맹호장군 애꿎은 바위를 내리친다.

이번에는 옷자락이 희뜩 나무 사이로 나타난다.

먼저 발견한 청룡장군 칼을 획 뺀다. 맹호장군도 그쪽을 본다.

무천이 슬며시 상체를 내밀었다가 깜짝 놀라서 사라진다.

청룡장군 저건 또 뭐야?

맹호장군 그 아이 아닌가?

청룡장군 그 아이?

맹호장군 황자님이 주워온 아이. 그 불에 다 타고 몰살당한 마을, 우물 속에 숨어 있던 아이 말이네.

청룡장군 아, 생각나는구만. 그게 우리가 황자님을 모시고 출정한 마지막 싸움이었지.

맹호장군 (탄식한다) 허어, 벌써 3년이 지났어. 도대체 황자님이 왜 이러신단 말인가?

청룡장군 난들 알겠나. 적들을 풀 베듯이 하시던 분이 토끼지기가 되시다니.

맹호장군 아니네. 이건 아니야. 결코 이럴 수는 없어. 황자님은 다시 우리 앞에 서셔야 해.

청룡장군 당연한 말! 황자님과 우리는 굳게 맹세를 했어. 세상에서 가장 강성한 제국을 만들자고 말이야. 그 맹세가 시퍼렇게 살아있어.

맹호장군 그래, 우리는 기필코 그 나라를 세워야 해. 황자님과 함께 우리의 제국을 말이야!

청룡장군 천지신명에 맹세코!

맹호장군 산천초목에 맹세코!

두 장군, 마주보고 굳게 두 손을 잡는다.

3장. 태자, 제 심화(心火)에 소진(消盡)해 가다

봄꽃이 울긋불긋 피어 있다.

평정과 무천, 큰 바위 위에 하늘을 보고 나란히 누워 있다.

평정　아, 좋구나. 이 시원한 바람, 저 푸른 하늘.

무천　(길게 숨을 들이쉰다)

평정　됐다, 다 된 거야. 여기에 무엇이 더 필요하겠느냐. 하늘 아래 땅 위에 이리 살면 되는 거야. 그렇지 무천아.

무천　(보일락 말락 고개를 끄덕끄덕)

평정　지천으로 널린 나물 캐고, 봄이면 칡 여름이면 마 뿌리 가을이면 산열매 따고, 고구마 감자 수수 심어 캐고 거두니 먹을 걱정이 어디 있으랴. 저 동굴은 여름이면 시원하고 겨울이면 따듯하니 이리 든든한 집이 어디어 있으랴. 안 그러하냐 무천아.

무천　(잔잔한 바람에 밀리는 물살처럼 싱그레 웃는다)

평정　뭐, 사실 겨울에는 동굴 속이 좀 춥기는 하지. 하지만 토끼들에 둘러싸여 자면 아주 푹신한 이불을 덮은 것처럼 따듯하단 말이야. 그렇지 무천아?

무천　(고개를 끄덕인다)

평정　참, 너는 말은 이렇게 다 알아들으면서 어째서 말을 않는단 말이냐. 이렇게 입을 벌려 말을 해 보려무나. 자, 바ー 람. 하ー 늘.

무천　(머리를 절레절레 흔든다)

평정　하기야 말을 해서 무얼 하겠느냐. 인간의 말이란 것이 보이지 않는 칼과 같아서 찌르고 베기를 예사로 하거늘. 여기서 인간의 말이 왜 필요하겠느냐. 그냥 바람과 하늘을 보고 느끼면 되는 것을 말이다.

무천　(평정에게는 말을 하고 싶다는 표시를 한다)

평정　그래, 안다. 네 마음 말 안 해도 안다. 하지만 애쓸 필요 없다. 언젠가는 자연스럽게 입이 열리겠지. 네 텅 비었던 눈에 이제 좀 생기가 돌아오니 내 그것만으로 고맙고 감사하다. 네 눈에서 하늘까지 지우고, 네 입을 막아버렸던 저 인간 세상을 이제 아주 잊어 버려라. 이 바람과 하늘, 풀과 나무만 담아라. 우리 저 아래 인간 세상 다 잊어버리고 이 숲에서 토끼들과 사는 거다. 그러면 언젠가는 네 입도 자연스럽게 열릴 거야. 그러니 애 쓰지 않아도 돼.

무천　(천천히 고개를 끄덕인다)

평정　그래, 그러면 돼. 아, 시원하구나 이 바람. 티 한 점 없이 푸르구나 저 하늘. 우리 춤이나 한번 추지 않을래. 이 좋은 햇빛과 바람. 춤이나 한번 추자.

무천　(싱그레 웃는다)

평정 일어나서 무천을 일으킨다.

평정과 무천 춤을 추기 시작한다.

처음에는 좀 어색하지만, 어느 사이 바람에 춤추는 나뭇잎이나 옷자락처럼 훨훨 날아가듯이 춤을 춘다.

사이.

봉황이 수놓인 화려한 비단옷을 입은 태자 등장한다.

병색이 완연한 태자는 화려한 옷으로 해서 역설적으로 병약한 상태가 두드러져 보인다.

칼을 찬 두 명의 호위 무사 따르고 있다.

인기척을 느끼고 춤을 멈추는 평정과 무천.

무천은 낯선 사람들에 놀라서 도망치고 만다.

평정　(머리를 굽혀 예를 표한다) 태자 전하, 여기는 어인 일이십니까?

태자　참으로 태평스럽네 그려. 자네는 천하태평이야.

평정　(웃는다) 그렇습니다. 송구스럽게도 아무 걱정 없이 살고 있습니다, 태자 전하.

태자　부럽네 부러워. 자네만 이렇게 편하게 살아도 되는가? 저 감옥과 같은 궁궐에서 깊은 시름에 잠겨 있는 이 형을 생각이나 하는가 말일세?

평정　태자 전하. 무슨 말씀을 그리 하십니까. 이 나라는 반석처럼 튼튼하고 태자 전하는 그 위에 앉아 계십니다. 무슨 시름을 그리 하신단 말입니까?

태자　허, 참 사정을 알 만한 자네가 어찌… (순간, 호위 무사들을 의식한다. 그들에게 손짓하며) 너희들은 저기 숲에 들어가서 대기하라. 혹 수상한 자들이 얼씬거리는가 경계를 늦추지 말고.

무사들　알았습니다. (퇴장)

태자　어이구 한결 숨통이 트인다. (목소리를 낮추어) 저자들도 어찌 믿을 수 있겠는가? 저놈들의 마음속을 들여다볼 수 없는 바에야 어찌 믿을 수 있어? 몸뚱이는 나를 따르고 있지만 마음은 어느 놈의 것이 되어 있는지 어찌 안단 말이야?

평정　(안타깝다) 그런 의심을 거두십시오. 태자 전하가 신뢰하면 어찌 전하를 마음으로 따르지 않을 수 있겠습니까.

태자　자네는 여기서 토끼하고 어울려 살더니 토끼처럼 단순해졌군 그래. 어느 놈의 칼날이 어둠 속에서 날아올지, 어느 놈의 손이 독을 탄 음식이 입안으로 들어올지 모르는 곳이 궁궐 아닌가. 조심하고 조심해도 까딱하면 끝장이야. 어떻게 마음 턱 놓고 믿으란 말이야.

평정 누가 감히 태자 전하를 어찌할 수 있겠습니까. 마음을 편히 가지십시오.

태자 (바위에 앉으며) 자, 이리 좀 앉게. 아무도 없으니 우리 편하게 대하세. 형이라 부르게. 태자 전하네 뭐네 아주 신물이 나네. 자, 앉으라니까.

평정 예, 태자 전하.

태자 형이라 부르라니까. 나도 평정이라 부를 테니까. 평정아.

평정 예, 형님.

태자 한결 편하게 들리는군. 여기 숲에 와서 아우랑 단 둘이 이렇게 앉아 있으니 이제 좀 가슴이 가벼워지네.

평정 그런데 형님은 무얼 그리 근심하십니까?

태자 무얼 그리 근심하느냐고?

평정 마음을 태산처럼 굳건하게 하시면 될 일입니다.

태자 어디 그것이 한두 가지인가.

평정 위로는 폐하가 계시고 아래로는 문무 신하들이 전하를 보필하고 있습니다.

태자 아버님은 병이 깊어 내일을 기약할 수 없네. 저 쥐새끼 같은 신하 놈들은 눈알을 굴리며 눈치만 보지. 힘 있는 쪽으로 붙어 제 자리를 보전하고 재산을 불릴 생각만 한단 말이야.

평정 형님이 잘 쓰시면 모두 유능한 대신이 되고 장수가 될 것입니다.

태자 마음이 딴 데 가 있는 놈들을 어떻게 잘 쓴단 말인가.

평정 딴 데라니요?

태자 셋째나 넷째겠지. 왜 그놈들이 시도 때도 없이 군사를 몰고 나가 성을 뺏는다 땅을 넓힌다 난리 지랄을 치겠나. 다 딴 생각이 있어서 하는 짓이지.

평정   그것이 황자들이 할 소임이라 생각하기 때문이겠지요. 폐하
의 뒤를 이을 태자 전하가 위험한 전쟁터에 나갈 수는 없으
니 말입니다.

태자   태자가 출정해서는 안 된다는 법은 없어. 젊었을 때 폐하도
친히 출정을 하신 적이 있지 않나. 솔직하게 말해 보게. 내
가 병약해서 갑주를 입고 칼을 휘두를 수 없기 때문 아닌가.
그래서 저놈들이 더 나 보란 듯이 저렇게 휘젓고 다니고 말
이야. 몸만 강건하다면 왜 궁궐에만 처박혀 있겠는가. 나도
출정하고 싶어. 출정을 해서 여봐란 듯이 성을 뺏고 땅을 넓
혀 나팔 소리 요란하게 개선을 하고 싶단 말일세.

평정   (정색을 하고) 형님.

태자   말하게.

평정   형님은 형님의 길을 가면 될 것입니다. 강건한 몸뚱이가 필
요 없는 길을 가면 되는 것입니다.

태자   그게 무슨 말인가?

평정   칼의 길이 아니라 화평의 길, 눈물과 비명 죽음의 길이 아니
라, 웃음과 환호 생명의 길입니다.

태자   그런 것이 어디 있어?

평정   있습니다. 형님이 보위에 오르셔서 그 길을 가시면 됩니다.
전쟁을 멈추시고 백성들이 평화롭게 사는 나라를 만드십시
오. 전쟁이 없다면 갑주를 입고 칼을 휘두르는 장수들의 위
세가 무슨 소용이겠습니까. 형님의 길에서 형님은 제일 큰
사람이 될 것입니다. 나라가 화평하고 백성들이 편안할 때
그걸 만든 황제가 어찌 위태롭겠습니까.

태자   허허허허허… 자네 나를 아즈 바보로 만들 셈이군.

평정   어찌 그런 말씀을….

태자   병약한 태자란 자가 황제가 되더니 아예 적이 무서워 여자가

되었다, 그런 말이나 듣는 황제가 바보가 아니면 무엇인가.

평정 백성을 살찌우고 나라를 평안하게 하는 황제가 어찌 약한
황제란 말입니까. 진정으로 강한 황제란 바로 그와 같은 황
제를 일컫지 않겠습니까.

태자 그러니 자네가 실성을 했다고 사람들이 떠드는 모양이구만.
수천, 수만의 적을 풀처럼 베어 넘기던 자네가 이 따위 계집
애 같은 소리나 늘어놓고 있으니 말이야. 우리가 사는 꼴을
보게. 사방이 적이야. 우리가 공격하지 않으면 공격을 당해.
죽이느냐 죽느냐야. 살기 위해서는 공격을 해야 하는 것을
누구보다 자네가 잘 보여줬지 않은가.

평정 철이 없던 때였습니다. 다르게 사는 길을 몰랐을 때였습니다.
세상 깊은 이치를 모르고 어리석게 날뛸 때였습니다.

태자 아니네. 자네는 이 나라의 영웅이었어. 폐하도 얼마나 뿌듯
해 하셨나 말일세.

평정 앞장 서 전공을 세운다는 오만과 종이꽃처럼 쏟아지는 칭송
에 취했었지요. 제 피에 들떠서 수많은 목숨을 죽음으로 몰
아넣었습니다. 자기들 땅을 갈아먹으면서 평화롭게 사는 사
람들은 말할 것도 없고, 나를 따르는 병사들까지 말입니다.
깊이 뉘우치고 있습니다.

태자 아니, 아니야. 자네는 출정한 장수로서 당연한 일을 했어.
너무 잘 한 것이지. 그런 쓸데없는 소리 집어치우고, 그보다
는 말이야… (의심스럽다는 눈길로 불쑥) 진심인가?

평정 예?

태자 지금 자네가 한 말들이 진심이냔 말일세. 그러니까 자네는
진정으로 전쟁터를 떠나고 손에서 칼을 놓았느냔 말일세.

평정 (어이가 없고 답답하다) 이곳으로 들어온 뒤 단 한 번도 전쟁터
를 돌아보지 않았습니다. 칼을 버린 뒤 병장기 따위는 구경

도 해 보지 않았습니다.

태자　그러니까 자네는 저 궁궐에 아무 관심이 없다 그 말이지?

평정　형님. 어찌 이 아우의 말을 믿지 않으십니까.

태자　황제나 황제의 자식들이 제일 무서운 것이 뭔가? 같은 뱃속에서 나온 형제란 자들이야. 그것이 우리 같은 핏줄의 운명이 아닌가.

평정　형님.

태자　자네가 제일 무서웠네.

평정　형님, 어찌 그런 말씀을….

태자　자네가 잘 조련시킨 군사들을 휘돌아 동서남북으로 휘젓고 다닐 때 말일세. 난 자네가 두려워 자다가도 벌떡벌떡 깨곤 했었네.

평정　어리석은 시절의 저를 꾸짖어 주십시오.

태자　아니라니까 그러네. 그런데, 이것 하나만 더 물어보세. 대답해 주겠나?

평정　형님이 묻는데 어찌 대답을 하지 않겠습니까.

태자　자네의 명성이 하늘을 찌를 때 말이네. 붉은 말에 올라 숱한 전공을 세웠을 때 말이야. 정말 그것만 생각했나?

평정　무슨 말씀이십니까?

태자　자, 우리 둘만 있으니 무슨 말인들 못 하겠나. (의심이 가득한 눈빛으로) 솔직하게 이야기해 보자는 말일세. 정말 전공과 칭송에만 취했었나? 그뿐이었어?

평정　예? 그뿐이었냐니요?

태자　이 옷 말이야. 이 옷이 입고 싶지 않았나? 태자의 자리, 아니 머지않아 황제가 될 이 자리. 이 자리를 가슴속에 담고 그 전쟁터들을 누비지 않았느냔 말일세.

평정　(놀라서) 태자 전하.

태자　내 정말 솔직하게 속내를 털어놓아 볼까.

평정　….

태자　난 지금도 자네가 두려워. 자네를 따르는 저 수많은 백성들, 군사들. 자네가 나서기만 하면 말에 오를 장수들은 어디 또 한둘인가.

평정　태자 전하. 이 아우 또한 진정으로 솔직하게 말하겠습니다. 제가 황자의 옷 대신 누더기를 입고 이 산속으로 들어올 때, 황자의 자리도 함께 던졌습니다. 이 산속에서 저는 그저 토끼지기일 뿐입니다. 그리고 영원히 토끼지기로 살 것입니다. 토끼지기가 어찌 갑주를 입고 칼을 든단 말입니까. 무슨 일이 있어도, 절대로 이곳을 떠나지 않을 것입니다.

태자　정말인가? 진정으로 이 산속을 떠나지 않고 토끼들과 어울려 살겠다는 건가? 절대로?

평정　맹세합니다. 원하신다면 조상님 영전에, 그리고 천지신명께 맹세하겠습니다.

태자　자네가 그리 말한다면야….

평정　믿어 주십시오.

태자　(고개를 끄덕인다) 그래, 자네는 실언을 하는 성품이 아니지. 내 믿기로 하지. 그렇다면 말이지. 내 자네의 지금 마음은 그리 믿기로 하겠네. 자, 그럼 우리 서로 믿는 마음으로 솔직하게 이야기해 보세. 내가 조금 전에 한 질문에 솔직하게 대답해 보란 말일세.

평정　예? 무슨 말씀이신지?

태자　허, 이 사람. 이리 정신이 없나. 자네가 전쟁터를 누비던 시절 말일세. 숱한 전공을 세우던 그때, 이 태자의 자리, 황제의 자리를 가슴에 품지 않았느냐 묻지 않았나.

평정　태자 전하. 어찌 제게 그런 말씀을 하십니까.

태자   아니, 괜찮아. 이미 지난 일이잖나. 한때 그랬다 한들 이제
     무슨 흠이 되겠나.

평정   저는 지난 세월 다 잊었습니다. 이제 말 타는 법도 칼 쓰는
     법도 잊었습니다. 못된 꿈을 꾸었다 생각하고 있습니다. 꿈
     속의 일을 어찌 오래 기억할 수 있겠습니까.

태자   허어, 꿈이 아닌데 어찌 꿈으로 만들 수 있겠는가. 불과 몇
     년 저쪽 일이야. 자네는 솔직하지 않은 거야.

평정   그때 무슨 생각을 했다 해도, 이미 제 마음은 말끔하게 비어
     있습니다. 있는 것이라곤 하늘과 구름, 나무와 풀입니다. 하
     는 생각이라곤 어디에 고사리가 많나, 어디 있는 칡뿌리가
     굵고 실한가 그런 것입니다. 어찌 다음에 없는 것을 생각하
     라 하십니까.

태자   이 사람아. 나를 좀 도와주게. 그때의 자네 마음을 안다면
     지금의 저들의 마음을 알 수 있을 걸세. 그래서 이러는 거
     야. 호랑이가 없어지면 승냥이나 여우가 호랑이 노릇을 하
     는 법 아닌가. 자네가 병장기를 놓으니 저 두 황자 놈들이
     저렇게 설쳐대지 않느냐 이 말일세. 저들의 마음을 좀 알아
     야 내가 대비를 할 수 있을 것 아닌가. 지피지기(知彼知己) 말
     이네. 호쾌하게 말에 올라 전공을 세우던 자네 마음을 안다
     면 내 저 녀석들의 마음도 혼히 들여다 볼 수 있을 거란 말
     이야. 나 좀 도와 달란 말이네.

평정   (안타깝다) 태자 전하. 전하는 장자로서 아버님의 뒤를 이을
     적통의 태자 자리에 있사옵니다. 무얼 그리 불안해하고 근
     심을 하십니까. 아우들을 믿고 신하와 백성들을 사랑하시면
     될 일이옵니다.

태자   이 사람, 이거 나를 못 믿는 모양이구만.

평정   태자 전하!

태자	못 믿어서 이러는 거야. 그래서 가슴을 열지 않고 듣기 좋은 소리만 늘어놓는 것이 아닌가. 저 승냥이 같고 여우같은 놈들을 어찌 믿으란 말인가. 온 몸을 피로 칠갑하고 돌아와 흉흉하게 나를 노리는 눈길을 못 본 체 하란 말인가. 저들의 뒤로 쥐떼처럼 몰려드는 문무 신하란 자들을 나더러 믿으라고. 못 믿어. 난 꿈에서도 못 믿어!
평정	태자 전하가 믿어야 그들이 따를 것입니다.
태자	(버럭) 그 따위 허울 좋은 말은 걷어치우라니까! 편한 잠 한숨 못 자는 사람한테 무슨 한가한 소리냔 말이야! 꿈속에서 그들의 칼이 내 목을 겨눌 때 난 비명도 못 질러. 버르적대다가 (신경이 곤두서서 몸을 떤다) 식은땀에 범벅이 돼서 깨어나면, 시커먼 어둠 속에서 정말 불쑥 칼날이 날아들 것 같아서…. (더 심하게 떤다)
평정	태자 전하, 마음을 굳건하게 하셔야….
태자	무서워, 무섭다고! 눈에 핏발이 선 그놈들이 무서워. 그놈들은 형제가 아니야. 내 자리를 노리는 적일 뿐이야! (한층 더 심하게 심리적 혼란과 공포에 빠져든다) 평정이 너는? 너는 아니야? 이 누더기를 걸치고 때를 노리는 것이 아니냔 말이야? 폐하가 붕어 하시고 병약한 태자가 자리를 잡지 못하는 틈을 타서….
평정	태자 전하! 어찌 그런 흉한 말씀을 하십니까.
태자	(실성한 사람처럼 웃어댄다) 흐흐흐허허허허… 아니야? 진심이야? 그 진심이란 것을 내게 보여봐, 응? 아니야! 믿을 수 없어. 분명 놈들은 날 노리고 있어. 평정이 너도 마찬가지야. 도대체 내 옆에는 누가 있단 말이야? 없어! 아무 것도 없어! 저 칼날, 칼날만 있어! 으, 으윽! (비명처럼 소리지르고 기절한다)
평정	(재빨리 상체를 받치고) 호위 무사! 어디 있나 호위 무사!

무사들 (뛰어나오며) 예.

평정 태자 전하를 빨리 궁으로 모시게.

무사들 예.

평정 어찌 이리 허해지셨는가?

무사 1 요즈음 들어 자주,

무사 2 정신을 놓으시곤 합니다.

평정 어서 모시게.

무사들 옛!

무사1 태자를 업고, 무사 2 주위를 경계하며 퇴장한다.

평정, 물끄러미 태자의 뒷모습을 보고 깊이 탄식을 한다.

4장. 황제가 죽은 후, 정변이 발발하다

달밤이다.

평정 황자와 무천이 거처하는 동굴 앞.

복면을 한 자객들이 살금살금 모여든다. 이들의 칼날이 달빛에 번쩍인다.

몇이 동굴 문 앞에서 기다리고 몇이 들어간다.

짧은 사이.

나뒹굴고 튀어나오는 자객들.

지팡이를 든 평정 나온다. 상복을 입고 있다.

자객들 평정을 둘러싼다.

평정은 능숙한 무예 솜씨로 지팡이를 휘둘러 자객들의 공격을 막아낸다.

번쩍이는 칼날과 현란한 동작이 팽팽한 긴장감으로 무대를 채운다.

평정의 무예 솜씨가 뛰어나지만, 자객들의 수가 많고 지팡이로 대항하기 때문에 점점 밀린다.

사이.

맹호장군과 청룡장군 무대 뒤에서 뛰어나온다.

두 사람은 평복 차림이지만 칼을 들었다.

용맹한 두 장군의 등장으로 순식간에 전세는 역전이 된다.

평정　　(두 장군에게 소리친다) 인명을 상하지는 말게. 죽이면 안돼!

자객들 도망간다.

맹호장군 쫓아나가려 하자 청룡장군 팔목을 잡는다.

청룡장군　그만 두게.

맹호장군 한 놈이라도 사로잡아 누가 사주한 것인지 알아내야지.

청룡장군 하나마나한 짓이야. 저리 동원된 자들이 밀명을 내린 자를
알겠나. 그 자는 저 위에 있그, 밀명은 몇 단계를 거쳐내려
왔을 거야.

맹호장군 응, 듣고 보니 그렇겠구만. 하기야 저런 피라미들을 잡아 족
쳐서 무얼 하겠나. 또 누가 시킨 것을 알아낸들 무슨 소용
있겠어.

청룡장군 알아내고 말고 할 것 없이 빤한 일이지. 셋째 황자 아니면
넷째 황자가 내린 밀명이겠지. 지금 그런 것을 따질 때가 아
니란 말일세.

평정 (두 장군이 말을 주고받는 것을 보다가 빙긋이 웃으며) 맞는 말이네.
그자들을 잡아서 시끄럽게 하고 말 것이 뭐 있겠나.

맹호장군 그렇습니다. 문제는 저런 자들이 아닙니다. 사세의 급박함
이 촌음을 다투고 있습니다.

평정 (바위에 앉으면) 앉게들. 달빛이 너무 좋구만. 이왕 이렇게 왔
으니 달빛이나 좀 보고 가게나.

두 장군 황자님!

평정 앉으라니까.

두 장군 (소리치듯) 황자님!

평정 이 사람들. 왜 이리 소란인가. 곤히 자던 벌레들 깨겠네.

맹호장군 저희들이 이 밤중에 왜 이리 달려왔는지 진정 몰라서 하시
는 말씀입니까.

청룡장군 지금 도성에서는 두 황자의 군사가 두얽혀 온 종일 함성이
하늘을 찌르고 있습니다.

맹호장군 낮에 부랴부랴 보낸 심부름꾼에게 정황을 들으셨지 않습니
까. 어찌 한가롭게 달빛 따위나 감상할 시간이 있단 말입니
까.

평정　토끼지기인 내가 뭘 어쩌겠나. 어서 저 어리석은 싸움이 끝나기를 바랄 수밖에. 나야 날이 밝으면 토끼들을 보살피면 되는 일이지.

청룡장군　(답답해서) 허어, 저들의 싸움이 끝나면 거기서 끝난다고 생각하십니까. 누가 이기던지 말입니다.

맹호장군　저들의 싸움에 우리 군사들이 말려들지 않도록 단속하며 아침부터 분주했습니다. 그러다 퍼뜩 황자님 생각이 났지요. 황자님이 위험하다! (청룡장군을 가리키며) 이 사람도 같은 생각이더라고요. 그래서 달려와 봤더니 아니나 다를까.

청룡장군　어제 황제 폐하를 장례 지내고, 내일은 태자 전하가 황제가 되는 날입니다. 두 황자는 그 사이를 틈타 오늘 새벽 정변을 일으켰습니다.

평정　참, 태자 전하는 어떻게 됐나? 자네들이 보낸 심부름꾼 말로는 어디로 모습을 감추었다던데.

맹호장군　돌아가셨습니다.

평정　뭐라고!

맹호장군　날이 밝자 앞서거니 뒤서거니 태자전으로 몰려간 셋째와 넷째 황자의 군사는 허탕을 쳤다더군요. 하지만 오후에 태자전을 샅샅이 뒤진 군사들이 마루 밑에서 찾아냈답니다. 그 자리에서 살해당했습니다.

평정　어허허… 황제 자리가 뭐라고, 그게 뭐라고, 골육이 서로의 명줄을 노린단 말인가.

청룡장군　오늘밤 저 싸움의 대세가 결정되면, 셋째나 넷째 누구든 이긴 자가 권력을 잡고 황제가 될 것입니다. 패배한 황자는 죽임을 당하겠지요. 한바탕 피바람이 불 것입니다.

평정　어허, 어찌 이리 모질고 참혹한 일이 생긴단 말인가.

청룡장군　저들의 칼날이 황자님에게 다가오고 있습니다. 나가셔야 합니다. 이곳을 떠나셔야 합니다.

맹호장군 그렇습니다. 머뭇거리면 늦습니다. 오늘밤이 마지막 기회입
니다. 우리들 군사 또한 이때를 기다려 왔습니다. 황자님,
당장 나가셔야 합니다.

청룡장군 맹호청룡군의 앞장을 서 주십시오. 황자님이 앞장을 서신다
면 우리는 한 달음에 저 반역의 무리들을 쓸어버릴 것입니
다.

맹호장군 군사들이 목을 빼고 대기하고 있습니다. 저 골짜기 아래에
마필을 대기시켰습니다. 황자님, 지체할 시간이 없습니다.

평정 (혀를 차며) 자네들하고 달빛을 즐기기는 글러버린 모양일세.
그만 내려들 가게. 남은 잠이나 자야겠네.

맹호장군 황자님. 왜 이러십니까 권력이 어떤 것인지 너무나 잘 아는
황자님이 왜 이리 답답하시느냔 말입니다. 황제 자리를 놓
고 형제 사이에 피를 흘리고 있습니다. 두 황자 중 누가 이
겨도 하나는 죽습니다. 황자님 또한 어찌 무사할 수 있겠습
니까.

청룡장군 방금 전 자객들을 보셨지 않습니까. 내일 날이 밝으면 이미
늦습니다. 빨리 말에 오르셔야 합니다.

평정 자객이라… 그자들 솜씨가 예사롭지 않은 자들이더구만. 예
사롭지 않은 자들이야…….

맹호장군 (평정의 말을 흘리며 무릎을 꿇는다) 황자님! 저희들이 황자님을
모시게 해 주십시오.

청룡장군 (역시 무릎을 꿇으며) 장자인 태자가 그 자리를 지키지 못하면
당연히 차자인 황자님이 옥좌에 오르셔야 합니다. 우리의
명분은 하늘과 땅 사이에 당당한 것입니다.

맹호장군 만백성과 황자님을 따르는 군사들을 위해 떨쳐 일어서 주십
시오!

청룡장군 명분도 없이 권력을 탐하는 저 무리들을 일소하시고 나라를 구하십시오!

평정 그만 가게.

맹호장군 황자님!

청룡장군 황제의 보위에 오르실 분은 황자님이십니다!

평정 황제가 된다… 그러자면 어찌 해야 하겠나?

맹호장군 저희들의 앞장만 서 주시면 됩니다.

청룡장군 백성들과 군사들 모두 황자님을 따를 것입니다.

평정 말에 올라 칼을 잡으면 밤새 살을 베고 뼈를 꺾어야 하겠구만. 두 아우도 죽여야 할 것이고. 그들을 따르던 무리도 적잖이 죽여야 하겠지. 생각하기도 싫네. 생각할 수 없는 일이야. 그 비명, 피 냄새.

맹호장군 어쩔 수 없는 일입니다.

청룡장군 가만히 있으면 죽습니다.

평정 자네들은 이 나라를 떠받치는 두 기둥이야. 누가 황제가 되든 자네들 같은 맹장이 필요할 걸세. 자네들이 상하는 일은 없을 걸세.

맹호장군 누가 저희들 일신을 걱정한단 말입니까. 황자님의 안위가 위태로우니 이리 드리는 말씀이 아닙니까.

청룡장군 어찌 저희들을 그리 보십니까. 저희들을 제 몸이나 걱정하는 자들로 보신단 말입니까. 황자님을 모시고 우리의 나라, 영광된 제국을 세우고자 이리 하는 것을 잘 아시지 않습니까.

평정 그만들 두게. 영광이네, 제국이네 그런 것이 이 산속에서 토끼나 벗하며 사는 사람에게 무슨 소용이 있으리. 난 황자고 뭐고 다 벗어 던졌으니 그런 것 생각 안 해도 허물이 될 수 없네.

맹호장군　황자의 자리가 벗어 던진다고 던질 수 있는 것입니까.

청룡장군　황자님은 결코 토끼지기가 될 수 없습니다.

맹호장군　시간이 없습니다.

청룡장군　나가셔야 합니다.

평정　자네들이 이리도 강경하니 내 이제 그 이야기를 해야 하겠구만.

청룡장군　이야기라면 나중에 하셔도 됩니다.

맹호장군　말에 오르셔서 하셔도 됩니다.

평정　(낮지만 강한 힘이 있는 목소리) 내 말을 들어보게.

두 장군　예.

평정　길지는 않을 거야. 우리가 마지막으로 나갔던 전장을 기억하나.

맹호장군　어찌 그것을 잊겠습니까. 황자님을 모시고 출정했던 일은 눈앞의 그림처럼 생생합니다.

청룡장군　남쪽의 이민족 성채를 공략하여, 삼천여의 적 수급을 베고 일천여의 군마를 노획하는 대단한 성과를 올렸지 않습니까. 어찌 잊는단 말입니까.

평정　우리가 죽인 것이 군사들뿐이 아니니, 병장기를 들지 않은 백성들까지 더하면 그 싸움으로 죽은 사람이 만은 넘을 거야.

맹호장군　전장이란 그런 것이 아니겠습니까. 흥분한 군사들이 군사와 일반 백성을 가려 조심하기란 쉽지 않으니까요.

평정　우리의 싸움 한 번으로 만 명이 넘는 생명들이 죽어갔어. 우리의 영광을 떨치겠다고, 땅을 뺏고 말을 뺏겠다고 그 무서운 폭력을 자행했단 말일세.

청룡장군　적들을 제압했을 뿐입니다. 어찌 그리 심약한 말씀을 하십니까.

평정　　내 말을 좀 더 들어보게. 그 출정에서 돌아오면서 산자락 밑
　　　　마을 하나에 잠시 들렀지 않나. 우리 앞에서 행군한 병사들
　　　　이 주민들을 남녀노소 가리지 않고 도륙하고 불을 지른 마
　　　　을 생각나나?

맹호장군　그건 좀 불필요한 일이었습니다. 이민족의 마을이긴 했지
　　　　만, 그럴 필요까지는 없는 일이었습니다. 소득을 올릴 만한
　　　　것도 없는 빈촌이었으니까요.

평정　　거기에서 단 하나 살아남은 사람이 있었네. 동네 우물 속에
　　　　서 발견된 아이였지.

청룡장군　황자님이 데려오신 (동굴을 가리키며) 저 아이 아닙니까.

평정　　그래. 내가 왜 그 아이를 데려왔는지 아나?

맹호장군　인정에 약하셔서….

평정　　인정이 아니었네. 그 아이한테서 본 것이 있어서야. 물을 길
　　　　으려다 우물에서 그 아이를 끌어낸 현장에 내가 있었지. 내
　　　　가 본 것은 아이의 눈이야. 그 눈은 이 세상 어디에도 없는
　　　　눈이었어. 아무 것도, 심지어 하늘마저도 담겨 있지 않은 눈
　　　　이었네. 내가 그 아이의 이름을 무천이라고 지은 것은 그 때
　　　　문이었지. 그건 그렇고 말이야. 그 아이의 눈을 들여다보면
　　　　서 내가 또 본 것이 무엇인지 아는가?

두 장군　…?

평정　　(강한 신념이 느껴지는 목소리) 바로 나였네. 내가 살아왔던 모습
　　　　이었네. 우리가 만들려던 세상이었네. 죽이고 또 죽이면서
　　　　만드는 세상이 그 아이의 눈 속에 있었네. 그건 아무 것도
　　　　아니었어. 우리가 칼과 화살로 만들려는 세상은 아무 것도
　　　　아니었어. 하늘마저도 담겨 있지 않는 하얗게 빈 공백, 그
　　　　절망과 죽음의 허공이 칼로 만드는 세상이었단 말일세. 그
　　　　래서 나는 칼을 놓았네. 칼을 버리고 결코 다시 들지 않으리

라 맹세한 것일세.

맹호장군 내가 칼을 들지 않는다고 칼이 사라진단 말입니까?

청룡장군 어찌 세상의 칼을 쉬게 할 수 있겠습니까?

평정 내가 칼을 드니 상대가 칼을 드는 거 아닌가. 내가 칼을 놓으면 상대도 칼을 놓게 될 거야. 칼이란 상대를 겨누는 법 아닌가. 상대가 없으면 칼이란 소용이 없지. 내가 칼로 상대를 겨누지 않고, 내가 상대의 칼에 겨눠지는 상대가 되지 않아야 하네. 그렇게 칼과 칼로 맺는 관계를 끊어내야 해. 문제는 바로 그런 관계란 말일세. 사람들 사이에 그런 악한 관계가 없어지면 이 세상의 폭력은 사라지고 말 걸세. 비명을 듣지 않고 피비린내를 맡지 않아도 된단 말이네. (바위처럼 강한 목소리로) 난 결코 칼을 들지 않겠네! 이 산을 떠나지 않을 거야! 가게!

두 장군 (답답하고 어찌해 볼 도리가 없어) 황자님!

무대 밖에서 길게 들려오는 말울음 소리.

5장. 무천, 입을 열다

지팡이를 든 평정 등장. 그 뒤를 재주를 넘으면서 따라 오는 광대 아무.

평정　왜 자꾸 귀찮게 하는 거야?

아무　이제 정말 귀찮게 될 걸.

평정　(바위에 앉는다) 다 나와는 상관없는 일이다.

아무　(평정의 주위를 까불까불 돌면서) 그럴까? 정말 상관이 없을까? 누구 맘대로?

평정　내 마음대로지 누구 마음대로냐.

아무　저 아래 저잣거리에서는 와글와글 시끄러워. 궁궐에서도 담벼락 밑이건 기둥 뒤에서건 수근수근 입과 귀가 다 번거로워. 둘째 황자 평정이, 이렇구저렇구, 어쩌구저쩌구….

평정　제멋대로 놀리는 입들을 낸들 어쩌겠느냐. 내가 상관하지 않으면 되는 것이지.

아무　정말 그럴까? 태자를 죽이고, 셋째 황자를 죽이고, 막내가 황제가 됐어. 그렇다면 둘째 황자는 어떻게 해야 하나? 넷 중에서 둘은 죽고 하나는 황제가 되고, 자 이제 하나 남은 황자 하나는 어떻게 해야 하나?

평정　그만, 그만! 그 입 좀 다물지 못하나.

아무　황제도 못 막는 것이 광대 입이라니까. 잘 알면서도 그러네.

평정　어젯밤에 살쾡이란 놈이 나타났어. 토끼들이 많이 놀랐을 거야. 요놈을 찾아 혼을 내 줘야 해. 아무야. 오늘은 좀 그만 가 줘야겠다. 바쁘니까 말이야.

아무　정말 한가한 소리하고 있네. 토끼를 노리는 살쾡이가 문제가 아니란 말씀이야.

평정　내 꼴 좀 봐라. 아무리 황자라지만 나를 어쩐단 말이냐.

아무　(조용하게 평정의 앞에 마주 선다) 이 아두는 아무 것도 아니야. 광대란 탈바가지를 쓴 얼굴과 세상이 준 입만 있어야 하니까. 하지만, 어찌 탈바가지를 썼다고 얼굴이 없겠나. 세상의 입이라고 어찌 가슴이 없겠나. 황자를 보는 내 가슴이 어찌 목석이 될 수 있느냔 말이야. 저 권력에 눈 멀고, 재물에 환장한 황후장상 중에서 사람다운 사람은 황자 한 사람이니, 어찌 그대의 목에 칼날이 다가오는 것을 무심히 보고만 있을 수 있으리.

평정　내 자네 이름처럼 아무 욕심도 없고, 아무 일도 안 할 것이니 그들인들 어떻게 하겠나. 아무도 아닌 광대를 벌 줄 수 없듯이, 나도 아무도 아니니 아무 일도 없을 걸세.

아무　어허, 왕자는 결코 아무가 될 수 없다니까. 이 세상에 아무도 아닌 것이 될 수 있는 사람은 없어. 나처럼 광대든지 이름도 없이 숨어 있는 도사를 빼고는 말이야. 차라리 하늘로 솟아. 아니면 땅속으로 꺼지든지.

평정　자네 말대로 내가 도사가 아닌데 어떻게 하늘로 솟고 땅으로 꺼지겠나. 이 땅에서 버틸 수밖에 없지.

아무　아이고 이 일을 어쩌나. 토끼지기도 못 해 먹는 이 세상을 어쩌나. 황자 팔자 기험하다, 광대 팔자 개 팔자. 양지바른 담벼락 아래 축 늘어진 개 불알 팔자.

무대 밖에서 말울음소리, 갑주와 창칼이 부딪히는 소리. 사람들이 내는 소음.

사이.

새 황제가 7~8명의 장수들을 거느리고 등장한다. 장수들 속에는 맹호장군과 청룡장군이 있다.

평정 (황제를 맞아 예를 표하며) 이곳까지 어인 일이십니까?

황제 불러도 궁궐에는 발걸음을 아니 하시니 내가 올 수밖에요. 왜 내가 못 올 곳을 온 것입니까? 이곳은 황제의 땅이 아닌가요?

평정 그런 말이 아니오라, 갑작스럽게 걸음을 하셔서….

황제 듣자니 그렇다. 형님이란 사람은 누더기 옷을 입고 고사리를 먹는데, 황제는 비단옷을 입고 기름진 음식을 먹는다. 어디 마음이 편해야 말이지요.

평정 그게 무슨 말씀입니까. 저는 이게 좋아서 이렇게 사는 것입니다. 비록 혈육이기는 하나, 평민과 황제로 처하는 자리가 천양지차인데 그 무슨 해괴한 비교란 말입니까.

황제 말이사 틀린 말이 아니지요. 아무리 자리고 뭐고 다 버리고 이 산속에서 토끼를 친다 해도 황자는 황자. 더구나 황제의 형님 아닙니까. 이런 누더기와 거친 음식은 안 될 말이지요. 내 어찌 걱정을 안 할 수 있으리요.

아무 (불쑥 끼어든다) 이 사람은 걱정할 필요가 없어. 저 끼니 없어 굶어죽고 빚 못 갚아 매 맞아 죽는 백성들을 걱정해야지. 황제가 할 일이 얼마나 많아.

황제 허어, 네 놈이 끼어들 자리가 아니다.

아무 광대가 끼어 들 자리, 안 끼어 들 자리가 따로 있나.

황제 이런 고약한 놈의 주둥아리를 봤나.

아무 광대 주둥아리는 세상 주둥아리야. 세상 주둥아리 말이 고약하게 들리면 어찌 주둥아리 탓인가. 세상 탓이고 듣는 사람 탓이지.

황제 이놈. 듣자듣자 하니 못 할 말이 없도다. 그 주둥아리 꿰매기 전에 입 닥치지 못할까.

평정　아무야. 그만 좀 하고 저 골짜기 입구로 가서 살쾡이나 지키 거라.

아무　광대 입은 세상이 준 세상 일이라니까. 세상 입을 꿰매는 사람은 없어.

황제　어디 내가 한번 꿰매봐야겠다.

평정　한 귀로 듣고 한 귀로 흘리십시오. 선 황제 폐하 앞에서도 마음대로 지껄이는 자가 광대 아니었습니까.

황제　황제 앞에서도 마음대로 지껄이는 자가 광대다….

평정　건국 이래로 내려온 궁궐의 법도입니다.

황제　법도라… 법도란 지키라고만 있는 것이 아니지. 세상이 바뀌면 바꿀 수도 있는 것이 법이라 그거지요. (광대에게) 하늘 아래 황제의 법을 벗어나는 것이 어디 있다더냐. 그 법도란 것을 바꾸는 날 네 목이 땅에 뒹굴게 될 것이다. 몸뚱이와 목이 따로 노는데 주둥이가 말을 할 수 있겠느냐. 내가 그 법도란 것을 다시 생각하지 않도록 조신하게 처신하거라.

아무　(으쓱 목을 움츠리며) 아이고 무서워. 아무 것도 아닌 아무, 정말 아무 것도 아닌 것이 되겠네. (재주틀 넘으며 퇴장)

황제　허어, 저런 고약한 놈.

평정　신경 쓸 자가 아니옵니다.

황제　황제가 신경을 쓰지 않게 해야겠지요. 저놈 목이 제 자리에 붙어 있으려면 말입니다. 하기야 저놈 말이 맞는 구석이 있기는 있습니다. 황제가 할 일이 많기야 많지요. 아주 바쁩니다.

평정　의당 그러시겠지요.

황제　그런 와중에 내가 여기까지 왜 왔겠습니까? 형님이 이렇게 사는 것을 듣고만 있을 수 있어야지 말이지요.

평정　신경을 써 주시는 것은 고마운 일이오나, 저는 이대로 만족 하고 있습니다. 이 못난 사람은 잊고 정사를 보살피십시오.

황제   어디 그게 마음대로 됩니까. 자, 그러지 말고 나랑 같이 궁
      궐로 가십시다.

평정   폐하.

황제   내 형님을 위해 별궁을 마련해 두었소이다.

평정   폐하, 제가 이 산에서 산 지 만 3년이 넘었습니다. 단 하루,
      한 시각도 궁궐을 그리워해 본 적이 없습니다. 그저 이곳에
      서 살게 해 주십시오.

황제   세상사람 눈도 있지 않습니까. 뭐, 태자와 형 다 제치고 막
      내가 황제에 오른 것이 보기 싫어 산속에서 은거한다, 이런
      식으로 말이 돌 수도 있고 말입니다. 자 궁궐로 돌아가서 이
      황제를 좀 도와주십시오.

평정   허황된 말일 뿐입니다. 제가 이곳으로 들어온 것이 만 3년
      이 넘었습니다. 금번에 폐하가 보위에 오른 것과 무슨 상관
      이 있겠습니까.

황제   눈덩이 구르듯 구르고 굴러 산더미가 되는 것이 저잣거리의
      말이 아니요. 어디 사리분별을 따지는 것이요?

평정   비록 허황된 말이 한때 구르는 눈덩이처럼 부풀어 오를 수
      있다 하여도 얼마나 가겠습니까. 햇빛이 나면 눈 녹듯 스러
      질 것입니다. 아무 심려하실 일이 아닙니다.

황제   구르고 굴러 단단해진 눈덩이는 바위로 바뀔 수도 있는 법
      이요. 집을 부수고 사람을 상하게 할 수 있다 이 말입니다.
      다른 소리 말고 나랑 같이 가십시다.

평정   (완강하게) 폐하. 제가 황자의 옷을 벗고 손에서 칼을 놓을 때
      한 가지 굳은 마음을 먹었습니다. 다시는 세상 속에서 사람
      들 일에 관여치 않겠다는 염원 말입니다. 그 이후 단 한 번
      도 세상을 돌아보지 않았습니다. 앞으로도 저 산 아래로는
      눈길조차 돌리지 않을 것입니다.

황제   (날카로운 어조로) 정말 그렇게 살 수 있을까요? 마음먹은 대로
       살 수 없는 것이 세상살이 아닙니까. 또 그 마음이란 것이
       바뀔 수도 있는 것이고….

평정   (완강하고 간곡하게) 폐하. 진심으로 드리는 말씀입니다. 부모의
       피와 뼈를 나눠 가진 혈육으로 폐하께 간청을 단 한 가지 드리
       겠습니다. 제가 이 모습 이대로 살 수 있게 허락해 주십시오.

황제   허어, 참으로 안타까운 일이오. 이리 싫다 하니 억지로 끌어
       서라도 모셔라 그리 할 수도 없고. 내 아무리 황제라 한들
       마음대로 안 되는 것이 있는 모양입니다.

평정   폐하….

황제   하지만, 내 마음까지 거둔 것은 아닙니다. 비록 지금은 뜻을
       거둔다 해도 황제의 형을 이리 산속에 버려 둘 수는 없는 일
       이지요. 형님 마음이 그러하다면 그 마음을 돌려야 하지 않
       겠습니까.

평정   폐하, 저의 간청을 깊이 헤아려 주십시오.

황제   형님이야말로 이 황제의 부탁을 심사숙고하시기 바랍니다.
       그러려면 말이지요. 그러니까 형님이 저 세상으로 나가는
       길을 두고두고 생각하게 되려면 말입니다. 뭐, 그럴만한 연
       줄이 있어야겠지요.

평정   폐하…?

황제   내 듣자니 형님이 곁에 두고 귀여워하는 아이가 있다고 하
       더군요. 이름이 뭐라더라? (뒤에 물러서 있는 맹호와 청룡장군에게)
       참, 그대들이 잘 알 것 같구만. (평정에게, 능청스럽게) 아 참, 이
       장군들은 형님의 심복들이었지요. 아주 유능한 장수들입니
       다. 이번 원정에서도 많은 공을 세웠어요. 형님 휘하에서 단
       련된 장수들이니 당연히 그럴 것이지만 말입니다.

평정   다 예전의 일입니다. 저는 오래 전에 잊었습니다. 이제 저들

은 오직 폐하의 장수들일 뿐입니다.

두 장군　오직 폐하의 명을 받들 뿐입니다.

황제　그런가? 뭐, 그래야겠지. 그건 그렇고. (다시 맹호 장군에게) 그 아이의 이름이 뭐라고 했소?

맹호장군　무천이라 들었사옵니다.

황제　그래, 무천이라, 무천이라고 했지. 춤추는 하늘이 아니고, 하늘이 없다는 뜻이라고 들었어. (단호하게) 내 그 아이를 궁궐로 데려가겠소이다.

평정　(심한 충격으로) 폐하!

황제　형님을 끌어서 모실 수는 없고, 형님이 궁궐로 고개를 돌리고 발길을 향할 만한 뭐가 있어야지 않겠소. 그 아이가 그럴 만하지 않겠소. 특별히 토끼를 귀히 여기고 보살핀다니 그걸로 어찌 해 보려 해도, 넓은 산속의 토끼들을 모조리 궁궐로 잡아갈 수는 없고 말입니다. 저 아이가 딱 안성맞춤이지 않겠소이까.

평정　폐하, 어인 말씀입니까. 저 아이는 안 됩니다.

황제　누더기와 지팡이 빼고는 아무 것도 가진 것이 없다더니 그런 것이 아닌 모양입니다.

평정　그 아이는 제가 가진 것이 아닙니다. 그 아이는 여기서 비로소 생명을 얻은 아이입니다. 어찌 이곳을 떠날 수 있겠습니까.

황제　그게 무슨 말이요? 제 발로 걸어서 이곳으로 온 아이가 여기서 생명을 얻었다니? 그러면 허깨비로 여기에 왔단 말입니까?

평정　그렇습니다. 허깨비로 왔습니다. (깊은 고통에 잠기며) 그 아이를 허깨비로 만든 것이 바로 접니다. 여기 와서 이제 사람이 되어가고 있습니다. 하늘까지 타버리고 텅 빈 저 아이 눈에 이제야 풀이 돋고 나무가 자라기 시작했습니다. 저 아이는 세상으로 나가서는 안 됩니다. 궁궐이라니요. 절대 안 됩니다!

황제   거 참, 형님의 고집은 여전합니다. 온 천지의 저 또래 여자 애들이 자다가도 벌떡 일어날 겁니다. 궁궐로 들어가자고 하면 말이지요. 좋은 옷에 맛있는 음식에, 귀한 노리개가 지천으로 널린 곳이 궁궐 아닙니까.

평정   저 아이는 아닙니다. 저 아이는 안 됩니다!

황제   허 아무리 형님이라 하나 이리 황제의 말을 막고 나서니 난감합니다. 그 안 된다는 것이 아이를 귀애(貴愛)하는 형님의 마음인지 저 아이의 마음인지 모르겠군요. (뒤의 장수들을 보면서) 뭐 불러다 물어보면 알겠군.

평정   그 아이는 말을 하지 못 합니다. 우리가 말을 빼앗았습니다.

황제   말을 못 한다… 그렇다면 대답을 들을 수 없겠군. 아니 이게 무슨 꼴인가. 황제가 어찌 한낱 계집아이의 의사를 묻고 따른단 말인가. (장군들에게) 아니 그러하냐.

장군들   지당하신 말씀이옵니다.

황제   그렇다. 황제는 명령을 할 뿐이다. 그 아이를 데려와라. 궁궐로 데려가겠다.

평정   폐하!

황제   호위대장은 뭐 하고 있는가!

호위대장 (장수 중 앞에 서 있던 자가 나서며) 예, 명을 받들겠습니다. (퇴장)

평정   폐하, 이 못난 형의 단 하나 소원입니다. 그 아이를 이대로 두십시오.

황제   아까 형님의 소원은 다른 것이 아니었던가요. 형님이 이대로 여기 사는 것 말입니다.

평정   그것과 이것이 다르지 않습니다. 저 아이가 여기 살아야 저도 여기서 마음 놓고 살 수 있습니다. 둘이 다르지 않습니다.

황제   걱정하지 마십시오. 저 아이는 궁궐에서 아주 편히 먹고 자

고 잘 살 것입니다. 동굴에서 푸성귀 따위나 먹는 것과 같겠
습니까.

평정　폐하, 어찌 이리 하십니까. 이 못난 형의 간청을 이리도 매
정하게 물리치십니까.

황제　형님이야말로 어찌 이리 하시는 겁니까. 이 못난 황제의 권
청(勸請)을 땅에 던지고 말다니요.

평정　폐하!

황제　이미 황제가 저들에게 명을 내렸으니 두말 마십시다. 신하
들에게 내리는 명마저 땅에 떨어져서야 되겠습니까.

평정　폐하!

호위대장과 호위무사들 무천을 끌고 들어온다.

토끼들 나무 사이사이로 고개를 내민다.

평정　(호위무사들에게) 안 된다. 그 아이를 놓아 줘. (황제에게) 다시,
간청 드리옵니다. 저 아이는 제발….

황제　이제 자주 궁궐 쪽을 돌아봐 주십시오. 저 아이도 있고 하니
말입니다. 그러다 보면 이 산속을 나오고 싶어지실 것 아닙
니까.

평정　폐하!

황제　(장수들에게) 자, 가자.

무천　(무사들이 끌고 가려 하자 몸부림친다) 으어부부부….

평정　(고통으로 짓눌려서) 무천아….

황제　벙어리가 맞기는 맞구만.

무천　으으으아아….

평정　무천아!

황제　저 아이 소리는 듣기 거북하구나. 뭐 하느냐 어서 데리고 가

지 않고.

무천   (병사들이 끌고 나가려 하자 온 몸으로 저항하다 입이 터진다) <u>으으으</u> 아아, 아저씨!

평정   아니, 네가, 무천아!

무천   아저씨!

평정   안 된다. 그 아이는 안돼! 무천아!

무천   아저씨 살려주세요!

평정   무천아!

황제   으하하하하하… 궁궐에 들어간다니까 저 아이의 입이 터진 거야. 궁궐에서 살면 술술 말을 잘 하겠구만.

황제와 그 일행들, 무천을 끌고 퇴장.

"아저씨 살려주세요!" 무천의 목소리 멀어진다.

고통의 무게로 무너지듯 주저앉는 평정.

한참 동안의 사이.

맹호장군과 청룡장군 재빠르게 등장한다.

맹호장군   황자님!

청룡장군   이대로는 안 됩니다.

맹호장군   황자님이 가만히 있다고 그냥 보고 있을 저들이 아닙니다.

청룡장군   지금 당하셨지 않습니까. 그냥 숨어서 살 수 없단 말입니다.

평정   …. (고통을 안간힘으로 견딘다)

두 장군   황자님!

평정   (감정을 수습하고 천천히 일어선다) 내려가게. 가서 황제를 모시게.

맹호장군   황자님 점점 조여들 겁니다.

청룡장군   이리 등 돌리고 눈을 감고 있어도 소용이 없습니다.

평정   (감정의 동요를 잡기 어렵다) 나더러 어쩌란 말인가? 저 황제의 말대로 궁궐로 가란 말인가?

맹호장군 아닙니다. 지금 저들을 따라가는 것은 범의 아가리로 들어
가는 것과 마찬가지입니다. 이렇게 산속에 사는 황자님을
해칠 명분이 없으니 밖으로 끌어내는 것입니다.

청룡장군 맹호장군의 말이 맞습니다. 황제가 아이를 끌어간 것은 황
자님을 불구덩이로 끌어들이기 위해서지요.

맹호장군 허나 황자님이 이리 산속에 있다고 무사할 수는 없습니다.
결국 어떤 함정을 파서라도 죽음으로 몰아넣고야 말 것입니
다.

평정 아, 무천아….

맹호장군 황자님이 결심만 하면 됩니다.

청룡장군 황자님의 명만 떨어지면 우리 맹호청룡군은 한 마음으로 황
자님을 따를 것입니다.

맹호장군 거사일만 정해 주십시오. 갑주를 입으시고 말에 오르십시오.

청룡장군 누가 감히 황자님이 앞장을 선 맹호청룡군을 막을 수 있으
리요. 그런 자들에게는 죽음이 있을 뿐입니다.

평정 (감정을 가라앉혔다. 천천히 고개를 흔든다) 그런 일은 없네. 내 결심
은 변하지 않았어.

두 장군 황자님!

평정 괜한 마음 쓰지 말고 어서 내려들 가게. 새 황제의 의심을
받아서는 안 돼. 자네들뿐 아니라 수하들까지 위험에 빠뜨
리는 어리석을 짓을 하지 말게.

두 장군 황자님!

평정 내 말은 다 했네. 더 이상 할 말이 없어!

평정, 바위에 등을 돌리고 앉는다.

두 장군, 할 수 없이 평정의 뒤에 깊숙이 예를 표한 후 물러간다.

사이.

광대 아무 등장한다.

아무　아이구 하마터면 목 떨어질 뻔했네. 황제란 자의 소가지가 저렇게 밴댕이 소갈딱지 같아서야 원.

평정　….

아무　아무리 지가 황제라도 그렇지, 형님의 속을 이렇게 뒤집어 놓을 수 있냐 이거야. 내 저기 저 나무 뒤에서 다 보고 들었어.

평정　아무야.

아무　응, 뭐야?

평정　(긴 한숨)

아무　말을 해 봐. 사람이 말을 안 하면 속이 썩어요.

평정　궁궐에 가면 무천이를 좀 살펴보아 주려무나. 눈 맞추고 말 동무도 해 주고, 그 눈이 다시 비어버릴까 두렵구나.

아무　응, 무천이. 알았어. 알았다고. 무천이야 내가 두루두루 살펴보지. 무천이 걱정도 좋지만 자기 걱정도 좀 해 봐.

평정　(일어선다) 부탁한다. (지팡이를 끌고 퇴장)

아무　(독백) 아이고 황제란 자리가 무엇인가. 형제를 둘이나 죽이고 누더기 걸친 형까지 그냥 두고 못 보겠다니. 아이고, 저 무천이를 어쩌나? 평정 황자를 어쩌나? 토끼 벗 삼아 바람 쐬고 달빛 보고 사는 것이 그렇게 어려운가? 아이고 모르겠다. 이 아무 것도 아닌 광대 놈 머릿속이 복잡하구나.

아무 머리를 흔들며 퇴장.

텅 빈 무대.

거친 바람소리.

6장. 토끼들 학살(虐殺) 당하다

비명소리와 고함이 높아지면서 무대 밝아진다.

군사들이 무자비하게 토끼들을 사냥 중이다.

이곳저곳에서 쫓기는 토끼들과 쫓는 군사들.

칼과 창으로 사냥하는 군사들.

토끼의 흰 몸에서 솟구치는 선혈. 처절한 비명소리.

평정, 허겁지겁 나타나 지팡이를 휘두른다.

군사1, 2, 3, 4 지팡이에 맞아 쓰러졌다 일어난다.

평정　네 이놈들. 이게 도대체 무슨 짓이냐? 이게 무슨 짓이냔 말이다?

군사1　(억울하다) 황제 폐하의 명입니다.

군사2　오늘 정오까지 토끼 2백 마리를 잡아야 합니다.

평정　폐하가? 왜?

군사3　저희들이야 명령만 받았지요.

군사4　들리는 말로는 밤에 잔치에 쓴다고 합니다.

평정　잔치에?

군사1　토끼 간 튀김을 만들 거라 합니다.

평정　(분노로 치가 떨려서) 궁궐 창고에 있는 재료만으로도 산해진미를 만들 수 있다. 굳이 이곳에서 토끼사냥을 하는 이유가 도대체 뭐냐?

군사2　저희들이야 명령을 받았을 뿐입니다.

군사3　정오 안으로 토끼 2백 마리를 잡아오라고요. 황자님의 이 토끼 공원에서 말입니다.

평정 나는 이제 황자가 아니다. 하지만 이 꼴을 두고 볼 수는 없
     다. 내 눈앞에서 더 이상 토끼를 죽일 수 없다.

군사4 황명입니다.

군사1 그 명을 어기면 우리가 죽습니다.

평정 너희가 죽는다고?

군사2 그렇습니다. 토끼 2백 마리를 잡아가지 않으면 그 숫자만큼
     의 군사가 죽습니다.

군사3 황명이 얼마나 지엄한지 잘 아시지 않습니까. 토끼 때문에
     우리가 죽을 수는 없습니다.

평정 어허…. (팔 다리에 힘이 풀리며 지팡이를 떨어뜨린다)

군사4 죄송합니다. 우리도 살아야 합니다.

군사1 자 어서 서두르세. 목이 떨어지고 싶은가.

     군사들 다시 토끼를 사냥한다. 무대에 가득 차는 비명과 솟구치는 선혈.

     평정, 분노와 절망으로 바위 아래 쓰러지고 만다.

     사이.

     광대 아무 등장.

아무 야, 이놈들아 이게 무슨 미친 짓이냐!

군사1 이건 또 뭐야?

아무 당장 멈춰라 이놈들. 난 궁궐 광대 아구다.

군사2 아무건 아무개건 썩 비켜라.

군사3 저기 도망간다, 빨리 잡아라.

군사4 요리 오는 놈은 내가 처치한다.

아무 이런 미친놈들! (평정의 지팡이를 집어들어 군사들에게 마구 휘두른
     다)

군사1 (맞는다) 아이고, 아니 이런 미친놈을 봤나.

군사 2   당장 꺼지지 못할까.

아무   왜 죄 없는 토끼를 이리 죽이는 거냐.

군사 3   입 아프다 이놈아. 황제 폐하께 가서 따져.

군사 4   (맞는다) 아이고, 내 이놈을 요절을 내고 말 테다.

평정   (힘없는 소리로) 아무야 그만 두거라. (군사들에게) 광대는 아무도 해칠 수 없다.

아무   (평정의 만류에 아랑곳없이) 세상이 미쳤구나, 황제가 미쳤어. 멈춰라 이놈들! (지팡이를 휘두른다)

군사 1   황제의 명을 막는 자는 오직 죽음뿐이다.

아무   오냐 죽여라 이놈의 세상 더 보고 싶지도 않다.

군사 2   (맞아 화가 치밀어서) 아이고. 그래도 이놈이.

군사 3   어이쿠.

군사 4   아얏. 황제 폐하의 명을 따르겠다. 처치하라! (군사들 거의 동시에 칼을 휘두른다)

아무   아! (칼을 맞고 쓰러진다)

평정   아무야!

군사 1   그러게 왜 지랄이야.

군사 2   우리는 폐하의 명을 받들 뿐이라니까.

평정   어허 이놈들. 광대를 베다니.

군사 3   광대를 따로 취급하라는 명은 없었습니다.

군사 4   막는 자는 누구를 막론하고 베라는 황제 폐하의 명에 따른 것입니다.

아무   (죽어간다) 아이고, 내가 여기서 죽는구나.

평정   아무야.

아무   잘 있으시오.

평정   정신을 놓아서는 안 된다.

아무   황자님이나 정신을 놓지 마시오. 난 이제 편히 쉬겠지만, 황자님은… 아이고 저 험한 세월 어떻게 건너갈거나.

평정　아무야….

아무　내가 웃는 얼굴이오? 우는 얼굴이오?

평정　(슬픔과 고통이 범벅이 된 심정으로) 웃는다, 운다. 운다, 웃는다.

아무　웃고 울고, 울고 웃고 그리 살다 죽으니 원이 없소. (죽는다)

평정　아무야!

무대에 즐비하게 쓰러진 붉은 토끼들.

그 가운데 쓰러져 죽은 광대 아무.

아무를 안고 오열하는 평정.

평정의 처절한 호곡(號哭).

무대 어두워진다.

7장. 평정, 칼을 빼다

피폐해진 토끼 공원.

바위에 기대고 허탈하게 주저앉아 있는 평정.

다시 군사들의 토끼 사냥이 시작된다.

평정, 주저앉은 채 움직이지 않는다.

군사들 무대를 가로지르며 내뱉는다.

"오늘은 4백이래."

"어제보다 백 마리가 더 많네."

평정, 눈을 감고 마치 바위처럼 감정을 보여주지 않는다.

군사들이 한바탕 휩쓸고 간 무대.

토끼들이 뿌린 피가 목이 뚝, 뚝 꺾여 떨어진 동백꽃 같다.

시간의 경과를 보여주는 조명.

달이 떠오른다.

평정은 그대로 앉아 있다.

사이.

평복을 입고 칼을 찬 맹호장군과 청룡장군 주위를 살피며 조심스레 등장한다.

평정의 앞에 와서 깊숙이 허리를 숙여 예를 표한다.

맹호장군 황자님.

청룡장군 일어나십시오.

평정 (허공을 바라볼 뿐)

맹호장군 (흩뿌려진 피를 보고) 무도한 놈들. 황자님, 잘 참으셨습니다.

청룡장군 이것 역시 저들의 덫입니다. 토끼 사냥이 목적이 아니라 황

자님을 밖으로 끌어내 사냥하기 위해서지요. 죄송합니다,
이런 말씀을 드려서.

평정　(조용히) 난 참은 것이 아니네. 황제의 힘을 막을 수 없었을 뿐
이야.

맹호장군　(단도직입적으로) 그렇습니다. 황제의 힘을 막을 수 없습니다.
황자님이 아무리 거부하고자 해도 그 힘은 이렇게 왔습니
다. 황자님이 틀렸습니다. 그렇습니다. 우리들의 말이 맞습
니다. 황자님이 눈 거두고 등 돌린다고 해서 될 일이 아닙니
다. 아무리 피하려 해도 피할 수 없는 칼이 있는 법입니다.
곤히 잠든 집 담을 넘은 강도가, 처녀의 규방 문을 부순 사
내가, 처녀가 거절한다고, 순순히 물러가겠습니까? 그런 자
들과 관계를 맺고 싶지 않다고 해서, 처녀가 제 몸을 지켜내
겠습니까?

청룡장군　저들은 황자님에게서 무천을 빼앗았습니다. 그리고 토끼들
을 무참히 죽이고 있습니다. 칼을 들지 않으면 평화가 오는
것입니까? 아니지 않습니까? 황자님이 아무리 평화로 호소
해도 무천과 토끼를 지켜내지 못했습니다. 이 평화로운 공
원에서 비명과 피가 솟구쳤지 않습니까. 상대에게 내가 평
화로 대하면 된다? 상대와 나쁘고 악한 관계를 맺지 않으면
세상이 평화로워진다? 그렇게만 되는 것입니까? 도무지 그
럴 수 없는 경우가 있지 않습니까. 어떤 경우에도 칼을 들지
않는다, 악한 관계를 맺지 않는다….

평정　(묵묵히 생각에 잠겨 있다)

맹호장군　그건 저 산속에 숨어서 사는 은자나 도사의 도(道)는 될 수
있을지언정, 세상 사람의 법은 될 수 없습니다.

청룡장군　그렇습니다. 황자님이 몸소 겪고 계시지 않습니까.

평정　(고개를 끄덕인다) 내가 틀린 것인지 모르지. 그러니 자네들의

말이 옳다는 건가? (허탈하게) 저들이 칼을 휘두르니 나도 칼을 잡아야 한다는 말인가?

맹호장군 그렇습니다. 어쩔 수 없지 않습니까. 할 수 있을 만큼 인내는 하되, 필요할 때는 칼을 들어 응징해야 하는 것입니다.

청룡장군 부당한 권력에, 사악한 칼에 순순히 죽는 것이 평화일 수 있습니까? 그럴 수는 없습니다. 세상이 그리 돌아간다면, 그거야말로 폭력과 악이 횡행하는 세상이지요.

맹호장군 자, 일어나십시오. 나가셔야 합니다.

청룡장군 머뭇거리면 영영 기회를 놓치고 맙니다.

평정 (손으로 앞의 바위를 가리키며) 잠시 그리 좀 앉게.

두 장군 황자님! 시간이 없습니다.

평정 앉으라니까! 자네들이 기다렸기로 치자면 몇 년을 기다렸지 않나. 이리 성급할 것이 뭐가 있어. 그리 앉아.

두 장군 (앉는다)

평정 머뭇거리면 영영 기회를 놓치고 만다고 했지.

청룡장군 그렇습니다. 시간이 촉급합니다. 황자님의 측근이었던 사람들을 감시하는 눈초리도 점점 날카로워지고 있습니다.

맹호장군 저희 목에도 언제 올가미가 날아올 지 알 수 없는 지경입니다. 저희들 목숨 떨어지는 거야 무서울 것 없지만, 영영 기회를 놓치는 것이 원통하고 절통하지 않겠습니까.

평정 갑주를 벗고 어디 시골로 가게. 설마 농사꾼으로 살겠다는데 목숨을 달라 하겠는가.

청룡장군 황자님. 어찌 저희들을 욕보이려 하십니까.

맹호장군 그리 연명하느니 차라리 이 자리에서 죽겠습니다.

평정 답답한 사람들이군. 살 길을 일러주는데 왜 죽겠다는가.

맹호장군 저희들은 이미 황자님에게 목숨을 바치기로 했습니다.

청룡장군 몸을 피해 구차하게 사느니 차라리 이 자리에서 죽고 말겠습니다.

평정   참 어쩔 수 없는 사람들이구만. 그런데 말일세. 자네들이 말하는 기회라는 것이 뭔가? 내가 놓치는 기회라는 것이 뭐냔 말일세? 내 목숨인가? 그렇다면 난 내 목숨 하나를 건지려고 칼을 들고 싶지 않네. 이미 이 손으로 너무 많은 피를 보았어.

맹호장군   어찌 황자님 목숨이 소중하지 않습니까. 하지만, 황자님이 떨치고 일어서는 것이 황자님 목숨 하나 구명하는 일이 되겠습니까.

청룡장군   그렇습니다. 새 황제의 폭정으로 백성들이 신음하고 있습니다. 또한 불필요한 전쟁으로 싸울 의사도 없는 이민족은 물론, 숱한 우리 병사들이 죽어가고 있습니다. 우리들이 이리 간청 드리는 것이 어찌 황자님 일신의 안위에 그치는 것이겠습니까.

평정   내가 나서면 좋은 황제가 된다는 보장이라도 있는가? 또 가리고 가려서 필요한 전쟁만 하리란 법이 있는가.

맹호장군   같은 햇빛이라도 어찌 머리통을 지지는 오뉴월 염천과 보드라운 솜이불 같은 이른 봄의 햇빛이 같을 수는 있겠습니까.

청룡장군   그렇습니다. 같은 물이라도 저 들녘을 적시는 물도 있고 마을을 덮치는 홍수도 있습니다. 폭군과 성군의 거리는 아득하고, 피할 수 있는 전쟁과 피치 못할 전쟁의 차이 또한 산 이쪽과 저쪽의 거리가 아니겠습니까.

평정   그래서 말이네. 어찌 내가 나서면 성군이 될 수 있고, 피치 못할 전쟁만 할 수 있다고 믿느냐 말일세.

맹호장군   우리는 그런 믿음이 있습니다.

평정   누군들 좋은 황제가 되고 싶지 않겠는가. 허나 권력을 두 손에 움켜쥐고 보면 말일세. 그 권력이란 것이 요사를 부리지 않겠는가. 누군들 헛된 피를 보고 싶겠는가. 하지만 한 번, 두 번, 피에 손을 담그기 시작하면 말이야. 그 피란 것이 팔뚝으로 스며들고 몸통을 적셔 마침내 심장까지 채우지 않겠는가. 난 두렵네. 내가 그 폭군이 되지 않으며 피에 심장을 담그지 않는다고 어찌 보장한단 말인가. 그럴 수 있는가?

청룡장군　그거야 물론….

맹호장군　앞날을 점칠 수야 없지만, 설마, 황자님은 그리 되실 분이 아닙니다.

평정　그걸 누가 알겠느냔 말이네.

두 장군 서로 눈짓을 교환한다. 모종의 결심을 주고받는 것이다.

맹호장군　말씀드리기 송구스럽지만, 말씀드리지 않을 수가 없군요.

청룡장군　어젯밤 무천이 죽었습니다. 우물에 몸을 던졌습니다.

평정　(충격을 받아 신음)

맹호장군　황제가 그 아이를 이곳에서 끌어낼 때 이미 그 아이는 죽은 것입니다.

평정　내 어젯밤 꿈에 그 아이를 보았네. 피가 깨끗이 씻겨 하얗게 된 토끼들과 저 하늘로 훨훨 날아가더구만. 이제 세상 짐 다 벗고 쉬게 되겠지. 그 아이에게 너무 모질고 독한 세상이었네.

맹호장군　황자님이 어찌 저 황제와 같을 수 있겠습니까. 울부짖는 아이를 끌어가고, 토끼 수백 마리를 하루 저녁 잔치 상에 올리는 저 폭군과 같이 될 수 있느냔 말입니다.

청룡장군　그렇습니다. 백성들의 눈물과 원성을 외면하지 마십시오. 지금 햇빛이 염천의 뙤약볕이라면 봄볕 같은 햇빛을 꿈꾸어야 합니다. 지금 물결이 산천을 쓸어내는 홍수라면 물길을 잡아 들녘을 살찌우는 생명의 물이 되도록 만들어야 합니다. 황자님이 나서서 부드러운 봄볕이 되고, 생명의 물이 되십시오.

평정　(심리적 갈등으로 괴롭다)

맹호장군　결단을 내리십시오.

청룡장군　물러설 수 없는 벼랑이라면 앞으로 걸어나가야 합니다.

평정　(생각에 빠져 있다)

맹호장군　언제나 황자님의 명을 기다리는 4만 맹호청룡 정예군이 있습니다.

청룡장군　결단을 내리셔야 합니다. 망설일 시간이 없습니다.

평정　(생각을 정리한다)

두 장군　황자님!

평정　(천천히 몸을 일으킨다) 기다리게.

평정 퇴장한다.

사이.

평정 천에 싼 칼을 들고 나타난다.

두 장군 무릎을 꿇는다.

두 장군　황자님!

맹호장군　저들의 감시가 삼엄합니다.

청룡장군　오늘밤 야음을 틈타 뒷산을 넘으셔야 합니다. 남쪽으로 열린 골짜기로 내려오십시오. 소장들이 갑주와 군마를 대령시켜 놓겠습니다.

평정　내 그리도 이런 순간을 피하고자 했거늘. 다시 칼을 들지 않기를, 핏속에 손을 담그지 않게 되기를, 그리도 간절히 바라고 바랐거늘. 하늘이 원망스럽고 땅이 한스럽구나. 나를 이

길로 이끄는 그대들 죄 또한 어찌 가볍다 하리.

맹호장군 훗날 그 죄를 물어주십시오.

청룡장군 지금은 저희들의 앞을 서실 때입니다.

평정 내가 가고자 했던 길은 참으로 허공에 있었던 것인가! 그리 원하고 원해도 갈 수가 없구나! (칼을 천천히 뺀다) 하지만, 이 길 또한 쉽지 않으리. 참으로 무섭고 무겁구나.

두 장군 주군!

번쩍이는 칼날.

무대 밖에서 길게 들려오는 여러 필의 말 울음소리.

길게 이어진다.

8장. 장군들 전설이 되다

7장으로부터 10년 후다.

토끼 공원은 황폐해진 상태 그대로 있다.

무대 뒤쪽으로 깊이를 알 수 없게 파 놓은 큰 구덩이가 있다.

황제가 된 평정, 맹호장군과 청룡장군을 거느리고 등장한다.

평정은 황제가 입는 화려한 비단옷을 입고 있고, 두 장군은 갑옷과 칼로 무장한 채 따르고 있다.

평정 감개가 무량한 표정으로 주위를 둘러본다.

평정　　허어, 강산이 한 번 바뀌었구나.

맹호장군　그러하옵니다.

청룡장군　폐하께서 결단을 하고 이곳을 떠난 지 10년이옵니다.

평정　　참으로 떼기 어려운 걸음이었다. 그날 밤 이곳을 떠나기가 말이야.

맹호장군　폐하의 용단이 백성과 나라를 살렸습니다.

청룡장군　폐하는 이곳을 떠나 새로운 역사를 쓰신 것이옵니다.

평정　　(바위에 앉는다. 맞은 편 바위를 가리키며) 그대들도 거기 앉게.

두 장군　(앉지 않는다) 황공한 분부이옵니다.

평정　　괜찮아 우리뿐이잖아. 그 갑옷이란 것이 이런 산속에서는 너무 무거울 거야. (강하게) 앉으라니까.

두 장군　예. 분부 받들겠습니다. (앉는다)

평정　　이제 자네들도 그리 앉아서 쉴 때가 된 것인가?

두 장군　예?

평정　　그동안 얼마나 바빴나. 지난 10년간 마음놓고 쉴 때가 어디 있었는가.

맹호장군 폐하를 모신 지난 세월은 소장들에게 참으로 보람 있는 시
간이었습니다.

청룡장군 말 위에서 먹고 마른풀을 덮고 자도 피곤한 줄 몰랐습니다.

평정 그래, 그랬지. 자네들은 심신을 다 바쳐 나를 도왔지. 아니,
도운 것이 아니라 내 두 팔이 돼 주었지.

두 장군 황공하옵니다.

평정 이제 비명소리는 멈추고 피는 흐르지 않는 것인가.

맹호장군 그렇습니다. 나라 안은 폐하의 위엄 앞에 모두 엎드렸사옵
니다.

청룡장군 나라 밖 이민족 또한 국경 밖 저 멀리로 쫓겨나 숨을 죽이고
있사옵니다. 어느 누가 감히 폐하의 이 강성한 제국을 넘볼
수 있겠습니까.

평정 그래, 그래야겠지. 그동안 너무도 많은 피를 흘렸어. 그날
밤 저 뒷산을 넘어 골짜기로 내려간 시각부터 말이야. 내 주
위에서 단 하루도 피바람이 잘 날이 없었으니까.

맹호장군 나라를 안정시키기 위한 조치들이었습니다.

청룡장군 우리의 혼란을 틈타 침입해 오는 이민족들을 응징하기 위해
서였습니다.

평정 (스스로의 생각에 빠져서 혼잣말하듯) 이 산에서 나가 말에 오른 첫
날부터 숱한 사람들을 죽여야했지. 황제의 자리에 있던 동
생과 조카들부터 내 손으로 죽여야했어. 호시탐탐 황제의
자리를 흔들려는 황족들, 귀족들, 지방의 호족들도 풀 베듯
이 베어야 했지.

맹호장군 폐하, 황실의 안정과 백성의 안위를 위한 길이었습니다.

평정 (역시 같은 어조로) 한 달이 멀다 하고 동서남북으로 병사들은
출정을 했고, 죽이고 또 죽어야 했지. 숱한 마을들이 불길에

휩싸이고 남녀노소의 비명이 산천에 메아리쳤으리.

청룡장군 폐하, 우리를 노리는 자들에게 제국의 위엄을 보여주기 위한 불가피한 전장들이었습니다. 이제 국경은 평화롭게 되었습니다.

평정 평화, 평화라. 그렇지. 이제 정말 평화를 누려야겠지. 더 이상 비명과 피는 없어야겠지. 안 그런가 이 사람들.

두 장군 그렇사옵니다. 그럴 것이옵니다.

평정 그렇다, 그럴 것이라… 그렇다면 말이네. 그 칼들을 줘 보게.

두 장군 예?

평정 자네들이 차고 있는 칼을 이리 줘 보란 말일세.

두 장군 폐하…?

평정 이리 단순한 말을 못 알아듣는 건가. 칼을 풀어 이리 내라니까.

두 장군 예, 폐하. (의혹 속에서 엉거주춤 칼을 풀어 평정에게 바친다)

평정 (칼을 받아 살피며) 대단한 칼들이구만 강처럼 흐르는 피를 먹었으니. 자, 이제 이놈들부터 쉬어야지. (구덩이 속으로 던져버린다)

두 장군 (경악하여) 폐하!

평정 (아랑곳하지 않고) 어찌 좀 가벼워지지 않았는가? 그 갑주를 벗고 베옷을 입으면 아마 날아갈 듯이 가벼우리. 내 전에 이곳에서 토끼지기를 할 때처럼 말이야.

맹호장군 어찌하여 소장들의 장도(長刀)를?

청룡장군 폐하께서 친히 내린 지휘도이옵니다. 하온데?

평정 내가 줬으니 내가 버린 것이네. 그건 그렇고 말이야. 내가 토끼지기 할 때를 이야기하니 생각나는 것이 있구만. 그때 자네들 나를 저 세상으로 끌어내리려고 무진 애를 썼지. 안 그런가.

맹호장군 황실의 혼란이 극심하고 백성들의 고통이 심한지라….

청룡장군 이를 틈 타 외적들의 발호도 극심하였습니다.

평정 아네, 알아. 내 이제 와서 자네들을 탓하려는 것이 아니야. 아무리 자네들이 간청을 했다 한들 내 마음이 움직이지 않았으면 어찌 내려갔겠는가. 그게 아니고 말이야. 한 가지 덮어두었던 일이 떠올라서 말이야. 자네들 참 고생 많이 했어. 그런 생각까지 다 하고 말이야.

두 장군 예?

평정 자객까지 보내지 않았는가.

두 장군 (놀라서) 예에!

평정 아 놀랄 것 없어. 복면으로 얼굴이야 감출 수 있지만 검법이야 어디 가겠는가. 소싯적부터 의기투합한 나와 그대들이 갈고 닦은 용호청룡 검법 아닌가. 그 검법을 쓰는 자들, 그것도 검술이 뛰어난 자들이 자네들 휘하가 아니라면 누구겠는가. 자객이란 자들이 살수(殺手)를 쓰지 않고 허공만 베니 내 어찌 눈치를 채지 못 했겠나. 아마 그자들 대부분은 나를 따라 전장을 누비던 자들이었으리.

두 장군 (황급히 무릎을 꿇고) 소장들을 죽여주시옵소서.

평정 아, 그럴 것 없다니까. 자네들이 나를 해치려고 그런 것이 아니었지 않나.

맹호장군 그러하옵니다. 소장들은 폐하를 모시려는 소견 하나로….

청룡장군 사태가 너무 화급하여, 때를 놓치면 끝장이라는 심경으로, 눈이 멀어 감히 폐하를 기망하였습니다.

두 장군 소장들을 벌하여 주시옵소서.

평정 아, 괜찮아. 자네들 마음을 내 알아. 그 일을 탓하려는 것이 아니야. 그저 이곳을 떠나던 때를 생각하다 보니까 떠오른 일일 뿐이야. 일어나라니까.

두 장군   (일어나 앉는다)

평정   이제 이곳에 다시 토끼 공원을 만들어볼 작정이네.

두 장군   아, 예….

평정   나는 이제 황제가 되어 버렸으니, 다시 토끼지기가 되고 싶
어도 그럴 수는 없는 노릇이고….

맹호장군   어이 그런 듣기 민망한 말씀을 하십니까.

평정   그냥 해 보는 말이네. 그래 토끼지기를 정했지.

청룡장군   들었사옵니다. 노예로 끌려온 자들 중에서 벙어리 셋을 고
르셨다고.

평정   왜 하필 벙어리고, 셋이냐그 말이 많았겠지.

청룡장군   우물 안 개구리들처럼 좁은 소견으로 폐하의 뜻을 헤아리려
했을 것이옵니다.

평정   토끼와 벗하며 토끼를 돌보는데 말이 무슨 소용이겠나. 차
라리 장애가 아니겠나. 그리고 하나로는 감당하기 어렵고
둘은 갈라서기 쉬우니 셋이 적당하리. 솥 다리가 셋이듯이
말이야. (구덩이를 가리키며) 저 구덩이도 그 자들이 사흘 동안
판 것일세.

맹호장군   (누르고 있던 호기심을 발동하며) 마치 호랑이 덫처럼 보이는데,
어인 일로 저런 일을 하명하셨는지요?

청룡장군   이곳에서 맹수를 사냥할 것도 아니고 말이옵니다.

평정   사냥할 것이 있네. 맹수보다 더 무섭고 잡기 어려운 것을 사
냥해야 하네. 10년 전 이곳을 나갈 때 결심한 사냥이었네.
내 그래서 그토록 걸음을 떼기가 어려웠고 말이야.

두 장군   (요령부득이다) 예?

평정   내가 이 산을 내려가 칼을 든 뒤 수십만을 죽였네. 자네들과
함께 말이야. 우린 한 몸처럼 그 일을 해 냈지.

청룡장군   폐하.

맹호장군　나라와 백성을 위한 일이었습니다.

평정　　그래. 그래야지. 나라와 백성을 위한 일이어야지. 그래야 해! 그렇지 않다면 그 숱한 죽음이 무슨 의미가 있겠는가. 그리 되지 않는다면 10년 간 그들을 죽음으로 몰아넣은 우리가 무슨 짓을 했다는 것인가. 그래서 더더욱 나라와 백성을 위한 일이 되어야 한단 말이야. 지금까지는 비명과 피, 죽음의 시간이었다면 이제 평화의 세월이 되어야 하네. 이곳을 내려가서 칼을 들며 하늘과 땅에 맹세한 약속이었네.

맹호장군　이제 그리 될 것이옵니다.

청룡장군　폐하의 위엄과 제국의 강성함이 이 같은데 어찌 평화를 구가하지 않을 수 있겠습니까.

평정　　그럴까? 그게 말처럼 쉬울까?

청룡장군　무엇을 걱정하시옵니까?

맹호장군　폐하의 제국은 반석 위에 서 있사옵니다.

평정　　(구덩이를 가리키며) 저것을 왜 팠느냐고 했지? 난 맹수보다 무섭고 잡기 어려운 것을 사냥하기 위해서라고 했고 말이네.

두 장군　(어리둥절하여) 예에….

평정　　내 팔을 자르기 위해서야. (단호하게) 두 팔을 잘라 묻어야겠어!

두 장군　(경악하여) 예? 폐하?

평정　　그대들도 말했지 않나. 수십만의 죽음이 있었으니 이제 평화를 누려야 한다고. 그 평화를 누리자면 내 두 팔이 묻혀야 하네.

두 장군　(이해할 수 없는 채로 불안이 스며든다) 폐하….

평정　　피가 스미고 스며서 이제 쩔고 쩔어버린 것이 이 두 팔이네. 백성이 평화를 누리자면 피 바람을 부르는 황제의 팔이 쉬어주어야지. 하지만 그게 쉬운 일이 아니란 말이네. 황야를

달리던 말이 어찌 얌전하게 마구간에 머물겠는가. 피로 굵
어진 팔뚝은 자꾸 피를 먹자고 보채는 법일세. 피는 피를 부
르니까. 결코 조용하게 쉴 수가 없으니, 잘라내는 수밖에 없
단 말이네.

맹호장군 (모호하지만 어렴풋한 불안에 흡싸여) 폐하, 그게 무슨 말씀이옵니
까?

청룡장군 (역시 비슷한 감정으로) 이제 이 나라와 백성은 평화를 누릴 것
이옵니다.

평정 그 평화를 누리려면 두 적을 물리쳐야 하네. 내 안에 있는
적과 저 밖의 적.

맹호장군 밖의 적이라면 국경을 침략하는 외적이라지만 안의 적이라
면….

청룡장군 혹 반역의 무리를 말씀하시는 것이옵니까. 이제 누가 감히
그런 마음을 품을 수 있겠습니까.

평정 아니야. 그런 반역의 무리를 말하는 것이 아니네. 그게 밖의
적이지 어찌 안의 적일 수가 있겠는가. 모르겠는가?

두 장군 예에?

평정 (자기 심장을 손가락으로 찌른다) 바로 이 안에 있는 적이야. 피를
먹고 먹은 이 심장이란 말일세. 그리고 (자기 팔뚝을 양손으로 치
면서) 이 팔뚝이네. 피로 굵어진 이 팔뚝 말이네.

맹호장군 밖의 적이 없지 않습니까. 팔뚝을 들어 무엇을 할 수 있겠습
니까.

청룡장군 그렇습니다. 그런 심려는 하지 않으셔도 됩니다.

평정 밖의 적이 없으면 안에서 적을 만들어내겠지. 오른팔이 왼
팔을 치고, 왼팔이 오른팔을 치고, 손가락들은 분주하게 팔
을 따라서 찌르고 후비고 꼬집고 난리를 피워야 하고 말이
야. 그러다 보면 이놈이 저도 모르게 주인인 심장을 해치는

수도 있단 말이네.

맹호장군 (황제의 말을 어렴풋이 감지한다) 폐하, 비유라 해도 차마 듣기 민망한 말씀이옵니다.

청룡장군 (조금 더 분명하게 의미를 파악한다) 소장들은 오직 폐하의 명을 받들어 죽고 살뿐이옵니다.

평정 (차차 괴로운 목소리가 된다) 그대들은 내 두 팔이었네. 내가 황자였던 시절 전쟁터를 누빌 때부터 내 왼 팔과 오른 팔이었어.

두 장군 황공하옵니다.

평정 (무겁고 괴롭다) 내 이곳을 내려간 10년 전부터 가슴에 담을 수밖에 없는 말이었네. 숱한 밤낮을 생각하고 생각했어도 다른 방도가 없어. 내 두 팔을 잘라내는 수밖에!

맹호장군 (경악하여) 폐하!

청룡장군 (역시 경악하여) 어찌하여 소장들을…!

평정 그리도 많은 목숨을 묻고 평화를 이룩했으니 지켜내야 하지 않겠나. 그런데 말일세. 우리가 만든 평화란 것은 유리그릇처럼 조심스럽고 조심스러운 것이네. 안의 적과 밖의 적 중 하나라도 막지 못하면 깨지고 만단 말이야.

맹호장군 폐하, 저희들이 평화를 지킬 것이옵니다.

청룡장군 폐하를 모시고 태평성대를 누릴 것이옵니다.

평정 내 두 팔은, 자네들은 말일세. 피 속에서 피를 먹고 자랐어. 자네들이 거느린 4만 최 정예병은 전쟁터에서 사는 법을 배웠어. 강하고 날카롭기가 잘 벼린 칼과 같고 창과 같네. 그 앞에 유리그릇이 있다면 어찌 두렵지 않겠는가.

맹호장군 아니옵니다. 저희들은 폐하의 명을 받는 장수들이고 군사들일 뿐이옵니다.

청룡장군 그렇습니다. 폐하의 명 없이는 단 한 발짝도 움직이지 않을 것이옵니다.

평정　　그래서 하는 말이네. 정작으로 두려운 것은 피를 흠뻑 먹은 심장이네. 바로 나란 말이네. 그래서 두 팔을 잘라내려는 것이야. 뜻이 있어도 팔이 없으면 어떻게 내려칠 수 있겠는가. 황제란 손가락 하나로도 수백, 수천을 죽일 수 있는 자리네. 내가 강한 팔과 손을 가지고 있으면서 어찌 쓰고 싶은 유혹을 이겨만 낼 수 있겠는가.

맹호장군　(목숨의 위협을 느낀다) 폐하, 어찌 그런 말씀을 하십니까.

청룡장군　(역시 다급하여) 어찌 목숨을 바쳐 폐하를 모신 소장들을 버리려 하십니까.

평정　　(괴롭다) 내 그래서 그토록 이곳을 떠나고 싶지 않았거늘. 여기를 떠난 10년 전에 이런 날을 예감했으니….

맹호장군　(살아야 한다는 다급한 심정으로) 폐하, 저희들이 없다면 어느 누가 폐하를 굳게 지킬 수가 있단 말입니까?

청룡장군　그렇습니다. 안에서 숨죽이고 있는 자들, 밖에서 웅크리고 있는 외적들이 있습니다. 굳건한 팔이 없이 어찌 하신단 말입니까.

평정　　(깊이 고통스럽게 한숨을 쉰다) 그렇네. 그래서 이러는 것이네. 그 두 가지 적을 다 그대들이 떠안아야 하기 때문에 말이네. 안을 보세. 자네들과 자네 근사들은 평화를 견딜 수 없을 거야. 아니, 자네들을 두 팔처럼 썼던 내 자신이 그렇다고 해야 하겠네. 나는 이 안의 적을 물리쳐야 하네. 밖의 적은 또 어떤가. 물론 자네들의 무용과 맹호청룡군의 위세로 지금은 웅크리고 있지. 하지만 그게 10년을 가겠는가. 자네들도 늙고 군사들도 쇠해지네. 물론 나도 늙어가지. 그때를 기다려 웅크렸던 외적들이 발호를 할 걸세. 피를 부르는 전장이 기다리고 있단 말이네.

맹호장군　세월은 어쩔 수 없는 일이옵니다.

청룡장군 저희들이 강성할 동안 평화를 누리면 되지 않습니까. 그 뒤
의 일은 또 준비를 하면 될 것이옵니다.

평정 (괴롭다) 수십만을 죽였어. 그 죽음으로 고작 몇 년의 평화를
산단 말인가.

맹호장군 영원한 것이 어디 있습니까.

청룡장군 바위도 부스러져 먼지가 되는 법입니다.

평정 그래, 영원한 것은 없네. 하지만, 하지만 말이네. 내 황제가
되어 날마다 칼을 휘두르면서, 반대하는 자들을 도륙하고
외적을 죽이고 또 죽이면서, 이 세상에 숱한 고아와 과부를
만들어내면서 말이네. 한 가지 천지신명께 맹세한 것이 있
었네. 저 죽은 아비 어미의 자식이 장성할 때까지라도 그 세
월 동안이라도 평화로운 세상을 만들리라. 저 지아비를 빼
앗긴 과부들이 제 집 방안에서 죽을 수 있게 몇 십 년만이라
도 세상을 조용하게 만들리라. 그것도 아니라면 우리가 죽
인 그 숱한 목숨 앞에서 무슨 말을 할 수 있단 말인가. 어찌
그 목숨들 앞에서 용서받을 수 있단 말인가!

맹호장군 하오나, 폐하!

청룡장군 어찌 저희들을 버리려 하십니까.

평정 (외치듯이) 내가 황제가 되었기 때문이야! 그래서 살아 두 팔
을 잘라내야 하는 것이야! 나라 안을 본다면 말이네. 자네들
이 없어야 제대로 쉴 수 있게 돼. 병사들도 손에서 병장기
놓고 논밭 갈고 자식 낳고 살 수 있어. 밖으로 눈을 돌리더
라도 말이야. 자네들이 이대로 늙어서는 안 돼! 자네들의 흰
수염과 늘어진 팔을 보고 외적들은 다시 국경을 넘을 걸세.
자네들은 이대로 늙지 않고 외적을 떨게 했던 호랑이와 청
룡으로 살아야 하네. 자네들은 세월을 이겨야 한단 말일세.
갑자기 사라진 자네 두 장군은 맹호청룡군을 거느리고 저

심산유곡에 은거하게 되는 셈이네. 우리 제국은 천하를 떨게 하는 무서운 병단(兵團)을 저 어둠 깊숙이 감추게 되는 것이지. 자네들은 사람들의 눈앞에서 사라짐으로써 마음속에 강하고 무서운 장수들 그대로 남게 되네. 병사들은 신병이 되고 장수들은 신장이 되는 거야. 아무리 눈에 보이는 장수와 군병이 강하다 한들, 보이지 않고 짐작조차 할 수 없는 신병과 신장이 주는 두려움을 당할 수 있으리. 어느 대낮의 형체가 저 어둠 속의 신화처럼 두려울 수 있겠는가 말일세.

두 장군 (이제 평정의 뜻을 완전히 이해했다. 하지만, 어쩔 수 없는 두려움과 고통이 밀려온다) 폐하, 어찌 저희들을….

평정 (고통으로 얼굴이 일그러진다) 너 이런 날이 두렵고 두려워서, 다시 갑주를 입고 칼을 들기를 그크도 피하고 피하려 했거늘… 어허 하늘이시여!

두 장군 (오열한다) 폐하….

두 장군, 오열하고 평정, 고통에 빠져 있다.

사이.

두 장군, 자신들의 감정을 수습하고 눈짓을 주고받으며 결심을 한다.

맹호장군 폐하, 폐하를 주군으로 모신 그날 이후로 저희들의 목숨은 폐하의 것이었사옵니다.

청룡장군 마지막까지 폐하를 모시고 살다 죽을 수 있어 참으로 다행이옵니다. 소장들을 따르던 병사들을 부탁드리옵니다.

평정 병사들은 삼삼오오, 서로가 모르게 저 아득한 벽지로 보낼 거네. 튼실한 처자들과 짝을 지어 줘서 말이야. 그 고생을 했으니 이제 땅 갈고 자식 낳으면 살아야지. 황금으로 후한 상을 내려 살필 것이니 걱정들 말게.

두 장군 고맙습니다.

평정 그대들을 묻으면 내 두 팔을 묻는 것이다. 고아가 어른이 되고, 과부가 방안에서 죽을 때까지, 남은 심장으로 버텨내다 내 그대들과 함께 이 몸뚱이를 묻으리라.

두 장군 소장들 폐하의 명을 받들겠사옵니다.

평정 먼저들 가게. 그리 멀지 않은 날 만나리. (차고 있던 화려한 단검을 풀어 준다)

구덩이 앞으로 간 두 장군, 갑옷을 벗어 구덩이로 던진다.

맹호장군 (가슴을 찌른다) 폐하 부디 옥체 만강하시옵소서. (칼을 청룡장군에게 주고 구덩이에 몸을 던진다)

청룡장군 폐하, 부디 태평성대를 이루시옵소서. (찌르고 구덩이에 몸을 던진다)

고통으로 오열하는 평정 황제.

사이.

감정을 수습한다.

돌을 주워 나무를 세 번 두드린다.

벙어리 토끼지기 셋 나타난다.

평정 (구덩이를 손짓하며) 묻어라. 잘 묻어 주어라.

벙어리들, 일을 시작한다.

평정 황제, 허허로운 걸음걸이로 퇴장한다.

어두워진다.

9장. 황제, 신화가 되다

8장에서 30여 년의 세월이 흘렀다.

달이 떠올라 있다.

앞장처럼 구덩이가 파헤쳐져 있다.

이제 흰 수염을 휘날리는 평정 황제 혼자 등장한다.

휘영청 밝은 달빛.

나무들 사이에서 토끼들 고개를 내민다.

평정, 나오라고 손짓한다.

토끼들 나온다.

평정 토끼들과 어울려 춤을 춘다.

환상처럼, 평정의 꿈속처럼, 무천과 광대 아무 등장한다.

평정, 황제의 옷을 벗어 던진다.

이들은 어울려서 달빛 아래서 춤을 춘다.

바람에 훨훨 나는 옷자락처럼 아름다운 춤.

평정　(숨을 헐떡이며) 아, 이제 늙었다.

아무　이제 갈 때가 된 거야.

무천　할아버지.

평정　그래, 이제 할아버지가 되고 죽을 때가 된 거지.

아무　미련 없어?

평정　오래 전에 몸 죽이고 뜻으로 겨우 살아왔어. 다행히 몇십 년 나라 평화롭고 백성들 평안했으니 무슨 미련이 있겠어. 고 아들 잘 커서 어른 되고, 과부들 안방에서 밥 잘 먹고 누워 죽었어. 그 약속 지켰으니 된 것 아닌가.

아무 그렇긴 하지. 그게 쉽지 않은 일이니.

무천 이제 가요, 할아버지.

평정 그래, 가자. 마지막으로 한 가지 일만 더 하고.

아무 뭐가 또 할 일이 남았어?

평정 내 두 장군을 내 손으로 죽여 살아 있게 만들었어. 황제가 그냥 죽어서야 되겠나.

아무 그냥 죽지 않으면? 거지건 황제건 죽으면 구덩이로 들어가야지.

평정 그래. 몸뚱이는 구덩이로 들어가야지. 하지만, 구덩이로 들어간 두 장군은 살아 있지 않나.

아무 그렇지. 지금도 저 심산유곡 어디서 눈을 부릅뜨고 전설로 살아 있으니까.

평정 나는 하늘로 가려 하네.

아무 하늘로?

평정 나무 잘 타는 친구가 용포를 저 나무 꼭대기에 걸어줄 거야. 그러면 백성들은 황제가 구덩이로 간 것이 아니라 하늘로 갔다고 여기겠지. 황제가 하늘에서 백성들 평안하게 살도록 내려다볼 거라 여기겠지. 마음 든든히 여긴다면 어찌 그 힘이 가볍다 하리.

아무 하기야 하늘로 올라간 황제의 힘이 어디 만만할 것인가.

평정 이제 마지막으로 내가 숱하게 죽인 그 목숨들 값을 하려는 거야. 어찌 그런다고 하늘이 용서를 하며 땅이 용납을 하겠나만.

아무 그런 생각 이제 다 털어. 끝났어. 아무 것도 아니게 되는 거야.

평정 그래, 아무 것도 아니게 되는 되지. 자, 이제 가세나.

무천 같이 가요.

평정   그래, 가자. 가자꾸나.

아무   한바탕 놀고 가세.

평정과 광대 아무 무천, 토끼들과 한바탕 춤을 춘다.

사이.

평정, 구덩이로 몸을 던진다.

광대와 무천 토끼들 훨훨 날듯이 사라진다.

사이.

벙어리 셋 나타난다.

그 중 하나가 용포를 집어서 높은 나무를 타고 오른다. 꼭대기에 용포를 펼

쳐서 건다.

벙어리들, 말없이 구덩이를 메운다.

사이.

무대, 서서히 어두워진다.

잔인한 유산

- 모노 단막 드라마 -

〈등장인물〉

노인(인 것만은 분명하나 나이를 짐작할 수 없다)
남자아이와 여자아이(마네킹으로 대용)

〈무대〉

작은 아파트의 응접실. 몇 개의 상징적인 장치로 표시하면 되겠다.
무대 후면에는 거대한 창이 있고, 그 창을 통하여 비쭉 비쭉 솟은 아파트의 숲
이 보인다.

※ 이 희곡에서 노인의 대사는 아주 느리게 발화된다. 말의 물질성이 관객에
게 육박하는 과정이 되어야 한다.

막이 오르면, 노을이 창을 핏빛으로 물들이고 있다. 소파는 객석을 향하여 반원형으로 놓여 있다. 노인, 객석을 보고 있고, 탁자를 중심으로 양쪽 옆에 아이들 앉아 있다.

노인 자, 편하게, 그래, 편하게 앉으려무나. 이 할아버지의 집이 야. 그러니 아무런 염려 말고 아주 편하게 앉아요. 그럼 이 제 이야기를 시작해 볼까.
아주 신나고 재미있는 이야기를 말이야. 응, 알았어. 그렇게 조르지 않아도 내 다 이야기할 테니. 너희들 뭐 먹고 싶지 않니. 그래, 그래. 내 그럴 줄 알았어. 그래서 이렇게 준비해 뒀지. 맛있는 사탕을 말이야. (호주머니에서 사탕을 두 개 꺼내 한 개씩 준다) 딸기 캔디야. 천천히 빨면 붉고 달콤한 딸기즙이 입속을 빨갛게 물들이지. 저 핏빛 노을처럼 말이야. 어서 입 속에 넣으려무나. 그리고 이야기를 들으면서 빨아먹어. 뱃 속까지 짜릿짜릿 달콤한 닷이 스며들 테니까. (사이) 나는 너 희들을 만나 얼마나 행복한지 모르겠다. 아주 즐겁단 말씀 이야. 으응? 너희들도 그렇다고. 그래. 제대로 맞춘 거야. 내 이야기는 여간 재미있는 것이 아니니까. 지금까지 내 이 야기를 들은 아이들치고 재미있어 하지 않는 아이들이 없었 어. 눈을 초롱초롱 큼직하게 뜨고 귀를 쫑긋 세우게 되고 만 단다. 너희들도 정말 이야기를 좋아하지? 그래, 내 그러리 라 짐작했단다. 아까 저 놀이터에서 너희들을 만났을 때 척 그런 느낌이 들었지. 이야기를 다주 좋아하는 아이들일 거 라고 말이야. 너희들은 시소를 양쪽에서 타고 있었지. 노란 옷을 똑같이 입고 있으니까 꼭 두 마리 병아리 같았어. 보송 보송 귀여운 병아리가 양지쪽에 앉아 햇빛을 쬐는 것 같았 단 말이야. 자, 그럼 시작해 볼까. 원 녀석들. 침을 꼴깍 꼴

깍 삼키는 소리가 무슨 작은 짐승의 숨 넘어 가는 소리 같구
나. 꼴딱꼴딱… 그럴 만도 하지. 특히 내 이야기는 말이야.
너희들 눈을 똥그랗게 만들고 귀는 쫑긋 세우게 하고 심장
을 얼어붙게 만들 수가 있으니까. 물론 아이들은 대부분 이
야기를 좋아하지. 몇 고개를 넘어 마을에 간 엄마와 호랑이
이야기 따위도 듣고 또 들으니까. 너희들도 알고 있겠지?
고개를 하나씩 넘을 때마다 호랑이는 엄마를 조르지.

　떡 하나 주면 안 잡아먹지.

　팔 하나 주면 안 잡아먹지.

　다리 하나 주면 안 잡아먹지.

그리고, 으왕!

다 먹어 버리지.

놀랄 것 없어. 조금 흉내를 낸 걸 가지고 뭐 그러니. 자, 사
탕을 빨아먹으렴. 다 먹으면 또 줄 테니까. 그렇게 붉은 침
을 흘리진 말고. 옷이 붉게 물들면 집에 가서 엄마에게 야단
맞지 않겠니.

응, 참. (오른쪽 아이에게) 네가 오빠라고 그랬지? 그래, 쌍둥이
인 줄은 알고 있어. 그래도 누군가 단 1분이라도 먼저 태어
나는 법이니까. 그래. 오빠인 네 이름이? 한동이. 그리고 네
가? 한희. 음, 뜻이 크고 훌륭한 사내애와 여자애가 되라고
그렇게 지어주신 걸 거야. 너희들은 쌍둥이니 정말 다정한
오누이겠구나. 호랑이에게 쫓겨 해와 달이 된 그 남매처럼
말이지.

자, 그럼 이제 이야기를 시작해 볼까.

할아버지 이야기는, (사이) 너희들이 신나 날뛰는 전쟁! 바로
전쟁이야기란다! 만화나 영화가 아니야. 실제 전쟁! 이 할아
버지가 용감하게 싸웠던 전쟁이야기야. 총탄이 비 오듯 쏟

아지고 함성이 태풍처럼 쏟아지는 전쟁 말이다. 슈우웅- 날아온 포탄이 꽝! 터지면 무성하던 나무들도 갈가리 찢어져 시커멓게 타 버리지. 사람은 말할 것도 없단다. 흔적도 남기지 않고 날아가 버려. 공중에서 살덩이가 붉게, 마치 붉은 함박눈처럼 쏟아져 내리지. 무서워하지 마라. 이 할아버지가 있지 않니. 용감한 군인 아저씨로서 총탄과 포탄을 다 헤치고 살아온 내가 말이다.

너희들도 가끔 전쟁놀이를 하지 않니. 우리 편 나쁜 편, 편을 갈라서 말이야. 1동과 3동 아이들이 한편을 하고 2동과 4동 아이들이 다른 편이 되지. 아파트 모퉁이나 그네 뒤, 화단에 숨어 있다가 적이 나타나면 재빨리 쏘아대지. 뭐니뭐니해도 등 뒤에서 쏘는 것이 제일 좋지. 땅, 따당- (사이) 그러면 적은 꽃무더기나 측백나무 옆으로 픽픽 쓰러지는 거야. (사이)

그때 우리들은 산꼭대기에 진을 치고 있었단다. 아주 무더운 여름이었지. 아마 오늘보다 더 더웠을 거야. 따가운 햇살이 바늘처럼 온몸에 박혀드는 것 같았어. 땀이 줄줄 흘러 눈알은 쓰라리고, 마치 뜨거운 가마솥 속에 들어앉아 있는 것 같았다니까. 철모가 벌겋게 달아올라 계란이 있었으면 아마 프라이도 해 먹을 수 있을 정도였단다. (웃는다) 재미있지 않니. 그 산에 있던 우리 편은 50명 정도였어. 그런데 공격하는 적은 우리보다 훨씬 긇았단다. 그래도 우리는 물러서지 않고 용감하게 싸웠어. 땅을 파서 몸을 숨기고 우린 조용히 숨을 죽이고 기다리는 거야. 그러다 적이 벌떼처럼 기어오르면 총을 갈겨대고 수류탄을 까 던졌지. 총탄을 맞은 적들은 멋지게 죽었어. 벌렁 나자빠지고, 팔이, 다리가 획 획 날아가고, 머리도 공처럼 날아가 버리는 거야. 수류탄이 터지면 또 어떻게 되는 줄 아니. 금방까지 악착스럽게 기어오르던 놈들이 한 무더기 뭉떵 떨어져 산산조각나 버리는 거야. 정말 신나는 장면이 아니겠니. 처음엔 다들 무서워했지만 점점 용감해지더구나. 정말 훌륭한 군인 아저씨들이 된 거야. 꼭 영화에서 나오는 군인 아저씨들처럼 말이다. 하지만 적들도 만만치 않았단다. 우리 편이 있던 고지를 점령해야 적들은 남쪽으로 진격할 수 있었거든. 그래 필사적으로 덤벼든 거야. (사이) 그러던 어느 날 밤. 적들은 무섭게 공격을 해 왔어. 우리들 또한 죽을힘을 다해 총을 쏘고 수류탄을 던졌지. 어둠 속에서 번쩍, 번쩍 불빛이 날아다니고 꽝! 꽝! 하늘이 터지는 듯한 소리가 났어. 그때마다 비명소리가, 사람이 지르는 소리라고 믿을 수 없는 비명소리가 어둠을 잡아찢고는 했지. 시간이 가는 줄도 모르고 미친 듯이 적들은 기어오르고 우리는 쏘아댔어. (사이) 한참 지나자 우리는 무엇을 하고 있는지조차 모르게 되어 버리더구나. 머릿속이 멍해지고 귀는 윙윙 울어대서 온 몸이 텅 비어 껍질만 남아 있는 것 같이 되더란 말이야. 마침내 뿌옇게 날이 밝아오자 적들은 도망치기 시작했어. 살아남은 우리들은 함성을 지르며 뒤쫓았단다. 피곤한 줄도 몰랐어. 온 몸의 피가 끊는 것 같았으니까. 뭐랄까… 축제 때, 술이 취해 벌겋게 달아올랐을 때 폭죽이 팡팡 터지자 우르르 쏟아져 가는 꼴 같았다고 할까… 온 몸에 피를 뒤집어써서 붉은 수레바퀴가 굴러 내리는 것처럼 보이는 친구도 있었지. 한 친구는 팔 하나가 떨어져나가고 창자가 튀어 나왔는데도 와아! 함성을 지르며 산중턱까지 달려가서 그만 덜컥 쓰러져 죽어버리더군. 그렇게 쫓아간 우리는 수많은 적의 무기를 탈취했단다. 그리고 더욱 신나는 건… 뭔지 알겠니? (사이) 그래 잘 모를 거야. 포로를 잡은 거야. 적을 2명 사로잡았단 말야. 그 바보 같은 녀석들은 총소리가 무서워 고슴도치처럼 웅덩이에 머리를 처박고 기절해 있더라니까. 사로잡은 녀석들을 끌고 의기양양하게 우리들은 산 위로 올라왔어. 하지만 우리 편의 손실도 무척 컸단다. 50여 명 중에서 살아남은 사람은 열다섯 명, 그 중에서도 부상을 당하지 않은 사람은 열 명 정도였어. 포로들은 무척 어린 소년병들이었단다. 젖 냄새가 날 것 같더군. 엄마 품에서 재롱을 퍼는 애들을 끌어낸 것 같았지. 뺨은 불그스레하고 아직 솜털이 보송보송했지. 너희들처럼 말이야. 그래, 너희들처럼 놀란 토끼 눈을 초롱초롱 굴리고 귀여운 웃음을 벙긋벙긋 지어댈 녀석들이었어. 우리는 녀석들을 서로 연결시켜 묶었단다. 도망치기 어렵게 말이지. 응, 어떻게? 손쉬운 거야. 자, 보렴. (주머니에서 끈을 꺼내 두 아이를 묶어 연결한다) 자, 이렇게 해서, 이렇게. 봐, 됐지. 간단하지 않니. 녀석들은 똥이나 오줌을 누러 갈 때도 함께 가야 하게 되었지. 그래, 참 볼만한 꼴들이었지. 재미있지? 어때, 집에 가지 않아도 되겠니. 으응, 엄마, 아빠는 더 늦게 오신다고. 그래, 그럼 이야기를 마저 들어야지. 너희들은 참 이야기를 잘 듣는 아이들이구나. 그런데 벌써 사탕을 다 빨아먹은 모양이지. 자, 하나씩 더 주지. 응, 내가 까서 입에 넣어 줄게. 곧 풀어줄 테니까 좀 참아. 아이들도 참을성이 있어야 한단다. 그렇게 손을 묶어 놓으니까 이 할아버지가 더 이야기를 잘 할 것 같구나. 옛날 생각이 눈에 선하게 떠오른단 말이야. 아주 실감이 나게 말이지. 적들은 그렇게 쫓겨갔지만 다시 공격해 올 것이 틀림없었어. 하지만 우리 편은 겨우 싸울 수 있는 사람은 열 명 남짓. 이제 적들이 공격한다면 우리는 모두 죽고 말 거라는 사실은 불을 보듯 뻔한 것이었어. 그래 우리는 그 산을 버리고 이동하기로 했어. 날이 어둡기를 기다려 두 명의 포로를 끌고 우리는 걷기 시작했단다. 응? 다친 아저씨들은 어떻게 했느냐고? 글쎄, 어쩔 수가 없었지. 걸을 수 있는 사람은 데려가고 나머지는 그냥 둘 수밖에 없었어. 버려진 사람들은 처음엔 애원하고 나중에는 울부짖었지만 소대장은 단호하게 출발명령을 내리더군. 한참 가는데 증오에 찬 저주의 외침이 우리의 등 뒤를 후려쳤지. '개쌔끼들 다 뒈져라!' 그리고 꽝! 수류탄 터지는 소리가 들렸단다. 스스로들 용감하게 죽어버린 거야. 참으로 용감하게! 밤새 우리는 걸었는데 그만 길을 잃고 말았단다. 숲이 우거진 산속에서 어디가 어딘지 방향을 분간할 수 없었던 거야. 그래서 별 수 없이 걸어야 했지. 언제 적들이 등 뒤에서 들이닥칠지 몰랐으니까 말이야. 그 두 포로들은 우리 앞에서 묵묵히 걸어갔단다. 겁에 질려 도망칠 엄두도 못 냈을 거야. 아마 감시의 눈초리가 없으면 그 자리에 쓰러져버릴 것 같았지. 우리는 거기가 적진인지 우리 편이 있는 곳인지도 모르고 산속에서 산속으로 끊임없이 걸었어. 정말 무인도에 떨어져버려 헤매는 것처럼 말이야. (사이) 자, 너희들 목이 마르고 할 테니 좀 쉬었다 이야기할까. 할아버지가 주스를 만들어 주지. 그래, 잠깐 기다리려무나. 아주 달콤하고 맛있는 복숭아 주스가 있으니까. (일어나서 냉장고로 가서 주스를 2잔 갖고 온다) 자, 마셔. 이걸 먹으면 아주 시원하고 기분이 좋아질 거야. 그래 내 이야기가 끝날 때쯤 되면 온몸이 나른해지고 아득하게 졸음이 올 거야. 그럼 잠깐씩 자도 좋겠지. 내가 너희들 집에 전화할 수도 있으니까. '여기 선생님네 쌍둥이 오누이가 아주 편안하게 잠들어 있습니다' 하고 말이야. (사이) 참으로 너희들은 귀엽고 예쁜 쌍둥이구나. 눈망울은 꼭 시원한 샘물로 방금 씻어 놓은 포도 알 같아. 볼은 따스한 가을 햇빛에 잘 익은 사과 빛이고. 꿈꾸는 듯한 붉은 입술은 얼마나 먼 길의 희망에 가득 차 있는지 모르겠구나. 그래, 너희들은 아름다운 꿈을 두고 봄날처럼 행복한 삶을 설계할 수 있겠지. 내 이야기를 들은 다른 아이들도 싱싱하고 아름다웠지만 너희들은 정말 훌륭한 아이들이야. 마치 내 아이들을 다시 보는 것 같아. 응? 내게도 아이들이 있느냐고? 아니, 옛날에 있었지. 그러니까 전쟁이 일어났던 그 때, 난 너희들과 같은 두 아이… 오빠와 동생, 아니, 쌍둥이는 아니었단다. 하지만 다정하게 뛰놀곤 했지. 그 두 아이들과 그 아이들의 엄마가 있었어. 어느 날 밤 잠자고 있는데 하늘이 무너지는 듯한 소리가 나지 않겠니. 그래 깜짝 놀라서 깨어보니 지붕이 날아가고 하늘이 훤하게 보이는 거야. 그리고 우리 아이들과 엄마가 없어져버린 거야. 우리 집이 적군의 폭격을 받은 거지. 정신없이 찾아보니 몇 조각 옷만 남아 있더구나. 잠들었다 깨어보니 가족이 모두 없어진 셈이지. 그래서 난 전쟁터로 나가게 되었단다.

참, 어디까지 이야기했지? 응, 포로들을 데리고 산속을 헤매 다니는 곳까지였지. 우리는 걷다가 자고 또 걷고 했지. 도대체 어디가 어딘지, 어디로 가는지도 모르면서 끊임없이 걸었던 거야. 그렇게 걷기라도 하지 않으면 견딜 수가 없었어. 가만히 있는 것보다는 걷는 것이 훨씬 견디기 쉬웠단다. 움직이지 않고 누워있거나 하면 그냥 그대로 땅속으로 녹아들 것만 같았어. 그 포로 녀석들도 얌전히, 그래 마치 순한 양처럼 따라다녔어. 처음 잡혔을 때는 넋이 나가 울고 벌벌 떨다가도 나중에는 멍하니 그저 잘 길들인 강아지 같아지더구나. 참 기묘한 행군이었어. 녀석들을 가운데 세우고 우리는 총구를 가운데로 빙 둘러 겨누고 그저 묵묵히 걷는 거야. 언제 어디서 총알이 날아올지도 모르는데 말이야. 왜 사방을 경계할 생각을 하지 않고 그 포로들에게만 모두 총을 겨누고 있었는지 모르겠어. 공격을 당하면 묶인 녀석들도 그저 꼼짝없이 죽을 뿐인데 말이야. 어떤 상황에서도 녀석들이 우리들에게 공격을 할 수는 없었지. 얼이 빠져 아마 우리가 총구들만 전부 치우면 그 자리에 나무토막처럼 쓰러져 죽어버릴 것 같았으니까. 재미있지 않니. (오른쪽 오빠에게) 넌 슬슬 졸음이 오기 시작하는 모양이지. 네 눈꺼풀이 파르르 떨리곤 하는 걸 보니 말이야. 그래, 그렇게 편하게 머리를 기대렴. (왼쪽 누이에게) 너도, 응 한희도 말이야. 아득한 졸음에 이야기가 녹아드는 것은 정말 감미롭기도 하니까. (사이) 이제 할아버지 이야기는 점점 재미있어져. 그리곤 곧 끝나기도 하지. 그렇게 우리는 걷고 걸었어. 아마 우리들도 그 포로 녀석들이 쓰러진다면 모두들 한 끈에 묶인 허수아비들처럼 풀썩, 풀썩 쓰러져버렸을 거야. 참 이상한 일이었단다. 어떻게 생각하면 그 두 명의 아이 같은 어린 포로들이 우리들을 끌고 가는 것도 같았어. 열 개의 총구를 온 몸에 받으면서 그 아이들이 끌고 우리들은 그들을 맹목적으로 겨누고 따라가고. 사방 어디에서 갑자기, 파방-하고 총탄이 쏟아져 우리들을 썩은 짚단처럼 쓰러뜨릴지 모르는데 말이야. 하지만 그 포로들이 큰 위안이었던 것만은 확실해. 적의 공격을 받았을 때 우리도 공격할 수 있는 적이 있었으니까. 아주 확실하게 우리의 손안에 말이야. 만약 어디선가 적의 총탄이 날아오면 우리는 단번에 그 포로들을 사살해 버릴 작정이었지. 사실 소대장은 따로 두 명의 저격병을 지명하기도 했으니까. 정말 그 아이들이 없었다면 우린 모두 지쳐서 이미 쓰러져버렸을 거야. 하지만 무한정 그렇게 갈 수는 없었어. 마지막 한 방울 기름이 다 떨어져버린 자동차처럼 우리도 멈춰야 할 때가 왔던 거야. 이렇게 노을이 핏빛으로 타오르는 저녁 무렵이었단다. 어둠은 마치 엷은 안개처럼 내려 덮이기 시작하고 있었지. 어느 이름 모를 산 중턱이었어. 우리는 그 포로들을 가운데 두고 빙 둘러 쓰러져 있었단다. 그래도 총구는 나란히 가운데를 향하고 말이야. 우리도 그랬겠지만 그 아이들의 눈은 마치 없어져버린 것 같았어. 그저 마분지에 뻥 뚫린 두 개의 구멍, 바람이 솔솔 지나다니는 구멍으로만 보였지. (사이) 재미있지 않니. 열 명의 병사가 만든 원 속의 두 명의 아이. 그런 우리들의 모습은 마치 한 폭의 그림 같았을 거야. (사이) 그렇게 있는데 온통 수염이 턱을 덮은 한 병사가 마지막 힘을 쥐어 짜내듯 말했어. "저 녀석들을 처치해 버립시다." 그러자 도두들 잊고 있었던 무슨 물건을 발견한 것처럼 고개를 끄덕이더군. 그런데도 그 아이들은 그저 멍하니 아무런 반응도 없이 우리들을 보고 있는 거야. "그리고?" 누군가가 말했지. 그러자 아무도 대답하지 못했어. 이미 우리들도 죽어 있는 거나 마찬가지였으니까. '그리고'에 이어지는 대답을 누가 할 수가 있었겠어. 하지만 그 병사의 제안은 한 줄기 서늘한 바람처럼 우리에게 어떤 힘을 주었어. 땅속으로 깔아져 들어가던 몸속에서 무언지 꿈틀꿈틀 움직이는 걸 느낄 수 있었단 말이야. 그래 우리는 잠시 우리들 죽음을 생각하기를 잊을 수 있었던 거지. (사이) 소대장이 약간 고개를 쳐들어 우리들 얼굴을 빙 둘러보았어. 그러다가 내 얼굴에서 눈길이 멎더군. 소대장은 담배를 한 대 권하듯 나직하게 말했지. "네가 해, 손으로." 난 그저 고개를 끄덕여 알았다는 표시를 했어. 응, 정말 너희들 졸음이 쏟아지는 모양이구나. 저런, 눈이 다 감겼군. 깊고 아득한 우물 속에 빠져들 듯 졸음 속으로 내려가고 있어. 그래, 그렇게 편하게 기대려무나. 비스듬히 누워. 이제 이야기도 마지막이다 됐으니까. 난 겨우 기어서 그 아이들의 옆까지 갔지. 이렇게 말이야. (오빠의 옆으로 천천히 다가가 앉는다) 그리고 지쳐 쓰러진 그 포로들 중 한 아이의 머리를 가만히 내 무릎 위에 올려놓았어. (아이의 머리를 무릎에 올린다) 하지만 내 손은 그저 축 늘어진 채 아무런 힘이 없었어. 그 아이는 죽어버린 거나 마찬가지였으니까. 그런데 그때 그 아이의 눈에 조그맣게 빛이 비쳤어. 그저 구멍만 같던 눈에 눈동자가 마지막 촛불처럼 살아 있었던 거야. 그리고 겨우 내가 알아들을 정도로, 하지만 또렷하게 말하더군. "죽여주세요." 나는 조용히 고개를 끄덕였지. 아마 미소를 엷게 띠었는지도 모른단다. 이제 내 손은 힘이 돌아와 있었어. 그래 천천히 그 아이의 목을 졸랐지. (아이의 목을 조르기 시작한다) 그리고 자장가를 불러주었어. 아주 어릴 때부터 내가 들었던 노래야. 아득하고 감미롭게 잠들게 하는 노래지.

자장자장 자장.

해님 보고 크는 아기, 달님 보고 크는 아기.

잘도 잔다 우리 아기.

자장자장 자장.

바람 먹고 크는 아기 이슬 먹고 크는 아기

잘도 잔다. 우리 아기.

자장자장 자장.

무럭무럭 크는 아기 숨도 없이 자는 아기

깊이깊이 자는 아기.

자장자장 자장.

그 아이는 아주 조용하게 되었어. 너처럼 말이야. (오빠에게서 떨어져 누이에게로 간다) 오빠는 달님이 되었단다. 넌 해님이 되어야지. 그 두 포로 아이들이 없었으면 난 그때 이미 죽었을 거야. 참, 너처럼 초롱초롱한 눈망울과 사과 같은 뺨을 가진 아이들이었어. 그애들을 이렇게 목을 조르고 나자 며칠쯤 더 살 수 있는 힘이 생기더구나. (목을 조르며 앞의 자장가 반복) 정말 엄마 품에서 재롱이나 부리면 꼭 알맞을 그런 아이들이었는데… 귀엽고 아름다운 봄 같은 아이들이었지.
우린 그 다음날 아군을 만났단다. 그래서 빨간 핏빛 노을을 그 후에도 셀 수 없게 보게 되었지. 오늘처럼 말이야. 저 핏빛 노을을….

천천히 어두워진다.
잠시 후 다시 밝아지면
무대, 시작 때와 같다.

노인 자, 편하게, 그래, 편하게 앉으려무나. 이 할아버지의 집이야. 그러니 아무런 염려 말고 아주 편하게 앉아요. 그럼 이제 이야기를 시작해 볼까. 아즈 신나고 재미있는 이야기를 말이야.

노인의 말 중간쯤부터 무대 천천히 어두워진다.
- 끝 -

공연예술신서 · 57

인간의 시간
- 배봉기 희곡집 • 3

초판 1쇄 인쇄일 2010년 11월 10일
초판 1쇄 발행일 2010년 11월 15일

지 은 이 배봉기
만 든 이 이정옥
만 든 곳 평민사
　　　　　서울시 서대문구 남가좌2동 370-40
　　　　　전화: (02)375-8571(代) 팩스: (02)375-8573

평민사 모든 자료를 한눈에 —
http://blog.naver.com/pyung1976

등록번호 제10-328호

ISBN　　978-89-7115-563-9　　03800

정 가　　12,000원

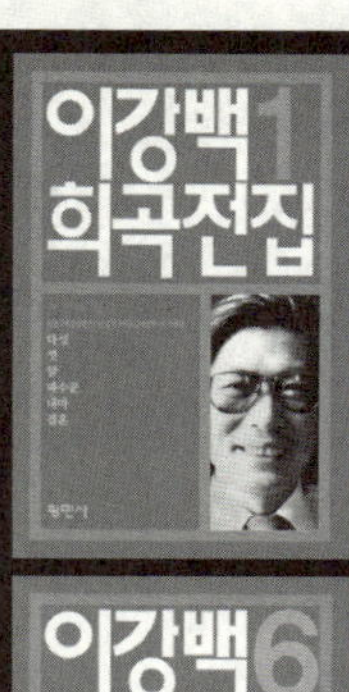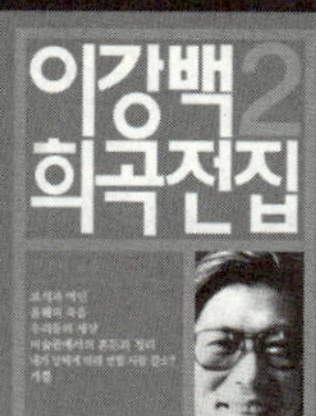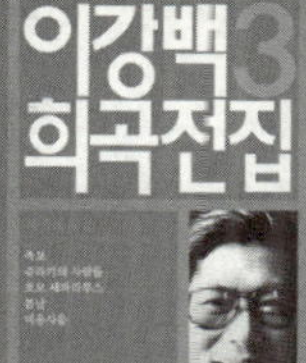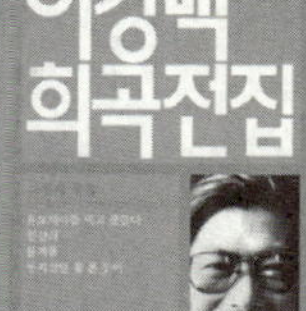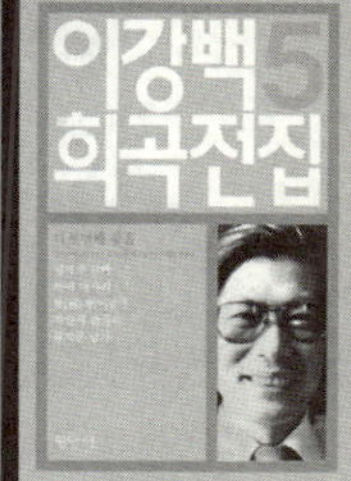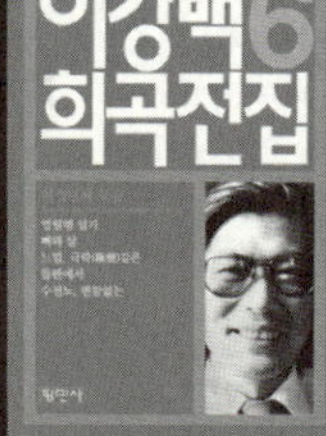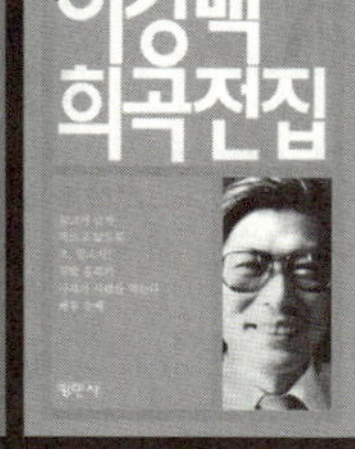

희곡 작가 이강백은 1971년 동아일보 신춘문예로 「다섯」이 당선된 것을 계기로 작품을 쓰기 시작하여 지금까지 「내마」, 「미술관에서의 혼돈과 정리」, 「개뿔」, 「쥬라기의 사람들」, 「호모 세파라투스」, 「봄날」, 「동지섣달 꽃 본듯이」 등 여러 희곡들을 발표하였다. 서울극평가그룹상, 동아 연극상, 대한민국 문학상, 서울연극제 희곡상, 백상예술대상 희곡상 등을 수상했고, 현재 서울예술대학 극작과 교수로 있다.

이강백 희곡전집

- **첫 번째 묶음**
  (1971년부터 1974년까지)
  다섯/ 셋/ 알/ 파수꾼/ 내마/ 결혼
  A5신/ 190쪽/ 7,000원

- **두 번째 묶음**
  (1975년부터 1979년까지)
  보석과 여인/ 올훼의 죽음/ 개뿔/ 우리들의 세상/ 미술관에서의 혼돈과 정리/ 내가 날씨에 따라 변할 사람 같소?
  A5신/ 216쪽/ 7,000원

- **세 번째 묶음**
  (1980년부터 1985년까지)
  족보/ 쥬라기의 사람들/ 호모 세파라투스/ 봄날/ 비옹사옹
  A5신/ 308쪽/ 10,000원

- **네 번째 묶음**
  (1986년부터 1992년까지)
  유토피아를 먹고 잠들다/ 칠산리/ 물거품/ 동지섣달 꽃 본 듯이
  A5신/ 276쪽/ 9,000원

- **다섯 번째 묶음**
  (1992년부터 1994년까지)
  영자와 진택/ 북어 대가리/ 통(桶) 뛰어넘기/ 자살에 관하여/ 불지른 남자
  A5신/ 316쪽/ 10,000원

- **여섯 번째 묶음**
  (1995년부터 1998년까지)
  오월행 일기/ 뼈와 살/느낌, 극락(極樂)같은/ 들판에서/ 수전노, 변함없는
  A5신/ 263쪽/ 9,000원

- **일곱 번째 묶음**
  (1999년부터 2003년까지)
  물고기 남자/ 마르고 닳도록/ 오, 맙소사!/ 진땀 흘리기/ 사과가 사람을 먹는다/ 배우 우배
  A5신/ 344쪽/ 11,000원

해방전 공연 희곡과 상영 시나리오

그동안 연구가 거의 이루어지지 않았던 근대 문학사 가운데 대중의 희로애락을 함께 했던 장르라면 단연 연극과 영화를 빼놓을 수 없을 것이다. 그러나 지금까지 아픈 역사의 청산되지 못했든, 어쩌면 문학사의 테두리 안에서 청산할 수 없는 수많은 작가들의 존재와 그들의 희곡 작품 면면을 확인함으로써, 옅어버린 시대의 연극사를 되찾는 결정적인 전기가 마련될 수 있다는 점이 이번 '근대 희곡 시나리오 선집' 연구의 가장 큰 성과일 것이다.

과거가 없는 현재가 있을 수 없듯 현대 문학사에는 분명 단절된 시대의 극학사 한 부분이 존재하고 있다. 이에 신파극(혹은 대중극) 대 신극 논란, 친일극(친일영화) 논란, 월북 극작가를 중심으로 한 이념극 논란을 재정립하는 계기가 제공됨으로써, 희곡 및 시나리오 연구에 새로운 기폭제가 될 것이다. 또한 본 연구 과제를 통해 근대 문학 연구에 기여한 바로는 일본어로 발표되었다는 점 때문에 연구가 미진했던 희곡·시나리오 작품들을 번역했다는 사실로 23편의 일본어 희곡 및 시나리오 작품을 번역함으로써 문학사의 또 다른 공백을 메울 수 있는 계기가 마련된 것에도 한국 문학사에 큰 의의를 둘 수 있을 것이다. 〈머리말 중에서〉

❶ 해방전(1940~1945) 공연희곡집
박영호

박영호 작가의 작품집으로 하층민의 삶을 리얼하게 그려낸 「燈盞불」, 한민족의 정서가 살아 있는 「山돼지」, 바다를 향한 끊임없는 도전을 담은 「물새」, 동양적 교회상의 확립과 허와 실을 제시한 「좁은 門」, 역사적 사실의 잘못된 재현을 담은 「金玉均의 死」, 일제의 징용과 징병 정책을 노래하는 「별의 합창」. 여섯 작품과 더불어 각각의 작품들에 대한 해제가 실려 있다.

❷ 해방전(1940~1945) 공연희곡집
송영

송영 작가의 작품집으로 암울한 식민지 현실을 방랑하는 김병연(김삿갓)의 청년기와 장년기, 그리고 노년기의 행적을 각각 삽화적으로 구성한 작품 「김삿갓」, 화전민의 비극적인 인생을 담은 「山風」, 일제의 식민 지배 전략에 역사적 당위성을 부여한 「歷史」, 조선의 아들딸을 황국신민으로 만드는 「申思任堂」, 전체의 이익을 위해 희생하는 개인의 모습을 담은 「달밤에 걷든 山길」. 다섯 작품과 더불어 각각의 작품들에 대한 해지가 실려 있다.

❸ 해방전(1940~1945) 공연희곡집
임선규 | 함세덕

식민지 민중의 시선을 사로잡은 「東學黨」, 뿌리 뽑힌 유랑의 비극적인 현실을 담아낸 「氷花」, 미국에 대한 적개심 고취의 선봉을 제시하는 「새벽길」, 비극적인 역사의 현장을 담고 있는 「落花巖」, 일제의 황국신민화정책을 전파하는 종소리의 의미를 지닌 「어밀레鍾」, 화려한 '해양극'의 겉과 속을 제시한「黃海」, 여섯 작품과 더불어 각각의 작품들에 대한 해제가 실려 있다.

❹ 해방전(1940~1945) 공연희곡집
김태진 | 남궁만 | 서항석 | 이동규

새로운 문물에 대한 계몽을 제시하고 있는 김태진의 「幸福의 啓示」와 「그 전날 밤」, 기층 민중을 바라보는 따뜻한 시선을 담고 있는 남궁만의 「傳說」, 전통 민담의 창작 가극화라 할 수 있는 서항석의 「牽牛織女」와 「銀河水」, 일제의 만주국 건립 옹호의 의미를 담고 있는 유치진의 「黑龍江」과 「대추나무」, 역사 속에 묻힌 이야기의 극화인 이동규의 「樂浪公主」와 「洛花圖」이렇게 아홉 작품과 더불어 각각의 작품들에 대한 해제가 실려 있다.

❺ 해방전(1940~1945) 공연희곡집
김건 | 김승구 | 양서 | 이광래 | 조명암 | 조천석

황무지를 기름진 땅으로 바꾸어 놓은 영웅적 인물을 통해서 식량 증산을 선전하고 자아를 버리고 '공아(公我)'로 사는 것이 애국의 길이며 참된 삶이라는 주제를 드러내고 있는 김건의 작품 「신곡제」, 조국 산하에 흐르는 인정을 주제로 하고 있으며 불행한 여인의 처지를 둘러싸고 벌어지는 사건들을 통해 애잔한 정조를 불러일으키는 김승구의 작품 「山河有情」, 애정의 삼각 관계를 설정하여 감상적 멜로드라마를 연상케 하는 전개를 보여주고 있으나 결국에는 모든 인물이 개인의 감상과 이익을 초월하여 공익을 위한 삶을 선택하는 결말을 보여줌으로써 목적의식을 분명히 하고 있는 양서의 작품 「밤마다 돋는 별」, 어업증산의 필요성을 역설하고 지원병 제도를 찬양하는 이광래의 작품 「北海岸의 黑潮」, 대동아전쟁의 성공적 수행을 위한 과학의 사령을 선전하고 총후 국민이 지녀야 할 임전무퇴 정신과 희생 정신을 주제로 하고 있는 조명암의 작품 「玄海灘」, 기독교가 성행하는 '개화촌'의 두 청년, 재욱과 현익의 삶을 대비함으로써 미국식 자유주의 사상이 미친 타락과 폐해를 비판하고 황국신민으로서의 삶과 정신을 찬양하고 있는 조천석의 작품 「開化村」이렇게 여

섯 작품과 더불어 각각의 작품들에 대한 해제가 실려
있다.

❻ 해방전(1940~1945) 중 · 단막극집
강영희 | 권환 | 김송 | 김영수 | 민소천 | 박영호 | 윤기영 |
이석훈 | 이찬 | 장덕조 | 조용만 | 함세덕

일제의 식민지 정책에 부합하는 희곡이라 할 수 있는
작가들의 작품들과 시대의 흐름에 따른 개인의 각성을
요구하는 희곡이라 할 수 있는 작품들, 교훈적 소재를
담고 있는 아동극이라 할 수 있는 스물두 작품과 더불
어 각각의 작품들에 대한 해제가 실려 있다.
이 책에 실린 작품들을 경향별로 분류해 보면 첫째, 일
제의 식민정책을 홍보하는 내용 둘째, 시대의 흐름에
따른 개인의 각성을 요구하는 작품 셋째, 교훈적 소재
를 담고 있는 아동극이다. 일제의 식민정책에 부합하
는 소재로는 지원병이나 간호부의 입대, 증산정책, 만
주로의 이주정책을 설득하는 것들로 당시 민중들의 시
대상이 애잔하게 드러나 있다. 그리고 개인의 각성을
요하는 작품과 아동극은 결혼문제, 세대간의 갈등문
제, 부부문제, 가정문제, 관습타파, 친구 간의 우정, 협
동정신 등으로 다양하게 드러나고 있다. 그러나 이들
작품들도 넓게 보면 일제의 정책을 은연중 홍보하는
내용들인데, 이것은 6권에 실린 작품들이 검열을 받는
문예지나 조선총독부의 기관지인 매일신보에 연재된
이유 때문으로 파악된다.

❼ 해방전(1940~1945) 일문 희곡집
김건 | 島田邦雄 | 박재성 | 이광래 | 이석훈 | 장혁주 | 조용만
| 함세덕

조혼 풍습을 풍자한 김건의 「박」, 충실한 국민으로 거
듭나기 위한 재생의 과정을 담아낸 島田邦雄의 「노
렌」, 자연의 순리와도 같은 세대교체 강조한 박재성의
「晚秋」, 내선일체의 시대적 소명 의식의 극화라 할 수
있는 이광래의 「동상」, 희곡의 문학성을 중시한 작가
이석훈의 「광명」과 「부여의 달」, 고전소설의 희곡화라
할 수 있는 장혁주의 「춘향전」과 「심청전」, '내선일체'
와 '총후강화'의 강조를 담고 있는 조용만의 「광산의
밤」, 총력전 체제의 마을 풍경을 담아낸 함세덕의 「마
을은 쾌청」 이렇게 열 작품과 더불어 각각의 작품들에
대한 해제가 실려 있다.

❽ 해방전(1940~1945) 상영 시나리오집
關川周 | 西龜元貞 | 八木隆一郎 | 日夏英太郎 | 八田尙之 |
佃順

황민화된 조선인의 초상을 담은 「너와 나」(1941), 비적
과 맞선 일본 무장경비대의 활약상을 다룬 「望樓의 決
死隊」, 일제의 징병제 기념 기획 영화의 시나리오라 할
수 있는 「조선해협」(1943), 학도병 지원을 유도한 작품
「젊은 모습」, 해양사상 보급과 어업보국을 강조한 작품

「거경전」, 지원병 훈련소 생활의 훌륭함만이 부각된 작
품 「군인 아저씨」. 이렇게 여섯 작품과 더불어 각각의
작품들에 대한 해제가 실려 있다.

❾ 해방전(1940~1945) 창작 시나리오집
오영진 | 이동하 | 이춘인 | 임용균 | 佃順 | 주영섭 | 채만식

민속적인 소재의 현대화 시도가 돋보이는 오영진의
「맹진사네 댁의 경사」와 「배뱅이굿」, 조선의 가난한 소
작인 가족의 비애를 다룬 「반도의 형제」, 서정적인 풍
경 묘사와 장면 전환이 탁월한 작품 「흘너간 水平線」,
혈연을 뛰어 넘은 가족의 의미을 일깨워주는 작품 임
용균의 「봄의 폭풍」, 다큐멘터리 방식의 징병제 선전
시나리오인 佃順의 「昭和十九年」, 식민지 민중에게 던
지는 꿈과 이상(理想)을 다루고 있는 주영섭의 작품
「曠野」, 「어머니」, 「蒼空」, 「海風」, 시나리오 시각적 이
미지 구축이 뛰어난 시나리오 채만식의 「無藏三冬」. 이
렇게 열한 작품과 더불어 연구원들이 공동집필 한 해
제가 다루어져 있다.

❿ 해방전(1940~1945) 공연희곡과
상영 시나리오의 이해
〈 1부 〉
해방전 공연희곡과 상영시나리오의 의의 (이재명 · 이기한)
국민연극론의 현실– 국민극경연대회와 관련하여 (양승국)
법으로 본 일제강점기 연극영화 통제정책 (박영정)

〈 2부 〉
일제 말기의 영화와 언어정책 그리고 검열 (송태욱)
친일영화에 나타난 낭만성과 파시즘 (박명진)
조선영화령과 조선영화– 1943년의 시점 (최경국)
일제 강점기의 한국영화의 특성과 영화사적 평가– 최근
공개된 1940년대의 시나리오를 중심으로 (김종원)

〈 3부 〉
일제말기 연극경연대회 작품 경향 연구 (정호순)
친일희곡의 극작술 연구– 연극경연대회 작품상 수상작을
중심으로 (김명화)
전시 총동원 체제기의 역사극 고찰– 송영과 함세덕의 공
연 희곡을 중심으로 (윤석진)
일제의 동화 정책과 작가의 대응 양상 – 〈역사〉를 통해 본
송영의 대응 방식 (현재원)
민족적 전통과 동양적 전통– 1930년대 후반 경성과 동경
에서의 〈춘향전〉 공연을 중심으로 (백현미)
임선규 장막극 〈새벽길〉 연구 (김기란)
박영호 희곡의 극작술 연구 (양수근)

앞서 발행한 9권의 책에 실린 작품 가운데 몇 작품을
다루어 쓰여진 논문집이다.